Forfait illimité(*)

(*) Illimité = Forfait tout inclus : voix, texte, data et meurtre (**)
(**) Cette option est active quel que soit votre fournisseur de service.

Forfait illimité(*)

Franck Labat

(*) Illimité = Forfait tout inclus : voix, texte, data et meurtre (**)
(**) Cette option est active quel que soit votre fournisseur de service.

SdS Publishing
1701 route du Challonge 53320 St-Cyr-le-Gravelais
www.sdspublishing.fr

ISBN : 978-2-9594312-2-7
Dépôt légal : juin 2024

53 61 6D 6F 75 72 61 EF 20 64 75 20 53 6F 6C 65 69 6C

Preface

Au moment de finaliser ce roman, l'Union Internationale des Télécommunications (ITU) a officiellement annoncé qu'il y avait désormais plus de téléphones mobiles (8,58 milliards de forfaits) que d'êtres humains (7,95 milliards).

Chapitre 1
Toronto, Canada

1 h du matin. Le calme règne sur le quartier des affaires, entre Front Street et Bloor Street. Les hautes tours arborent pompeusement les différents logos de grandes compagnies canadiennes ou internationales, ayant élu domicile dans cette capitale financière. Malgré les instructions fédérales sur l'économie d'énergie, la plupart des bureaux sont encore éclairés et le resteront inutilement toute la nuit.

Dans les larges avenues, l'absence de véhicules n'entame pas la détermination des feux tricolores. Ils continuent, inlassables, leur travail de régulation et esquissent des arabesques chromatiques dans l'obscurité citadine. Le seul gémissement désormais audible reste celui du dernier tramway. Son refrain mécanique empêche d'ailleurs ses passagers de somnoler. Ces quelques noctambules, pour la plupart des ouvriers quittant les usines à l'ouest de la métropole, retournent dans les faubourgs modestes de Scarborough, plus à l'est.

Alors qu'en surface le tramway s'éloigne du centre-ville, sous terre, les deux lignes de métro s'arrêtent d'un commun accord.

Pour le moment, le monstre citadin s'est endormi. Il ne s'éveillera que dans quelques heures, au son des pas cadencés des milliers d'employés qui déferleront dans ses rues.

Dans le silence ambiant, le bruit de succion de la porte circulaire résonne comme un vacarme d'aspirateur. Un homme déboule en courant de la tour CIBC[1] et s'arrête net au milieu de l'avenue. Son costume d'alpaga clair est froissé, sa chemise blanche, tachée de sueur, sort de son pantalon et sa cravate au nœud affaissé pend de travers. Son regard angoissé trahit la marque d'une indicible peur. Il porte les mains à sa tête et agrippe ses cheveux bruns ébouriffés avec une grimace de souffrance. Entre marche et course, il titube le long de la double ligne jaune qui sépare la chaussée en deux.

— *But I did what you asked for, please, oh god please make it stop!*[2] implore Brian Wessler avant de s'écrouler face contre terre.

Il laisse d'abord échapper un râle d'agonie rauque. Sous l'intensité de la douleur, il se met à hurler, les poings compressés sur les tempes. Son corps est soudain pris de convulsions violentes et ses bras s'agitent tels ceux d'un pantin devenu fou. L'impression qu'il nage une brasse désarticulée sur le bitume surprendrait de réalisme les quelconques badauds, mais à cette heure la voie est déserte, aucun témoin n'assiste à cette scène sordide. D'un coup, son buste s'arque, les muscles tendus à se rompre. Ses yeux se révulsent, sa langue s'étire sur un rictus grotesque, puis tout mouvement cesse. Brian Wessler s'affaisse sur le ventre. Une écume blanchâtre s'échappe de sa bouche entrouverte tandis qu'un filet de sang coule de ses narines et de son oreille gauche. Une petite mare vermillon commence à s'étaler sur l'asphalte en contrastant sur l'une des bandes de peinture jaune-canari.

---

[1] Canadian Imperial Bank of Commerce

[2] Mais j'ai fait ce que vous avez demandé, s'il vous plait, mon dieu, je vous en prie, faites que ça s'arrête !

Le téléphone portable de Brian, qui a glissé de sa poche durant sa chute, repose maintenant à quelques centimètres de ses pieds inertes. Une mélodie aussi joyeuse qu'incongrue raisonne. Elle annonce l'arrivée d'un message instantané qui vient bientôt s'afficher sur le petit écran : « UR dead! »[3]

---

[3] Abréviation de « *You are dead* » — Tu es mort.

Chapitre 2
La Défense, France

« T mor ! » s'inscrit sur l'écran blanc du téléphone que Jérémy Baltac vient de sortir de la poche de son jean. Il traverse l'esplanade d'un pas assuré pour se diriger vers la tour d'une grande institution bancaire et sourit en retournant sur le menu de son mobile.

— Alex… toujours aussi dramatique, murmure-t-il pour lui-même.

À 7 h, le parvis de la Défense ne grouille pas encore de monde, mais il n'en demeure pas pour autant désert. Entre les dizaines de gratte-ciel, l'immense centre commercial et les nombreux hôtels ; certains cadres zélés, employés de la voirie et livreurs s'activent sur la vaste esplanade de pierre blanche.

Jérémy poursuit sa traversée, son téléphone toujours en main. Ce dernier émet de nouveau son petit bip discret pour signaler l'arrivée d'un autre texto. Continuant à marcher en toute sérénité, Jérémy glisse un regard sur son portable. « Sérieux, T mor si T pa la ds 2mn »

Jérémy range cette fois l'appareil dans sa poche et pousse la porte d'entrée du bâtiment.

— Même pas deux minutes, Alex, lance-t-il d'un air joyeux à l'intention d'un petit homme dégarni qui arpente le hall tel un lion en cage.

Alexandre regarde d'un œil réprobateur l'accoutrement du nouveau venu. Jérémy porte un jean noir, un T-shirt blanc et une veste anthracite en coton à la coupe décontractée.

Avec un grand sourire, Jérémy lui tape dans le dos et le taquine.

— Alexandre, regarde, j'ai même mis des chaussures en cuir cette fois…

Il remue un pied équipé d'un gros soulier de chantier marron, renforcé en son bout par une coque de sécurité métallique.

Le petit homme au complet gris impeccable agite la tête d'un air las.

— Au moins, ce ne sont pas des baskets, maugrée-t-il. Je conserve encore l'espoir de te voir un jour arriver chez un client dans une tenue *décente*.

Il a insisté sur le dernier mot. De toute évidence, pour lui, ce qualificatif ne s'applique pas à la mise de Jérémy.

— Ben quoi ? Tu n'aimes pas ? Je fais un métier dangereux, moi. On ne sait jamais… Tu ne voudrais pas que ton consultant en sécurité préféré se fasse écraser les doigts de pied, non ?

— Jay… Il y a vraiment des fois où…

— Je sais, le coupe Jérémy en reprenant un ton sérieux. Je déconne… Allez, on devrait plutôt s'occuper de rassurer notre client.

Alexandre ramasse son attaché-case en titane aux formes épurées, du même gris que son costume et les deux compères passent un portillon à l'aide d'un badge que Jérémy sort de la poche intérieure de sa veste. Une fois dans la zone restreinte au personnel autorisé, ils s'engagent vers les ascenseurs.

Les deux quadragénaires divergent aussi bien par leur style vestimentaire que par leur physionomie. Jérémy, avec ses cheveux bruns liés en une courte queue-de-cheval, fait presque deux têtes de plus que son acolyte blond à la calvitie précoce.

La forme simple de lunettes à la monture quasi invisible souligne à peine les yeux marron du premier, tandis qu'Alexandre a opté pour des lentilles sur mesure qui épousent le contour bleu de ses iris à la perfection. Jérémy porte un petit bouc bien taillé où quelques poils blancs commencent à pointer, contrastant avec le visage imberbe de l'homme d'affaires. Bientôt quinze ans que ces deux-là travaillent ensemble. Leurs personnalités complémentaires en font un duo bien rodé et paré à toute éventualité.

Malgré les apparences, c'est bien Jérémy qui a embauché Alexandre. Il était à la recherche, à l'époque, d'un collaborateur pour mener son entreprise de conseil en sécurité informatique tout juste créée. Jay préférait de loin s'occuper de la partie technique. Il voulait déléguer l'administration et la gestion de la compagnie. Quinze ans plus tôt, il avait donc piraté les réseaux du ministère de l'Éducation à la recherche de la perle rare. C'est ainsi qu'il avait déniché Alexandre Kelber, bon élève, sans accaparer la première place ; il détenait la particularité de toujours obtenir des notes juste en dessous du trio de tête. Alexandre parlait trois langues, il suivait aussi des cours d'histoire et de littérature en plus de sa formation initiale en commerce. Il ne faisait partie d'aucune fratrie, ne participait jamais aux festivités ni beuveries diverses et jonglait avec habileté entre ses emplois du temps surchargés. Ses photos de classe le montraient déjà bien dégarni et affublé de grosses lunettes aux montures en acier. Jérémy en conclut avoir trouvé là un petit génie peu sûr de son physique et qui se maintenait volontairement à un niveau ordinaire pour éviter les railleries et servir de bouc émissaire.

Jay l'embaucha à la sortie de ses études supérieures d'ingénieur commercial à un tarif mirobolant dont Alexandre ne s'était d'ailleurs jamais vanté. Quand le jeune diplômé avait demandé pourquoi Jérémy s'était intéressé à lui, ce dernier avait répondu en toute franchise :

— Des meneurs d'hommes programmés pour recevoir le pouvoir sans plus y réfléchir, il y en a plein les écoles et les entreprises... Moi, pour m'épauler, je cherche quelqu'un qui a échappé au formatage, avec du caractère et ouvert d'esprit.

Depuis, les deux compagnons ne s'étaient jamais quittés. Alex occupe le poste officiel de « gérant » de la société, mais remplit plus les offices d'homme de confiance. Jay préfère garder son titre de « consultant » plutôt que celui de « président-directeur général ». Il laisse ainsi à Alexandre la charge de la représentation en bonne et due forme de la compagnie « Blue Jay IT Security ».

À l'ouverture des portes de l'ascenseur, une basse-cour en costumes sombres se jette sur les nouveaux venus. Les caquètements fusent en tous sens.

— Ha ! Monsieur Baltac !

— Impensable...

— Inadmissible !

— Quand je pense au prix que nous...

Armé de son attaché-case, Alexandre, suivi de Jérémy, doit pousser quelques gallinacés afin de se frayer un passage hors de la cabine.

Finalement, la voix plus forte du coq de ce poulailler claironne.

— Allons, allons, laissez sortir ces messieurs !

Aussitôt, les directeurs de services, chefs de projets, sous-directeurs et responsables divers, semblent se fondre dans les murs pour disparaître.

Jérémy peut alors reconnaître le corridor qu'il a arpenté à maintes reprises au cours des dernières semaines. Aujourd'hui cependant, il ne compte pas le longer jusqu'à la salle technique.

Devant le bureau de la sécurité où les gardiens tournent en rond comme des poissons dans un bocal, un homme d'une cinquantaine d'années s'impatiente. Au-dessus de sa carrure imposante, une batterie de gyrophares indique trois niveaux d'alertes par ordre de sévérité croissante. Les deux premiers — respectivement jaune et orange — sont éteints. Le dernier — rouge — rayonne avec insistance. Pas un bruit ne s'échappe pour appuyer la gravité de la situation. La rotation écarlate suffit à elle seule pour plomber l'atmosphère.

Sans s'embarrasser des politesses d'usage, il apostrophe les deux visiteurs.

— Et vous, j'espère que vous avez une bonne explication à me donner pour justifier ma présence ici ! Je n'ai pas l'habitude de descendre au sous-sol...

— Vous devriez, monsieur le président-directeur général, ironise Jérémy. Vous connaissez l'adage « l'informatique est le nerf de la guerre » ?

Alexandre foudroie son patron du regard et prend la parole.

— Veuillez excuser mon consultant, monsieur Delattre. Vous savez ce que c'est... On les laisse trop longtemps devant leurs ordinateurs et ils perdent leurs manières en société.

Il a insisté sur la fin de la phrase en fixant Jay. Celui-ci accuse le coup. Il courbe l'échine de façon exagérée pour mieux contempler les coques de ses chaussures.

La posture de soumission mimée par Jérémy remplit son rôle à la perfection. Le grand ponte se radoucit, rassuré sur sa force et son emprise d'autrui.

— Donc, reprend le P.-D.G. plus calmement... Que se passe-t-il ? Nous avons tout de même investi près de sept cent mille euros dans votre système antipiratage.

— Justement monsieur Delattre, clame Alexandre en s'avançant. Vous n'auriez jamais investi une telle somme sans garanties.

— Vous m'avez certes été recommandés comme étant les meilleurs, mais...

— Et les meilleurs nous sommes, Monsieur Delattre, les meilleurs nous sommes, confirme Alexandre sans laisser au dirigeant l'occasion de s'exprimer davantage sur ses doutes.

— Alors, expliquez-moi ce que nous faisons là si tôt ce matin, fulmine le quinquagénaire. Trois jours après votre intervention ! Une véritable catastrophe : la pire des intrusions selon mes experts.

Alexandre se recule et laisse Jérémy s'immiscer.

— Parce que, Monsieur Delattre, interrompt-il en considérant son interlocuteur d'un regard serein. Parce que votre protocole de crise est parfaitement au point... Je vous en félicite.

Le P.-D.G. soutient le regard du consultant et sans doute devant le compliment, finit par se calmer.

— Si vous le permettez, monsieur, continue Jérémy, laissez-moi vous expliquer...

D'un geste sûr, il désigne la porte d'une salle de réunion. Personne ne bouge tant que le P.-D.G. ne prend pas la direction indiquée. Son départ sert de signal, les costumes sombres resurgissent pour s'engouffrer à leur tour dans la pièce à sa suite.

Jay se tourne vers Alex et lui octroie un clin d'œil entendu. Leur petit scénario fonctionne à merveille. Tout le monde s'installe autour d'une grande table ovale tandis que Jay se faufile jusqu'au fond de la salle. Il passe le long des panneaux vitrés donnant sur le couloir et s'arrête devant le large tableau blanc qui tapisse tout un pan de mur. Tous les regards sont tournés vers lui, il commence :

— Bonjour tout le monde.

Le mot de bienvenue ne suffit pas à briser le silence tendu de la salle.

— Oh, j'oubliais presque, remarque Jérémy en se frappant le front du plat de la main... détendons d'abord l'atmosphère.

Il se saisit de son téléphone de manière théâtrale. Il le regarde avec une moue dubitative, le tourne, le secoue, puis commente :

— Pas de signal...

Il prend alors la posture du scientifique qui vient de trouver la solution à son problème, claque des doigts et range l'accessoire dans sa poche.

— Bien sûr, pas de signal... J'ai moi-même installé un annihilateur d'ondes... Aucune communication sans fil ne peut entrer ni sortir d'ici... Sécurité, sécurité...

Il se tourne vers l'équipe d'ingénieurs, tous assis ensemble de l'autre côté de la salle.

— Auriez-vous l'amabilité d'éteindre le matériel quelques instants, n'en déplaise au protocole ?

Sans décroiser les bras, l'un des directeurs hoche la tête et un technicien commence illico à tapoter sur son ordinateur portable.

Jérémy ressort son téléphone et compose un bref message. Aussitôt, derrière les vitres, le gyrophare s'éteint. De nombreux bips et autres vrombissements se font alors entendre dans la salle.

— Vous venez tous de recevoir confirmation que l'attaque est terminée et que tous les systèmes sont sous votre contrôle, commente Jérémy.

Tout le monde vérifie qui son téléphone, qui son ordinateur, qui sa montre connectée. Un soupir de soulagement collectif s'échappe de toutes les bouches.

Jay en profite lui-même pour consulter son appareil. Avec un sourire en coin, il pianote discrètement sur son clavier avant de reprendre :

— Maintenant que tout le monde est plus détendu, je vous explique ce qui vient de se passer. Chez « Blue Jay IT Security », on ne se sauve pas en empochant l'argent de notre client après lui avoir installé « ce qu'il se fait de mieux ».

Jérémy a mimé les guillemets avec ses doigts.

— Chez nous, on soumet nos solutions à des tests draconiens, dont le dernier vient de se dérouler en votre présence.

Une main se lève dans l'assistance et Jérémy pointe du menton vers la personne.

— Oui ?

L'intéressé se dresse et prend la parole.

— Autrement dit, vous avez demandé à un pirate de pénétrer votre propre système ?

— Exact, répond Jérémy, laconique.

L'autre retrousse ses lèvres en un rictus sarcastique.

— Mais vous venez donc de prouver que votre solution est inefficace, justement !

Jérémy sourit.

— Vous devez être le sous-directeur de la sécurité informatique, non ?

— Tout à fait et je ne prends pas sept cent mille euros pour faire mon travail, moi... provoque l'homme.

— Je comprends votre position, tempère Jérémy. Faire appel à une société externe pour régler les problèmes de sécurité... cela empiète un peu sur votre territoire et votre budget, j'imagine.

— Disons qu'à ce prix-là on s'attend à un système infaillible...

— Et c'est bien là le souci. Tout le monde pense qu'il existe un système infaillible... Mais, s'il y en avait un, *monsieur le sous-directeur de la sécurité informatique*, nul doute que vous l'auriez trouvé n'est-ce pas ? Vous ne me paraissez pas plus bête qu'un autre...

Déconcerté, l'employé semble hésiter un instant à riposter, mais devant l'assurance de Jérémy, il se ravise et se rassoit sur son siège.

— En matière de sécurité informatique, aucun système n'est parfait, proclame Jérémy avec un geste équivoque de la main. L'exercice de ce matin nous a cependant démontré deux choses importantes.

Il laisse passer quelques secondes pour jauger l'attention de la salle avant de reprendre.

— Tout d'abord, sur le plan technique, l'intrusion a bien été détectée dès son apparition. Ensuite, le protocole s'est révélé efficace puisque nous avons tous été alertés, y compris la plus haute autorité.

Jérémy, sourire en coin, se tourne vers le P.-D.G. pour appuyer sa dernière remarque.

Des murmures parviennent de l'assistance. On commente, on discute, on critique aussi sans doute beaucoup.

— Cependant ! reprend Jérémy d'une voix plus forte pour captiver son audience. Votre P.-D.G. ne devrait pas être dérangé pour une alerte rouge.

— Mais enfin, rétorque quelqu'un dans la salle. L'alerte rouge a toujours été...

— La plus sérieuse ? le coupe Jérémy. Certes, l'alerte rouge indique une pénétration totale, un accès libre aux informations bancaires et boursières, le cauchemar absolu pour une institution comme la vôtre. Alors, pourquoi ne pas déranger votre P.-D.G. dans un cas si extrême ?

L'assemblée, attentive, demeure cette fois silencieuse.

— Parce qu'à aucun moment vos données n'étaient en réel danger, laisse tomber Jérémy en découpant chaque mot.

Reprise des murmures dans la salle.

Tandis que son compère se rapproche du tableau, Alexandre se lève et prend la parole.

— Vous vous souvenez, quand mon consultant, monsieur Baltac, vous a dit que l'essentiel était d'admettre qu'aucun système de sécurité informatique n'était infaillible ? Et bien à « Blue Jay IT Security » nous l'avons compris et nous avons agi en conséquence. Le maître mot d'un bon système de sécurité est *le temps*. Le temps de prévenir, le temps d'intervenir et dans le pire des cas... le temps de fermer vos systèmes. C'est pour cela que nous avons instauré la « Time Box ». Une solution qui vous donnera toujours une longueur d'avance sur les pirates informatiques.

Le silence incrédule de l'audience est perturbé par le glissement strident d'un feutre sur la surface laminée du tableau.

— Ne vous inquiétez pas, rassure Jérémy en interrompant son croquis. On ne vous parle pas de jouer avec les mystères du continuum espace-temps. Nous ne sommes pas en pleine science-fiction et « Blue Jay IT Security » vous a vendu une technologie des plus sérieuses.

Traçant un dessin de la pointe de son feutre, Jérémy commente sur un ton puéril :

— Dans le pays des vilains pirates, on lance un missile.

En face de la fusée rouge qu'il vient de dessiner, sur la droite du tableau, il ajoute un large mur bleu.

— Alors dans le pays des gentils banquiers, on se protège avec un blindage antimissile.

À la hâte, il croque un second projectile pourpre, plus gros que le premier.

— Forcément, les méchants bâtissent un missile plus puissant, capable de percer le blindage des banquiers.

Il trace un second mur azur, accolé au premier.

— Donc, les gentils rajoutent une couche de protection.

Il croque une troisième fusée rouge toujours plus grosse.

— Et les ingénieux pirates construisent un missile *encore* plus dévastateur.

Il fait mine de dessiner un troisième rempart bleu, mais interrompt son geste.

— Et ainsi de suite. À ce jeu-là, il suffit que les banquiers prennent du retard ne serait-ce qu'une seule fois et ils sont anéantis. Alors que les pirates, eux, peuvent essayer encore et encore. Du temps donc… voilà ce qu'il faut, pour mettre en place la prochaine épaisseur de blindage.

L'audience désormais suspendue à ses lèvres, Jérémy continue son explication.

— Ce que fait la « Time Box », c'est créer un environnement similaire au vôtre, mais virtuel et ne comportant que des données générées de manière aléatoire. Pourquoi ? Parce que le pirate, tout comme l'électricité, suit le chemin de moindre résistance. Cet environnement virtuel est un petit peu moins sécurisé que celui de production. Un blindage d'une génération en retard, si vous voulez. Le hacker se jette donc dessus, casse les barrières une à une et perd du temps à déjouer un système fantôme. Les alertes jaune et orange vous avertissent de la tentative de pénétration, de son avancement. Lorsqu'enfin l'alerte rouge retentit, le pirate est prêt à récupérer… récupérer quoi ?

Il interroge l'assistance du regard quelques instants, puis devant le mutisme de cette dernière répond lui-même.

— … des données totalement inutiles ! Pendant ce temps, vous avez pu analyser son attaque — désarmer son missile — et garder par conséquent une longueur d'avance avec votre système de production. Et voilà…

Grand silence dans la salle. Puis un applaudissement timide se fait entendre, un second, un autre et bientôt c'est une ovation — surtout en provenance du personnel technique.

L'artiste s'incline devant son public, puis reprend la parole. Il doit hausser le ton pour couvrir les acclamations de son mieux.

— Trois… hum, hum ! Excusez-moi, merci, merci. Trois niveaux d'alerte additionnels ont donc été instaurés, respectivement vert, bleu et violet. Ils indiqueront désormais, l'attaque peu probable, mais n'oubliez pas toujours possible, de vos systèmes de production. Quant aux trois anciens codes de couleurs — jaune, orange, rouge —, ils restent en vigueur pour la protection virtuelle.

La salle bouillonne et laisse tout le stress accumulé au cours des dernières heures se relâcher.

— J'aimerais remercier votre P.-D.G., monsieur Delattre, ajoute Jérémy, qui a, à son insu, participé à ce dernier test. Merci pour votre temps, cher Président, nous savons tous à quel point il est précieux.

Il salue le P.-D.G. et descend de l'estrade pour se fondre dans la masse. Jay serre les mains qui lui sont tendues et répond aux quelques questions techniques que les curieux lui posent.

Une heure plus tard, Jérémy et Alexandre sortent de l'immense tour de verre teinté.

— Et voilà, Alex. Un nouveau client satisfait, une excellente référence de plus et sept cent mille euros bien mérités.

— Un million, contredit Alexandre.

— Hum ? marmonne Jay incrédule.

— Suite à ta petite prestation, je n'ai eu aucun mal à sensibiliser le directeur de l'informatique sur l'intérêt d'un contrat de maintenance.

— Alors là respect, Alex… Qu'est-ce que je ferais sans toi ?

— Tu vendrais tes idées pour une bouchée de pain et « Blue Jay » aurait déjà été rachetée pour presque rien par la concurrence.

— C'est pas faux…

Désormais en pleine heure de pointe, l'esplanade grouille de monde. À travers le brouhaha ambiant, Jérémy décèle à peine la mélodie de sa boîte vocale qui indique un message en attente.

— *Jay… C'est Sarah… Il est arrivé quelque chose à Brian… Rappelle-moi vite s'il te plaît.*

Alexandre comprend en voyant la pâleur soudaine de son patron et ami que la situation est grave. Il n'a pas le temps de demander à quel propos.

— C'est Sarah, lâche Jérémy d'une voix blanche. Je la rappelle, ajoute-t-il en pressant la touche rapide du numéro international.

— Sarah ? C'est Jay.

— …

— Sarah ? insiste Jérémy.

— *Jay… C'est Brian… Il est mort…*

Jérémy reste un instant interdit, écrasé par le poids de la nouvelle. Après un long silence, il arrive tout juste à balbutier :

— Quand ? Comment ?

— *Je ne sais pas. Un taxi l'a trouvé il y a une heure au milieu de la rue devant son travail. La police vient de m'informer. Je… Je…*

Jérémy peut l'entendre pleurer six mille kilomètres plus loin.

— Sarah ? Sarah ? Écoute-moi Sarah, j'arrive OK ? Je prends le premier avion.

Il se retourne vers Alexandre. Ce dernier a déjà sorti son propre téléphone au milieu de la conversation et vérifie les vols pour Toronto.

— Vol direct, Air Canada, départ à 11 h 20 terminal 2A.

Jérémy consulte rapidement sa montre.

— J'y serai…

— Je réserve, tu n'auras qu'à récupérer ton billet sur une borne. Jay ?

Jérémy, qui est déjà en train de courir, se retourne tandis qu'Alexandre fouille dans son attaché-case pour en extirper un petit calepin bordeaux.

— Ton passeport…

Il tend l'objet à Jérémy qui s'avance pour s'en emparer. Jay fixe Alexandre d'un regard empli de gratitude. Depuis des années, il prend soin de ses affaires, de ses rendez-vous, de ses papiers. Laissé à lui-même, Jérémy aurait sans doute passé le reste de la matinée à rechercher le précieux sésame.

— Merci Alex…

— File, tu vas rater l'embarquement. Et ne t'inquiète de rien, je m'occupe de libérer ton emploi du temps, OK ? Tu restes là-bas aussi longtemps que tu veux.

Déjà, Jérémy disparaît dans la bouche de RER la plus proche. Aux heures de pointe, essayer de rallier La Défense à l'aéroport de Roissy en taxi s'avérerait suicidaire et il le sait bien. Son choix le plus logique reste de faire confiance aux transports en commun. Dans moins de deux heures, il monterait à bord d'un avion en direction de l'Atlantique.

Chapitre 3
Londres, Grande-Bretagne

Un avion survole Portobello road, quartier ouest de Londres. Les étroites maisons de ville et petits immeubles aux couleurs bigarrées datent pour la plupart de la reconstruction d'après-guerre. Les propriétaires les ont bien entretenus et au fil des ans, chacun y a amené sa touche personnelle.

On est loin des immenses étendues de verdure du quartier bourgeois de Hampstead et du conformisme urbain des banlieues nord-américaines. Ici, seul un étroit trottoir sépare les façades de la chaussée. Parfois, des grilles en fer forgé défendent des jardinets qui bordent les quelques marches en béton menant aux perrons.

Du nord au sud, l'avenue Portobello traverse les faubourgs de Notting Hill en de capricieux méandres. Elle ondule, s'affine, s'élargit au gré des nombreux marchés et boutiques. Une longue portion piétonnière invite à chiner chez ses fameux antiquaires. Mais si l'on prend la peine de la suivre au-delà du strass touristique, on découvre un quartier résidentiel assez calme. Les quelques arbres plantés sur les trottoirs plus larges ajoutent un certain charme aux habitations. Les façades y sont toujours colorées, mais les teintes moins vives. Les peintures rouges, jaunes ou bleues, ont laissé place à des pastels plus doux.

À la lueur naissante du petit matin, les ombres se dessinent dans la rue encore vide. Les quelques voitures stationnées ressemblent à de gros félins assoupis devant le perron de leurs maîtres. Un cerisier japonais qui ne donne pas de fruits, mais produit de remarquables fleurs roses au printemps, dresse sa ramure en face d'un échafaudage destiné au ravalement de l'une de ces demeures.

Un peu plus loin, deux maisons — l'une bleu pâle et l'autre blanc cassé — ont mis leurs jardinets en commun, clôturés par une grille en fer noir. Un unique portail protège avec jalousie l'accès aux deux portes d'entrée.

Étrangement, si l'extérieur est entretenu avec régularité, derrière les épais rideaux le temps semble s'être arrêté. Des draps jaunis recouvrent le mobilier, les papiers peints témoignent par leurs motifs d'une époque révolue et l'air y est vicié. Seules des traces de pas répétés sur les parquets poussiéreux réfutent que les demeures soient inhabitées. Mais l'unique propriétaire des lieux n'utilise que très peu les étages, sa vie se limite à l'occupation du sous-sol.

« Le Docteur » opère depuis un abri anti-bombe de la Seconde Guerre mondiale. Son repaire n'a cependant plus rien du refuge inconfortable de l'époque du Blitz. Il s'étend sous la superficie totale des deux maisons, réaménagé dans son ensemble en un loft douillet truffé de technologies de pointe et de matériel de surveillance. Phobique social à tendance paranoïde, le Docteur ne s'entoure jamais assez d'équipements de ce genre pour se rassurer.

Surdoué tourmenté depuis son enfance, incapable de fonctionner correctement en société, le Docteur a reçu une éducation bourgeoise à domicile. Mais même la présence de précepteurs lui était au final devenue insupportable. Il avait alors très tôt canalisé son comportement reclus et obsessionnel en se tournant avec frénésie vers la micro-informatique encore balbutiante à cette époque. Ses nombreuses pathologies psychiques avaient trouvé là un terrain favorable pour libérer tout le potentiel de son génie. Sa personnalité introvertie et paranoïaque l'a entraînée vers la frange du monde informatique, le propulsant au rang de hacker le plus doué toutes générations confondues.

Il travaille pour le moment à pénétrer le réseau que Jérémy Baltac lui a indiqué. Depuis plus d'un quart de siècle, le Français a su lui démontrer son infrangible attachement. Il est son seul et unique ami. Les nombreuses épreuves surmontées ensemble ont valu à Jay de recevoir ce que l'insociable Britannique possède de plus précieux : sa confiance. Seul Jérémy connaît en effet la véritable identité du Docteur.

En règle générale, Jay n'incite pas Doc à accéder aux données de sa clientèle et les tentatives de pénétrations se terminent après avoir circonvenu les premiers périmètres de sécurité. Cette fois pourtant, il lui a donné carte blanche, incluant la récupération des informations confidentielles. Pour Doc, ce type de mission revêt les allures d'un vrai régal.

Il a traversé le premier bouclier avec aisance, déclenchant à n'en pas douter une alerte jaune de l'autre côté de la Manche. Connaissant son ami, le Docteur s'attend à affronter plusieurs remparts de sécurité différents pour parvenir aux données elles-mêmes. La défense mise en place par « Blue Jay IT Security » ne vise qu'un but : ralentir et analyser la stratégie de l'assaillant afin de pouvoir le repousser, protéger les informations avant qu'il n'y accède. Le Docteur sait que le temps représente le pire ennemi de son offensive. Il jette un œil distrait sur sa montre et constate avec contentement qu'une heure à peine s'est écoulée depuis le début de son attaque.

Il traverse la seconde ligne de défense avant d'être chassé du réseau. Tel Ulysse face aux Troyens, il profite alors de la crédulité de l'un des sous-systèmes pour porter sournoisement son assaut final. Un peu avant 6 h, heure de Londres, la citadelle s'effondre. Les fortifications de cryptage vaincues, Doc commence à piller les données confidentielles qui gisent sans plus de protection.

Quelques minutes après que l'alerte rouge ait retenti dans les locaux du client, le Docteur reçoit un message de capitulation de la part de Jay. Il met aussitôt fin à son attaque. Lorsqu'il s'enquiert de sa performance auprès de son complice, ce dernier lui confirme qu'il reste le meilleur. Doc remarque cependant bien vite l'inutilité des informations récupérées et affiche un sourire appréciateur. Il retourne le compliment à son ami.

À peine le bref échange de textos terminé, les systèmes de sécurité de Doc font à leur tour retentir une alerte. Se tournant vers l'un de ses nombreux écrans de contrôle, il pianote quelques commandes pour afficher le rapport d'analyse. Il repère tout de suite des incohérences au niveau des signaux digitaux transmis et en conclut que la ligne de son ami est sur écoute…

Chapitre 4
New York, États-Unis

— Il y a quelqu'un d'autre sur la ligne… Ne quittez pas, je vous mets en attente.

La réceptionniste appuie sur une touche de son standard et fait un geste en direction de l'homme qui patiente devant elle, lui signifiant qu'elle se libère tout de suite pour lui, avant de reprendre dans le micro-casque :

— *Mister Seymour is not in yet, could you call back in half an hour?*[4]

Deux minutes plus tard, les appels téléphoniques ont cessé et la jeune femme se tourne vers le visiteur. L'homme, un blond de haute stature, bien bâti, vêtu d'une veste en cuir et portant de larges lunettes noires sous une coupe en brosse, a patienté sans broncher. La réceptionniste lui jette un sourire préfabriqué.

— Bienvenue chez Piquet International, *welcome* to Piquet International. Que puis-je faire pour vous, *how may I help you?*

— You could trigger the silent alarm for me…

Et comme l'hôtesse ne semble pas comprendre, il répète, dans un français impeccable :

— Vous pourriez déclencher l'alarme silencieuse pour moi…

Pour appuyer sa requête, il extirpe un revolver de son blouson de cuir.

---

[4] Monsieur Seymour n'est pas encore arrivé, pourriez-vous rappeler dans une demi-heure ?

La vue de l'arme tire la réceptionniste de son mutisme. Effrayée, elle lance un long cri hystérique.

En sortant du silencieux, le projectile ne produit pas plus de bruit que le bouchon d'une bouteille de champagne éventée, mais a pour effet instantané de faire taire les stridulations de l'employée. L'assassin pivote, souple et précis. Il abat le gardien stationné à l'entrée d'un large couloir avant que ce dernier n'ait le temps de finir de dégainer son arme.

— J'avais dit *silencieuse* l'alarme, continue-t-il comme pour entretenir sa conversation avec la standardiste.

Tandis que l'air se charge petit à petit de l'odeur ferreuse du sang des victimes, le tueur passe derrière la réception. Il tâtonne du plat de la main sous le comptoir, trouve un bouton-poussoir et l'actionne.

Il presse alors le minuscule appareil de communication qu'il porte à l'oreille droite.

— On peut y aller…

Rien ne laisse paraître dans les locaux que l'alerte a été donnée. Seule dans le poste de vigie de la compagnie, une longue sonnerie retentit, sourde et insistante. En attendant avec impatience les instructions de la régie centrale située à quelques kilomètres de là, le responsable de la surveillance vérifie en quelques gestes précis sur ses appareils d'où a été déclenchée l'alarme : le hall de réception.

Une fois le plan d'urgence initié, le système verrouille toutes les issues. Les différentes zones du complexe se retrouvent compartimentées et tous les moyens de communication conventionnels ou sans fil, coupés. Aucun fauteur de trouble ne peut plus ni fuir la place ni contacter l'extérieur. Ces mesures restent fondamentales pour une compagnie comme Piquet International, versée dans la recherche et sujette à l'espionnage industriel.

Suivant à la lettre le protocole, le vigile vérifie la nature de l'alarme. Un zoom sur l'écran de contrôle du hall suffit à lui indiquer la gravité de la situation. Il peut voir les corps sans vie de la réceptionniste et de son collègue. Deux larges flaques sombres s'étalent à vue d'œil sur le marbre blanc de l'entrée. Il décroche son talkie-walkie et confirme à tous les gardiens en patrouille l'état d'alerte du bâtiment.

Reportant son attention sur les écrans de surveillance, il manipule la vidéo pour observer l'arrivée du meurtrier et l'exécution brutale des deux employés.

— *Central à contrôle, central à contrôle*, laisse échapper sa radio.

Il s'en empare et répond aussitôt :

— Ici contrôle. Alerte confirmée. Un homme armé…

Il continue à suivre des yeux les déplacements de l'intrus, mais celui-ci a disparu dans un angle mort.

— … Il a tiré sur la réceptionniste et un gardien. L'individu est maintenant enfermé dans le hall.

— *OK, on est en route. Contingence uniquement, on s'occupe du reste.*

— Affirmatif.

Il relaie les consignes à son équipe. Dans les situations comme celle-ci, seules les fréquences d'urgence demeurent utilisables et le central de la compagnie privée de sécurité doit, comme elle vient de s'en acquitter, confirmer son arrivée.

Le vigile sait maintenant que d'ici quelques minutes à peine, l'équipe d'intervention arrivera sur place. Le meurtrier, acculé dans le hall, sera bientôt appréhendé et remis aux autorités.

Accroupi dans l'un des angles morts des caméras de surveillance, l'énigmatique assassin, paisible, attend sans se soucier d'être ainsi pris au piège.

Il consulte sa montre, puis enlève le chargeur de son arme pour le remplacer par un autre, plein celui-ci.

Sur le sol devant le comptoir, il voit bientôt danser les ombres de l'équipe d'intervention qui vient d'arriver. Les hommes doivent être en train de se mettre en formation derrière les grandes portes de verre givré de l'entrée en attendant qu'un membre de la sécurité les déverrouille.

Il perçoit le déclic électrique caractéristique du pêne relâché de sa prison. Aussitôt, les deux énormes battants s'ouvrent en grand et une horde paramilitaire s'engouffre. Tout de noir vêtus, parés de casques et gilets en kevlar, armes semi-automatiques pointées en avant, les hommes se tiennent prêts à maintenir en respect le premier malfaiteur venu.

Sur son écran de contrôle, le vigile voit l'impressionnant commando pénétrer dans le hall. Tout d'un coup, la nuque de l'intrus entre dans le champ de l'une des caméras qui surveille l'espace des ascenseurs. Il s'accroupit et semble tenir une arme pointée vers les premiers hommes qui débarquent à sa hauteur. Le vigile voit l'un des membres de l'équipe tomber à la renverse, puis son compagnon tout de suite à sa gauche ouvrir le feu sur le meurtrier qui s'écroule en arrière sur le sol.

L'angle de vue ne permet d'afficher que les jambes du malfaiteur, mais celui-ci, déjà cerné par le commando, ne semble plus bouger. Au second plan, quelqu'un aide l'homme tombé à la renverse à se relever. Son gilet pare-balles a rempli son office. Sur l'écran, celui qui vient de soutenir son compagnon décroche un talkie-walkie de sa ceinture.

— *Central à contrôle, central à contrôle...*

Le vigile actionne son propre appareil :

— Ici contrôle.

— *Le suspect a voulu résister, nous avons dû riposter, il est mort. Un de nos hommes a été touché, mais rien de grave.*

— Oui, j'ai vu.

— *Maintenez la quarantaine du bâtiment, nous allons patrouiller pour vérifier qu'il n'avait pas de complices.*

— Parfait, je suivrai votre progression d'ici et déverrouillerai les issues au fur et à mesure.

— *Je vous rejoins au poste de commande pour superviser.*

— Entendu.

Le chef du commando donne quelques ordres à ses hommes, qui se dirigent vers les escaliers, tandis que lui-même traverse le hall dans la direction opposée pour rejoindre la salle de contrôle.

Deux coups brefs retentissent à la porte et le vigile s'empresse d'ouvrir.

— Douglas Macmillan se présente le chef du commando avec un faible accent anglais que les conversations par radio n'ont pas su retransmettre.

Il lui tend une main gantée de cuir noir.

— Antoine Adélaïde, répond le vigile en serrant la main tendue.

— Martiniquais ?

— Le Lamentin, à l'est de Fort-de-France.

— Dans les terres, oui, je connais, j'ai été posté dans le coin il y a longtemps. C'est là que j'ai attrapé ça.

Il pointe du doigt une cicatrice boursouflée qui lui barre la tempe jusqu'à la paupière supérieure droite.

Curieux, le Créole risque :

— Accident de manœuvre ?

Cette explication fait sourire l'ancien militaire qui passe distraitement son doigt sur la ligne violacée.

— Ha ! Penses-tu ! Une bagarre dans un bar... Les autochtones sont experts au maniement de la bouteille de rhum cassée. J'ai failli devenir borgne ce jour-là...

Le chef entre dans la salle et inspecte les lieux d'un regard circulaire.

— Mes hommes vont sillonner les étages par équipe de deux, si tu pouvais dire à tes gardiens de les rejoindre, petit...

Antoine n'est ni petit, ni même chétif du haut de ses un mètre soixante-quinze, mais il doit admettre que le commando, avec sa carrure athlétique et sa coupe en brosse poivre et sel, le domine d'une bonne demi-tête. Il emplit aussi la pièce d'une sorte de force souveraine, se déplaçant et observant les choses comme si tout lui appartenait. Ses yeux gris acier au regard perçant semblent témoigner qu'ils ont connu bien plus que des bagarres de bar.

— Bien sûr, répond Antoine, affable, en se saisissant de sa radio.

Pendant que les ordres fusent, l'ancien militaire actionne quelques boutons sur les commandes du matériel de surveillance. Comme Antoine s'approche de lui pour s'enquérir de ses intentions, il explique avant même qu'une question ne soit posée :

— J'archive les vidéos pour les autorités. Procédure standard quand il y a une attaque à main armée.

Antoine acquiesce d'un signe de tête.

— Vous les avez prévenues ?

— En chemin, oui. Une ambulance et la police ne devraient pas tarder à arriver.

— Qu'est-ce que voulait le type à votre avis ?

Macmillan se retourne en empochant les disques qui contiennent les fichiers vidéo numériques.

— Aucune idée… Nous, on est payé pour intervenir, pas pour faire de l'analyse. Tu as des gars au niveau de la zone de stockage Alpha ?

— Deux en permanence à l'entrée, pourquoi ?

— Je dois confirmer qu'il n'y a pas eu de pénétration des locaux, tu m'accompagnes ?

Antoine marque sa surprise par une grimace crispée.

— Vous savez, avec deux gardiens en poste, on le saurait si…

Macmillan balaye l'air d'une main, comme pour chasser une mouche importune.

— Les ordres sont les ordres… On me dit de vérifier… Je vérifie…

Antoine accroche sa radio à sa ceinture et va rouvrir la porte.

— C'est par là, invite-t-il en indiquant le corridor en face.

Les deux hommes avancent le long du petit couloir qui aboutit sur les portes coulissantes d'un large élévateur.

— Bizarre tout de même, fait Antoine. Un homme seul, qu'est-ce qu'il espérait ?

— Il y a des cinglés partout, répond Macmillan en haussant les épaules.

Le vigile appelle l'ascenseur en utilisant l'une des clés accrochées à sa ceinture.

— Et puis, reprend l'ancien militaire, il n'est peut-être pas seul…

Les deux hommes entrent dans la cage.

— C'est vrai, répond Antoine en usant à nouveau de son passe pour actionner la descente de la cabine. C'est pour cela que vos hommes quadrillent les étages, n'est-ce pas ?

Les deux coups de feu, étouffés par le silencieux, ne résonnent même pas dans l'espace clos où ils se trouvent.

Macmillan se penche et récupère le trousseau de clés sur le corps affalé du Martiniquais.

— Non, mon garçon, ce n'est pas pour ça que mes hommes sont dans les étages…

Les portes coulissent et Macmillan bondit en tirant deux balles sur chacun des gardiens en poste devant une porte blanche. Ils s'écroulent aussitôt et il actionne alors son oreillette :

— J'arrive à la zone de stockage, éliminez les gardes. Rendez-vous dans le hall dans cinq minutes.

Sur les paliers des différents étages, tous les vigiles qui ont rejoint les binômes du commando sont exécutés. Plus de témoins oculaires et le champ libre pour une sortie rapide.

Macmillan ramasse le badge de sécurité de l'un des gardes et s'en sert sur un lecteur magnétique accroché au mur pour ouvrir la porte blanche.

À l'intérieur, il scrute un moment les nombreuses étagères métalliques, puis se saisit d'une sorte de conteneur cubique noir et blanc, ressemblant à ceux utilisés pour le transport d'organes. L'un des côtés arbore l'inscription « 235Bk ».

Le chef des commandos, vidéos de surveillance en poche et conteneur à la main, rejoint le hall où ses hommes l'attendent. Son acolyte aux lunettes noires, en vie et bien portant, est occupé à intervertir de nouveau son chargeur. Il replace cette fois celui à balles réelles dans le magasin. S'il doit bientôt tirer, il n'utilisera pas des projectiles à blanc cette fois. Macmillan le félicite d'un signe de tête et indique les deux portes vitrées toujours grandes ouvertes.

— On bouge !

La fausse équipe d'intervention sort et embarque à bords de trois gros véhicules noirs stationnés en épis devant l'immeuble.

Chapitre 5
Toronto, Canada

Le taxi sombre sort de son stationnement et laisse Jérémy seul devant le perron d'une luxueuse demeure.

Au nord de Sunnybrook Park, entre les avenues Bayview et Leslie, se trouve une enclave de verdure et de maisons de haut standing. Une sorte d'îlot paradisiaque au milieu de Toronto. Tout y est plus espacé, des érables centenaires arborent les rues, les propriétés sont éloignées des voies de circulation et peu de véhicules encombrent les lieux. Lorsque l'on pénètre dans ce quartier, même la luminosité semble différente. Nous ne sommes pas dans l'un de ces faubourgs champignons où les promoteurs, construisant au plus vite, rasent toute végétation et alignent sur des centaines de mètres des modèles identiques de pavillons. L'alternance quasi séquentielle de l'apparence des façades se révèle un faible palliatif à la monotonie de ces constructions. Ici, chaque maison transcende son unique apparence, issue d'un catalogue élitiste ou bâtie sur mesure par un cabinet d'architectes. Les immenses terrains regorgent de verdure. Piscines et court de tennis privés sont la norme, tandis que certains se sont laissés aller à un jardin à la française ou à l'anglaise qui donne un côté encore plus cossu à leur propriété.

Jérémy s'avance vers le seuil de l'une de ces villas. Bâties avec goût, ses fenêtres, portes et rambardes soulignent avec la discrétion de leur peinture blanche un revêtement de pierre gris chiné. L'immense toit à plusieurs pentes épouse les chiens-assis, les balcons et la grande véranda sur l'arrière. La teinte vert forêt des bardeaux bitumés se fond avec le feuillage du vieil érable qui surplombe la demeure.

La porte s'ouvre avant qu'il n'ait appuyé sur le bouton de la sonnette. Une femme d'une beauté captivante, malgré ses traits tirés et son absence de cosmétique, apparaît dans l'embrasure.

— Jay !

Elle se jette dans les bras de son ami qui pose une main dans son dos et l'autre dans les fils d'ébène de sa longue chevelure ondulée.

— Sarah…

— Tu es venu. Je…

Affaiblie par le chagrin, sa voix habituellement mélodieuse s'étrangle en un court gémissement. À ce son de détresse, Jérémy, ému, resserre son étreinte avec tendresse.

Elle aurait sans doute fondu en larmes si son corps pouvait encore en produire. Le Français prend délicatement son visage ovale entre ses mains, ils mesurent presque la même taille et leurs regards se trouvent. Preuve d'une longue complicité, cet échange silencieux remplace tous les mots qu'ils auraient dû se dire en cette circonstance. Il esquisse une moue qui se veut être un sourire forcé, mais la gravité de la situation empêche ce simple geste de jouer son rôle apaisant.

Le prenant par la main, elle l'entraîne à l'intérieur.

— Viens, rentrons.

Sarah était née en Israël trente-huit ans plus tôt, d'un père Afro-Polonais et d'une mère Indo-Égyptienne. Très jeune déjà, elle avait hérité de ce charme inhérent aux princesses du désert, avec un teint cuivré et des cheveux d'un noir de jais. Jérémy avait pour habitude de dire que Sarah était une « métisse du monde », avec ses pommettes et ses yeux verts légèrement allongés, l'ondulation naturelle de sa chevelure, ses lèvres pleines et sa stature de buste grec antique.

Ils s'étaient rencontrés vingt ans plus tôt à Paris. À la Sorbonne, Sarah menait avec succès un DEUG en langues. Jérémy, lui, poursuivait sans conviction des études scientifiques à l'université de Jussieu dans le Ve arrondissement. Il délaissait souvent la hideuse tour Zamansky pour remonter vers le Quartier latin bien plus attractif. Il empruntait alors la rue des Écoles pour passer devant l'une des rares boutiques de micro-informatique de la capitale qui ne se situait pas dans la fameuse rue Mongallet. Parfois, pour enrichir sa collection de romans d'anticipation, il suivait les quais de la Seine en chinant les bouquinistes.

— Tu veux boire quelque chose ? Coke ? Ginger ale ? demande Sarah.

— Tu n'es pas obligée de jouer les maîtresses de maison, tu sais.

Sarah se tourne vers lui, avec un sourire forcé.

— Ça m'aide de me concentrer sur des tâches ordinaires.

Face au visage triste de son amie, Jay culpabilise de l'avoir malgré lui ramené à sa dure réalité. Il décide de jouer le jeu.

— Ginger ale, alors…

Elle se dirige vers la cuisine et Jérémy la suit, grimpant le chapelet de marches qui conduisent au comptoir de style américain.

Elle ouvre le frigidaire, saisit une canette verte et la pose sur l'espace de travail.

Sans se retourner, elle demande :

— Glace ?

— Non, merci.

Jérémy s'apprête à intervenir lorsque Sarah ouvre un placard au-dessus d'elle pour en sortir un grand verre. Il a plutôt l'habitude de boire à même la cannette, mais se ravise et préfère laisser son amie poursuivre ses « tâches ordinaires ».

Lui tournant toujours le dos, elle remplit le verre avec des gestes précis, presque mécaniques. Mais, lorsqu'elle se retourne pour le lui tendre, Jay s'aperçoit qu'elle tremble. Le verre lui échappe des mains et se fracasse sur le carrelage blanc, l'éclaboussant de liquide ambré pétillant. Sarah se recroqueville sur elle-même, assise par terre, le dos appuyé aux placards, pour ne pas elle aussi se répandre sur le sol.

Jérémy se précipite et s'accroupit près d'elle au milieu des éclats de verre. Il sert son corps frissonnant contre lui.

— *I can't believe he's gone*… sanglote Sarah dans sa langue natale.

— Moi aussi j'ai du mal à croire qu'il ne soit plus là.

Prenant garde aux tessons, il glisse un bras sous ses genoux et la soulève avec effort.

— Laisse-moi prendre les rênes pour une fois, OK ?

Il la dépose dans le fauteuil le plus proche.

Volontaire et tenace, Sarah n'est d'ordinaire pas femme à se laisser aller, mais cette fois, ses forces l'abandonnent. Elle ne peut ignorer le soutien proposé par son ami de longue date.

— La morgue a appelé juste avant ton arrivée…

— Ça ne peut pas attendre demain ? demande Jérémy d'un ton concerné.

Sarah inspire profondément pour endiguer ses sanglots.

— Ils veulent une identification formelle. Et demain, je ne crois pas que j'en aurais la force.

— Je t'accompagne, alors, cède Jérémy.

— Mais tu viens juste…

— …d'arriver pour t'aider, l'interrompt-il.

Elle se redresse dans le fauteuil et plaque sa chevelure désordonnée en arrière.

— Tu dois être crevé, je peux y aller toute seule, affirme-t-elle en se relevant.

Jay la retient par l'épaule d'un geste doux et ferme à la fois.

— Depuis le temps, Princesse… Tu devrais assez me connaître pour savoir que tu ne partiras pas sans moi.

Elle ne peut réprimer un bref sourire à la mention de ce sobriquet, dont Jérémy l'avait affublée vingt ans plus tôt.

Le visage grave, elle pose sa main sur celle de Jay.

— C'était ton ami. Je ne veux pas t'imposer ça.

Sarah se dirige vers le guéridon de l'entrée pour récupérer ses clés de voiture et son sac.

D'un pas décidé, le Français la rejoint et lui prend les clés des mains.

— Merci, souffle-t-elle en ouvrant la porte.

Malgré un trafic chargé dans le centre-ville, ils mettent moins d'une demi-heure pour arriver à destination. L'immense complexe hospitalier, couvrant un pâté de maisons à lui seul, siège juste en face de l'Assemblée législative et son vaste parc, dans le quartier de l'université de Toronto. Après avoir laissé la voiture dans un parking payant des alentours, ils pénètrent dans les locaux à la recherche de la morgue.

Sarah est tendue et Jérémy va s'enquérir du chemin à suivre dans les méandres de l'hôpital pour parvenir au bureau du médecin légiste. Ils prennent l'ascenseur sans un mot et descendent au second sous-sol. Le regard de Sarah devient de plus en plus dur, Jérémy peut la voir joindre et serrer ses mains pour en masquer les tremblements nerveux. Il hésite à la prendre dans ses bras, mais préfère s'en abstenir, de peur de briser un équilibre délicat.

Il s'adresse à la secrétaire pour exposer la raison de leur présence. Après avoir vérifié leur identité, celle-ci les fait patienter un moment. Au bout de quelques minutes, un grand homme maigre aux cheveux grisonnants et à la blouse bordeaux finit par se présenter à eux en qualité de médecin légiste. Il les fait pénétrer dans une antichambre sombre. Un long rideau remplace le mur du fond, il couvre à n'en pas douter une large vitre.

Le médecin s'éloigne dans un coin pour actionner un bouton et le rideau commence à s'ouvrir. Deux pans égaux s'écartent du centre dans un ronronnement de moteur électrique bien rodé. La clarté qui émane de l'autre pièce contraste avec la pénombre ambiante. Une énorme lampe opératoire à multiples ampoules inonde la petite salle rectangulaire d'une lumière blanche éblouissante. Des portes de tiroirs en acier dépoli inoxydable couvrent les murs.

Sarah attrape la main droite de Jérémy et la serre presque à lui en rompre les os. Un assistant en blouse bordeaux, lui aussi, attend devant les battants de métal.

— *Are you ready, Mrs. Wessler?* demande le médecin à leurs côtés.

Est-elle prête ? Quelle question stupide… personne n'est jamais assez préparé pour ce genre de chose. Sarah presse la main de Jérémy encore plus fort.

— *No*… murmure-t-elle de manière presque inaudible.

Mais le médecin, ignorant sa réponse ou ne l'ayant pas entendue, effectue un signe de tête à l'intention de son collègue, qui de l'autre côté de la vitre, fait coulisser l'un des tiroirs.

Sarah s'écroule en larme contre l'épaule de Jérémy.

— Brian, balbutie-t-elle…

Jérémy, les yeux rivés sur le visage figé de son ami, confirme d'un hochement de tête. Le tiroir frigorifique est repoussé avec délicatesse.

Tandis que les rideaux se referment en une lente progression devant la vitre, le légiste propose une boîte de mouchoirs en papier à Jérémy, qui en extirpe plusieurs pour les fourrer dans sa poche. Il en donne ensuite un à Sarah, qui pleure toujours au creux de son épaule.

Le médecin s'absente discrètement, pour revenir presque aussitôt porteur d'un sac transparent qui contient les effets personnels de Brian. Il laisse le tout sur une desserte en métal. Il s'éclipse alors de nouveau en disant à Jérémy qu'ils peuvent prendre leur temps et signer le registre en partant.

Sarah et Jérémy restent là quelques minutes, elle à pleurer dans son cou, lui à passer une main dans son dos pour la calmer. Un de ces moments de la vie où aucun acte ni aucune parole ne puisse amoindrir le poids de la fatalité. Ils demeurent silencieux dans la semi-obscurité, conscients uniquement de la présence de l'autre.

Chapitre 6
Paris, France (six mois plus tôt)

La sensation de ne pas être seul réveilla le docteur Marchand. Combattant un début de migraine, il se résolut à se redresser. Malgré la pénombre ambiante, il reconnut aussitôt la salle d'attente de son cabinet de l'avenue Marceau. Assis sur le bord du canapé, il fut frappé par le silence inhabituel qui y régnait.

Paris était une ville bruyante, surtout dans ce quartier du 8e arrondissement situé à deux pas des Champs Élysées. L'immense rond-point de l'Arc de Triomphe où s'amorçait l'avenue amenait un bruit incessant de ronronnement mécanique jusqu'aux fenêtres du cabinet de luxe. Trois voies se déroulaient au pied de l'immeuble bourgeois, chacune séparée par une allée rectiligne de platanes. Malgré ces attraits verdoyants et l'élitisme des bâtiments environnants, cette artère cossue payait en décibels sa proximité avec « la plus belle avenue du monde ».

Même au dernier étage et avec des fenêtres à double vitrage, l'orthodontiste avait l'habitude de ce ronronnement continuel que seule une légère musique d'ambiance pouvait soustraire aux oreilles de ses patients. Pour le moment, aucune musique ne résonnait et le bourdonnement extérieur restait pourtant discret. Cela ne pouvait signifier qu'une chose : la nuit était tombée et la circulation dans la capitale *a minima*.

Désorienté, le dentiste se releva, raide et indécis. Il ne vivait pas dans cet immeuble. Il avait toujours mis un point d'honneur à séparer son logis de son lieu de travail et n'avait donc aucune raison de passer la nuit ici. Une main sur le front, il essaya de reprendre ses esprits et d'évacuer ce mal de tête qui lui vrillait les tempes.

Il regarda sa montre qui indiquait « 1:17 ». Surpris, il fronça les sourcils. Mais que fabriquait-il ici ? La mémoire commençait à lui revenir et il n'en devenait que plus confus.

Il se souvenait en effet d'avoir fini sa journée avec une patiente des plus accaparantes et dont il avait dû réajuster l'implant pour la onzième fois. Le praticien était coutumier de ce genre de comportements. Sa renommée mondiale lui valait une clientèle select, souvent exigeante, toujours à la recherche de discrétion. Il avait refait le sourire de nombreuses célébrités françaises et étrangères, mais également de personnalités moins connues du grand public, quoique tout aussi riches, comme sa dernière patiente, Madame Rossi De-La-Motte-Bréviaire.

Après que l'héritière multimillionnaire se fut éclipsée par la cour intérieure où sa limousine l'attendait, le dentiste se souvenait d'avoir quitté son bureau, laissant à sa pléiade d'employés le soin de fermer le cabinet. Aucun doute sur ses actes, sa mémoire les lui relatait avec clarté. Il était ensuite rentré chez lui à pied, rue de Longchamp dans le 16e arrondissement, à quelques pâtés de maisons de là. Il avait dîné en célibataire dans son appartement avec terrasse donnant sur l'université Dauphine, à deux pas du bois de Boulogne. Profitant des congés scolaires et de l'escapade à Tunis de sa femme et de ses deux filles, il s'était réapproprié les lieux.

Son repas terminé, il avait regardé un film pornographique de sa collection privée puis avait rejoint sa chambre où il avait… fait quoi au juste ?

Monsieur Marchand se leva pour aller chercher une bouteille d'eau minérale dans le mini bar de la réception. Il ne se souvenait pas du tout de ce qu'il s'était passé après avoir pénétré dans sa chambre quelques heures plus tôt.

Troublé, le dentiste essayait de rassembler encore ses esprits et de comprendre ce qui lui arrivait quand tout d'un coup une sonnerie retentit. Surpris, il manqua de lâcher sa petite bouteille et la rattrapa de justesse. Quelques gouttes tombèrent sur le comptoir. Il reconnut enfin la mélodie de son téléphone portable qui résonnait désormais avec insistance.

Il posa sa bouteille à côté du verre vide qu'il s'apprêtait à remplir, se décida à allumer enfin la lumière et chercha son appareil. Il finit par le trouver dans la poche intérieure de son veston accroché au portemanteau de l'entrée. Sur l'écran, un SMS disait : « vs aV 1 nouvo patien ». Peu habitué à ce genre d'écriture, le dentiste plissa les yeux sans comprendre. Il dut lire le message à haute voix pour en déchiffrer le sens :

— Vous… avez… un… nouveau… patient, articula-t-il en butant sur les mots.

Au comble de l'incompréhension, il se tourna instinctivement vers la porte qui donnait sur son bureau et de là, dans la salle de soin. Une faible lueur brillait sous le seuil. Son mobile toujours à la main, il se dirigea vers la porte et l'ouvrit avec prudence. Assis sur son fauteuil, baigné par la lumière provenant de la salle de soin dont la porte était, elle, grande ouverte, un homme de très haute stature et d'une maigreur extrême le toisait. Le dentiste croisa le regard froid de son étrange visiteur. Des yeux globuleux aux iris si pâles qu'on en devinait à peine les contours. Devant ces deux boules opale où seul le trou noir des pupilles perçait, le docteur réprima un mouvement d'effroi et lâcha son combiné.

— Attention avec ça, prévint l'homme avec un fort accent américain.

Il pointa du doigt le mobile — apparemment intact — qui avait rebondi sur le parquet et ajouta :

— C'est fragile.

— Qui… Qui êtes-vous, qu'est-ce que vous me voulez ? balbutia le dentiste.

— Je vous l'ai dit… nouveau patient…

Il indiquait la porte d'où venait la lumière et Marchand suivit machinalement le geste du regard. Dans la salle, il vit un bras ballant qui tombait le long du luxueux fauteuil.

— Je ne… commença Marchand mal à l'aise.

— Il a besoin de votre expertise.

L'albinos retroussa ses lèvres et pointa ses dents avec son index.

— Il faut lui changer tout.

— Mais, mais…

— *Don't worry*. J'ai fait le moulage moi-même. Vous avez juste à lui faire cette dentition.

L'homme poussa vers l'orthodontiste deux blocs gris-bleu. Le polymère à prise rapide contenait des empreintes de mâchoires supérieure et inférieure.

— Au travail docteur, c'est vendredi, vous n'avez que le week-end pour compléter la tâche.

Insensible à la manière un peu particulière dont l'étranger s'exprimait, Marchand commençait à reprendre le contrôle de lui-même. Ils se trouvaient après tout dans son cabinet, il conservait donc l'avantage du terrain. L'homme installé de l'autre côté du bureau devrait contourner cet obstacle s'il voulait le rejoindre. Déjà, le dentiste pensait à son évasion. Il n'avait qu'à se jeter en arrière, claquer la porte sur lui pour ralentir encore l'énigmatique individu et se ruer vers la sortie du cabinet. De là, il descendrait par l'escalier de service jusque dans la cour. Il connaissait bien le quartier et, même à cette heure, il pourrait trouver du secours auprès d'une des nombreuses ambassades qui maintiennent une permanence nocturne. Il plaça un pied en retrait pour prendre son élan.

Il bondit soudain en arrière, passa le seuil, se saisit de la porte et la claqua violemment sur lui. Il se retourna alors et courut vers l'entrée. Mais au moment de poser la main sur le bec de canne, le canon d'un revolver de gros calibre apparut dans son champ de vision. Un grand blond avec une coupe en brosse sortit du pan d'ombre qui le protégeait jusque-là des regards. Le docteur n'eut pas le temps de réagir et s'écroula de douleur sur le sol, la tête en feu. Pourtant, l'autre était encore trop loin dans le couloir pour avoir pu le frapper. Avait-il fait usage de son arme ? Le dentiste, en état de choc, avait-il perdu l'ouïe et omit le coup de feu ?

Une interjection lui prouva le contraire.

— Docteur !

La voix provenait toujours de son bureau, étouffée par la porte maintenant fermée, mais parfaitement audible. Étourdi par la souffrance, Marchand se redressa et agrippa de nouveau la poignée. Une nouvelle vague de douleur lui vrilla le cerveau, le clouant derechef à terre.

— Inutile monsieur Marchand. Revenez.

Cette fois la voix lui parvenait plus forte. Le bureau devait être ouvert.

Le grand blond s'avança, son arme braquée sur la poitrine de l'orthodontiste.

La douleur se calma. Ne comprenant pas ce qui lui arrivait, Marchand se redressa avec difficultés en s'appuyant contre le battant.

— Au travail docteur…

La main sur la poignée, le dentiste voulut tenter une dernière fois sa chance, mais avant même qu'il commence à l'abaisser :

— No, no, no… Je ne ferais pas cela si j'étais vous.

Une douleur sourde montait crescendo sur les côtés de son crâne.

— Ne me faites pas aller plus loin.

Marchand se retourna vers l'albinos. Dans sa main, ce dernier tenait un petit boîtier plat avec un écran à interface tactile. Il glissa son index vers le bas et aussitôt la souffrance diminua, ne laissant place qu'à une faible migraine résiduelle que le dentiste accueillit avec soulagement.

Comme pour conclure sa démonstration, l'homme fit remonter son doigt sur l'écran et Marchand cilla de douleur.

— Ne me testez pas… Que vous le veuillez ou non, vous allez m'obéir.

— Qu'est-ce que vous m'avez fait ? interrogea le dentiste en reprenant ses forces.

— Vous voulez dire ça ? questionna le géant en désignant son appareil. Oh, juste un prototype.

— Prototype ? répéta Marchand sans comprendre.

— Mais efficace, comme vous pouvez voir. La portée est faible, pas très pratique et tellement… comment dire ? Vingtième siècle… termina l'Américain avec un sourire froid.

— Je ne comprends pas…

L'homme de main, occulté, avait repris son poste dans la pénombre du couloir.

— Et il n'y a pas besoin que vous compreniez, rétorqua l'albinos d'une voix dure. Une seule chose compte pour vous, c'est faire ce que je vous dis… ou souffrir… C'est votre choix…

À pas comptés, le dentiste se rapprocha de son bureau, contournant l'homme, comme si garder ses distances pouvait le protéger. Il traversa la pièce puis pénétra dans la salle de soins, son bourreau sur les talons.

Marchand se dirigea vers le fauteuil. Il observa son patient, un homme aussi grand et maigre que celui posté dans son dos. Une perfusion plantée dans son bras gauche expliquait pourquoi il restait si calme : il était anesthésié.

Le dentiste jeta un regard circulaire autour de lui pour retrouver ses instruments. Lentement, il saisit une boîte de gants en latex et en enfila une paire. Il s'équipa d'une spatule en bois, retroussa alors la lèvre supérieure de l'homme et commença à observer sa dentition.

— C'est le bon choix, conclut l'Américain penché au-dessus de son épaule.

Chapitre 7
Toronto, Canada

Définitivement pas le bon choix que de ramasser les tessons à mains nues…

Jérémy presse un peu plus fort sur sa paume entaillée la serviette en papier trouvée sur le comptoir. Une coupure superficielle et sans gravité qui résulte de ses efforts à vouloir nettoyer les débris de verre dans la cuisine. Une manière de se rendre utile à son amie après l'avoir aidée à monter dans sa chambre pour se reposer.

Il finit d'essuyer le soda, récupère le restant des tessons avec une petite pelle et une balayette trouvées sous l'évier. Ensuite, il va se débarbouiller dans la salle de bain de la chambre d'ami, situé au rez-de-chaussée, pour évacuer la fatigue du vol, le stress de la morgue et le chagrin. Il trouve des pansements dans une petite armoire à pharmacie et en applique un sur sa plaie.

Dans la grande maison silencieuse, Jay observe la décoration intérieure. Pas de photos d'enfants, Brian et Sarah ont toujours repoussé l'occasion. Elle, prise par sa carrière de journaliste sur la chaîne régionale, lui retenu par ses responsabilités de directeur de l'informatique pour la Banque CIBC. Jérémy se demande si Sarah regrette maintenant ce choix.

De pièce en pièce, il finit par entrer dans le bureau de Brian. Son cœur se serre en voyant une photo de son ami et de lui-même qui grimacent sur le fond des chutes du Niagara.

Sarah a pris ce cliché des années auparavant, quand Brian et elle ont déménagé au Canada pour y commencer leur vie ensemble. Jay se souvient de leur avoir rendu visite et ils avaient tous les trois entrepris ce petit *road trip* en direction des chutes. Il soulève le cadre et en extirpe la photo. Au dos de cette dernière, une simple ligne au stylo bleu dit « Jay, our best man. RotP 98 ». Jay se souvient du jour de la cérémonie, il avait été leur témoin. Il ne peut s'empêcher de sourire en relisant l'inscription « RotP 98 ». 1998, toute une époque, la dernière glorieuse année de RotP…

Il remet la photo en place et s'apprête à quitter le bureau. Jérémy s'arrête et réfléchit un instant. Sarah va sans doute dormir quelques heures et, dans sa précipitation, il n'a pris ni vêtement de rechange ni affaire de toilette. Il hésite à sortir faire quelques achats, mais préfère ne pas s'absenter, au cas où Sarah aurait besoin de lui.

Il avise l'ordinateur de Brian, s'installe et l'allume. En quelques clics, il se connecte à sa messagerie et répond à sa correspondance professionnelle, fort réduite d'ailleurs, preuve qu'Alexandre a pris en charge une bonne part des dossiers. Il se rend alors sur ses nombreuses boîtes personnelles, différents alias pour différentes fonctions et tombe sur un message en provenance du Docteur. Ce compte particulier, créé de manière anonyme chez un prestataire gratuit, Jérémy et le Doc l'ont mis en place ensemble. C'est le protocole de communication d'urgence institué par son ami.

Aussi lorsque Jérémy ouvre le courriel adressé à sds@unlimitedmail.org, y porte-t-il toute son attention. « *Appelle-moi, SURTOUT N'UTILISE PAS TON MOBILE !!* » ordonne la courte missive.

Jérémy se redresse et va chercher son téléphone mobile laissé dans sa veste à l'entrée. Pourquoi le Docteur ne veut-il pas qu'il utilise son portable pour l'appeler ? Étrange, sachant que le Doc lui-même a modifié cet appareil et insiste pour que Jérémy le contacte toujours à partir de ce dernier afin de confirmer son identité.

Son cellulaire à la main, il retourne dans le bureau d'un air dubitatif. Répondant au courriel envoyé par thedoctor@unlimitedmail.org, il écrit : « *C'est moi, SdS, je t'appelle à partir d'un numéro international, code de pays "1", code régional "416".* »

Jérémy a depuis longtemps pris l'habitude d'entourer ses communications avec son ami de nombreux protocoles, afin de le rassurer dans ses délires paranoïdes. Il laisse passer quelques minutes, persuadé qu'à Londres, un texto ou une alerte quelconque doit déjà avoir averti le Doc de sa réponse, puis il décroche le téléphone qui trône sur le bureau et compose le numéro du Britannique.

— Jay ? interroge une voix où pointe la suspicion.

— Il est 21 h 24… Oui, c'est moi Doc.

Par habitude, Jay a ouvert la conversation en commençant par donner l'heure GMT, une autre vérification dans le protocole instauré entre eux.

— Jay, mon ami à moi, s'exclame le Docteur avec un fort accent anglais en reconnaissant la voix de Jérémy. Préfixe 416, qu'est-ce que tu fais à Toronto ?

Jérémy hésite à annoncer la mort de Brian au Docteur par téléphone, il préférerait de loin le lui dire en personne, mais il craint que les circonstances ne lui permettent pas ce luxe. Même si ces deux-là ne se sont jamais formellement rencontrés, Brian et le Docteur ont œuvré ensemble dans le passé.

— Comment va « la abeille », poursuit le Doc. Si tu es à Toronto, c'est pour le voir, non ?

— « L'abeille » Doc, « l'abeille », élision devant une voyelle, le corrige Jérémy, habitué à pointer les erreurs de son ami selon un de leurs vieux pactes de correspondants linguistiques.

— *Yes yes* « l'abeille », comment il va ?

Le visage de Jay se crispe d'un air grave. Le Français fait claquer sa langue et prend une grande inspiration avant de continuer.

— Doc ? Je n'ai pas de bonnes nouvelles… Brian est mort.

Après un long silence, choqué, le Docteur enchaîne instinctivement en anglais :

— *What, Why, How?*[5]

— C'est arrivé la nuit dernière à son bureau, il travaillait tard. D'après ce que m'a expliqué Sarah, le médecin légiste pense pour le moment à une attaque cérébrale.

— C'est la bouffe ça Jay, tu sais ? Toute la merde qu'ils mettent dedans ? J'ai écrit dans mon blog sur ça, il y a des preuves tu sais, les laboratoires mentent sur leurs résultats en disant que les composants utilisés pour la production de masse et la conservation sont inoffensifs pour la santé, ils savent Jay. Oh ! Oui, ils savent, c'est pour ça qu…

— Doc ! interrompt Jérémy d'une voie sèche.

---

[5] Quoi, pourquoi, comment ?

C'est le seul moyen pour que le génie ne parte pas en spirale dans l'une de ses fameuses théories de conspirations et autres complots.

Silence, puis :

— *Fuck man, not "The Bee", he was a fun guy…*[6]

— Je sais Doc, je sais, c'était le comique du groupe.

De nouveau un lourd silence, que Jérémy décide de briser.

— Ça va Doc ?

— C'était ton ami Jay, c'est moi qui devrais te poser cette question… « The Bee » et moi, tu sais bien, on se connaissait pas. Enfin pas vraiment, quoi.

Jay comprend bien ce que veut dire son ami britannique. Il sait que Brian n'a jamais soupçonné l'existence du Docteur. Celui-ci n'a participé à certaines de leurs activités que dans le plus grand secret. Crédité parfois sous forme de clin d'œil de la part de Jérémy.

— Je sais… Ça va, ment Jérémy… Je suis venu tout de suite pour aider Sarah.

— Jamais compris pourquoi elle était partie avec lui, tu sais ?

— Tu l'as dit toi-même, c'était lui le comique… Il a su la faire rire…

— I am sorry buddy, really am…

— Merci…

— Non, je veux dire… enfin si, je suis désolé pour toi aussi, mais je suis désolé de devoir t'annoncer une autre mauvaise nouvelle.

— Qu'est-ce que… qu'est-ce qu'il y a Doc ? interroge Jay, anxieux.

---

[6] Putain mec, pas « L'abeille », c'était un type marrant…

— C'est pas moi, le rassure son ami, c'est ton mobile *man*... Il est *bugué*.

— Quoi bogué ? rétorque Jérémy sans comprendre.

— J'ai trouvé des petites incohérences dans notre dernière transmission de SMS, alors tu sais, juste pour voir, j'ai fouiné un peu... Il y a un léger décalage avant que les informations arrivent sur ton unité.

— Doc... ça peut être un bête problème de réception.

— Je sais, mais j'ai voulu vérifier tout de même et les signaux qui arrivent à ton téléphone sont très légèrement plus puissants que lorsqu'ils sortent de l'antenne émettrice la plus proche de ta position...

— Le signal devrait se dégrader au contraire...

— Sauf s'il est réamplifié entre-temps.

— Par quoi ?

— Quand tu captures le signal d'un cellulaire, il y a toujours des pertes importantes et si tu ne veux pas que la personne pense que quelque chose ne va pas avec son appareil...

— Tu amplifies avant de lui renvoyer, conclut Jérémy soudain intéressé.

— *My point exactly*...[7] Il y a quelqu'un qui te veut du mal ? Une ex-femme dont je ne suis pas au courant ?

— Non, fait Jérémy en souriant malgré lui. Quelques contrats importants dernièrement, mais je ne vois pas la concurrence mettre mon téléphone sur écoute pour autant, ça ne leur apporterait pas grand-chose...

— Avec le genre de clients que tu as : grosses banques, assureurs et tout ça, tu devrais te méfier, fait remarquer Doc.

---

[7] Exactement mon avis...

Une bande de, ha, comment on dit déjà… malfaiteurs ? Pourrait bien essayer de récolter des informations pour préparer un mauvais coup chez un de tes clients.

Jérémy trouve l'idée un peu tirée par les cheveux, mais c'est bien le genre du Docteur que d'inventer des complots alambiqués…

— Hum, fait Jay. En attendant, merci de m'avoir prévenu, je ferais le nécessaire à mon retour en France.

— Pas de problème, c'était mon plaisir, répond Doc en un bel anglicisme. Moi tu sais, avec la puce que j'ai modifiée pour ton mobile, nos communications sont cryptées, alors c'est pour toi que je m'inquiète.

— C'est gentil. Pour le moment, je le laisserai éteint et je te recontacte plus tard par mail OK ?

— OK… hey Jay ? Bon courage…

— Merci.

Le Docteur raccroche et se lance dans une longue recherche Internet sur Brian Wessler. Jay possède la faculté de pouvoir le faire taire, mais pas de l'empêcher de penser. Succomber à une attaque cérébrale dans la quarantaine reste peu commun. Quelle qu'en soit la cause — industrie alimentaire, ondes électromagnétiques, pollution dans le milieu de travail — le Docteur veut en avoir le cœur net. Il décide de commencer par récupérer le dossier d'autopsie de Brian en s'attaquant aux systèmes de la morgue où se trouve le corps.

De son côté, Jérémy éteint son téléphone portable qui émet un dernier bip en guise d'au revoir.

Chapitre 8
Philadelphie, États-Unis

— Bip ! Bip ! Bip !

Le bruit répétitif du décompte du système d'alarme égraine les secondes avant son déclenchement. Macmillan valide le code de désactivation sur le clavier lumineux prévu à cet effet et fait taire le compte à rebours.

Le local, en fait un espace commercial loué sous prétexte d'ouvrir bientôt un magasin de vêtements, est vide. Seuls un escabeau déplié, une trousse à outils ouverte et du matériel de bricolage donnent le change en cas de visite impromptue. Aucune importance d'ailleurs, puisque de l'extérieur, les badauds mêmes les plus curieux ne peuvent pas s'étonner de voir ce magasin dépourvu de marchandise ou de mobilier. Une mosaïque de journaux collés sur la vitrine empêche les regards inquisiteurs.

Le mercenaire, dans son treillis noir, ne prend pas la peine d'allumer. Se suffisant de la clarté diffuse des éclairages de sécurité, il se fond comme une ombre jusqu'à la porte de l'arrière-boutique. Il pénètre dans la petite pièce sombre et actionne cette fois l'interrupteur. La lumière froide aux teintes verdâtres de l'unique néon révèle un espace exempt de marchandises. Macmillan fait pivoter une large armoire de rangement métallique qui couvre la cloison opposée à l'entrée. Derrière le meuble se trouve non pas le mur, comme on pourrait s'y attendre, mais une porte blindée. Il passe son doigt sur le minuscule lecteur d'empreintes fixé le long du chambranle et patiente pour le déverrouillage du mécanisme de fermeture. Il s'avance et traverse le seuil tandis que la lourde porte s'ouvre automatiquement.

En bas des escaliers de béton brut, le mercenaire prend pied sur le palier d'une vaste salle sans fenêtre. En face de lui, accrochés au mur, quatre écrans plats diffusent en circuit fermé la vidéo de différentes caméras disposées à des endroits stratégiques du bâtiment.

La pièce ressemble à un croisement entre laboratoire de chimie et banc-test d'électronique. Un large comptoir en meuble le pourtour, tandis qu'une longue desserte montée d'un bec benzène et d'un évier trône en son centre. Sur le comptoir en PVC siègent de l'équipement informatique, des instruments de mesure et des appareillages complexes siègent sur le revêtement en PVC. Par contraste avec l'étage, la pièce est amplement éclairée et le nouveau venu doit plisser les yeux pour les accommoder à la lumière crue des halogènes.

— Posez ça là, ordonne une voix grave.

Macmillan va au centre de l'étrange labo et pose le conteneur qu'il transporte sur la desserte. Il scrute le dos étroit de celui qui a intimé l'ordre sans même se retourner. De sa chevelure immaculée à la coupe négligée s'échappe un cou décharné qui s'enfonce entre ses épaules osseuses. Macmillan ne manque jamais de s'étonner de la discordance entre la maigreur de ce physique et la profondeur de cette voix. La taille de l'homme impressionne. Même courbé, il mesure encore une tête de plus que Macmillan qui dépasse déjà le mètre quatre-vingt.

Le mercenaire s'est habitué à l'étrangeté de son client albinos et de ses manières. Il reste donc coi, tandis que l'autre s'affaire dans son coin, sans plus se soucier, semble-t-il, de sa présence.

Au bout de quelques minutes cependant, Macmillan ne peut s'empêcher de commenter :

— Vous êtes certain que vous pourrez...

Il s'interrompt aussitôt, conscient de son erreur d'avoir pris la parole sans y être invité.

L'autre abandonne sa tâche et le bruit clinquant de la rencontre entre deux métaux résonne lorsqu'il lâche ses outils. Il se redresse lentement, dominant la pièce de toute sa hauteur et se retourne.

— Que je pourrai quoi ?

Macmillan, pourtant dur à cuire, déglutit d'un coup sec, ce qui gonfle la cicatrice de sa tempe. Il ne redoute pas son client lui-même, mais se prépare à affronter son regard...

— Ouvrir la malheureuse serrure électronique qui protège ce conteneur ? continue l'étrange personnage.

Le géant lui fait maintenant face et le mercenaire se concentre pour ne pas ciller. Les yeux protubérants et presque entièrement blancs ne doivent leur étincelle de vie qu'aux deux trous d'épingle sombre des pupilles.

Chaque fois que Macmillan croise ce regard, il a l'impression de côtoyer la mort personnifiée. Le mercenaire réprime un frisson. Il en a somme toute vu d'autres et se reprend vite.

Ignorant tout du combat intérieur de son employé, l'homme continue, tout en s'approchant de la desserte :

— Pensez-vous vraiment que je vous aurais demandé de me rapporter ceci si je n'étais pas capable de l'ouvrir ?

— Non, bien sûr, répond Macmillan d'un ton assuré.

Il fixe la glotte saillante de son interlocuteur pour ne pas avoir à soutenir son regard. D'un geste précis, il fait pivoter le conteneur de manière à en présenter l'écran et le lecteur de cartes à son commanditaire.

— Conteneur renforcé, serrure Mortimer à double lecteur de cartes et protection chimique, débite l'ancien militaire d'un ton procédural.

Son hôte sourit, ce qui donne une expression presque humaine à ses yeux en atténuant le creux des paupières et en jetant un peu d'ombre sur la corolle de ses iris diaphanes.

— Toute tentative de pénétration par la force déclenche l'émission d'un acide concentré qui en rend le contenu inexploitable, récite l'homme pour conclure.

Il passe un doigt effilé sur l'une des fentes du lecteur de cartes.

— Fort heureusement, loin de moi l'idée d'utiliser la force.

Curieux, le commandant ne peut s'empêcher de poser la question qui lui brûle les lèvres.

— Mais comment allez-vous l'ouvrir ? Les deux cartes nécessaires sont infalsifiables.

Un nouveau sourire vient adoucir le visage émacié de l'albinos.

— Mon cher commandant. Fabriquer deux cartes à puces n'est vraiment pas le problème.

Il ouvre un tiroir sous la desserte et en extirpe deux cartes vierges en plastique blanc agrémentées chacune d'une puce électronique dorée.

— Les faire communiquer entre elles pour qu'elles analysent la requête du lecteur et lui renvoient la réponse attendue… C'est là le vrai challenge.

Il pose les deux sésames sous la poignée du conteneur avant de reprendre.

— Mais ce n'est qu'une question de programmation et de matériel, après tout…

Il retourne dans son coin, le long du comptoir et revient bientôt, en possession d'un petit appareil similaire à un lecteur de cartes de crédit portable. Deux fils terminés chacun par une fine pastille rectangulaire métallique pendent sur le devant. Il colle les deux pastilles, chacune sur une carte, de manière à recouvrir la puce.

— Voilà pour la partie matérielle.

Il insère les deux cartes dans les fentes du lecteur du conteneur. Ce dernier émet un bref signal sonore, puis un témoin lumineux rouge clignote, tandis que sur l'appareil portable, l'écran s'allume et laisse défiler des combinaisons alphanumériques.

— Quant à la programmation…

L'homme retire les cartes des deux fentes. Aussitôt, le voyant pourpre s'éteint. Mais l'écran de l'appareil, lui, continue à faire tourner et retourner des symboles. Jusqu'au moment où un bref bip retentit, puis un second, suivi de toute une série d'autres sons suraigus plus rapprochés et enfin le silence.

Reprenant les cartes en main, le maître des lieux les insère de nouveau dans les deux fentes. Cette fois, une longue sonnerie stridente se fait entendre, puis un témoin lumineux vert s'affiche en libérant la serrure du conteneur.

— … il se trouve que c'est ma spécialité.

Il ouvre avec précautions le couvercle et commence son inspection. Six petits cylindres de métal sont plantés dans une mousse de polystyrène grise compacte.

— Composé 235Bk, déclare pensivement le géant.

Il se retourne vers son homme de main.

— Préparez-vous, commandant, vous partez bientôt pour l'Espagne. Et cette fois, votre approche sera un peu différente.

Il passe un doigt distrait sur les six tubes et comme Macmillan s'en va, il ajoute :

— N'oubliez pas de remettre l'alarme en sortant.

Chapitre 9
El Formigal, Espagne

L'alarme du radio-réveil se tait lorsque la main de Paul Rodriguez s'affale sur le gros bouton ovale qui trône sur le dessus de l'appareil.

— *Madre de dios, justo unos minutos además*[8], balbutie Paul en se couvrant la tête sous son oreiller.

Il a travaillé toute la nuit à finir la modélisation en 3D d'une chambre de torture pour un jeu vidéo macabre qui inondera les rayons d'ici peu. Mais, si proche du bouclage, il doit superviser de près ses programmeurs pour s'assurer qu'ils intègrent bien les nouveaux graphismes transférés sur le serveur de la compagnie.

Il rumine, souffle, grogne, puis finit par s'asseoir sur le bord de son lit. Comme à regret, il se redresse et étire son corps nu et sculpté tout en bâillant. De taille moyenne, Paul n'en impose pas moins par son physique. Sa peau mate et cuivrée est tendue sur une musculature fine qu'il entretient avec assiduité. Sa chevelure noire mi-longue, pour le moment lâchée, encadre un visage mince où les pattes et la barbiche courte forment des dessins aux tracés précis.

Il effectue quelques mouvements d'assouplissement pour dénouer ses muscles et chasser les dernières brumes du sommeil, puis il ouvre les lourds rideaux en grand. La lumière chaude du soleil déjà haut dans le ciel vient enflammer l'intérieur du duplex.

---

[8] Pour l'amour de Dieu, juste quelques minutes de plus.

Devant lui, s'étendent à perte de vue les majestueuses formes du pic du Midi d'Ossau.

Situé à moins de cinq kilomètres de la frontière française, El Formigal, fondé par les Romains pour les sources thermales qui en sillonnent le sous-sol, possède quelques magnifiques constructions anciennes. Mais, même si la thalassothérapie représente encore aujourd'hui une partie de l'économie de ce petit village, son intégration dans l'un des plus grands domaines skiables espagnols en est devenue le moteur principal. La silhouette des complexes hôteliers et des immeubles ultras modernes tranche un peu avec le passé antique des lieux. Mais l'endroit, été comme hiver, conserve une beauté naturelle à couper le souffle, pour peu que l'on se donne la peine de s'écarter un peu de la station elle-même.

Paul est l'un des rares résidents à l'année de ce village, qui hors-saison, compte moins de mille cinq cents âmes. Non qu'il soit un enfant du pays, bien au contraire. Féru de ski et d'escalade, son métier lui permettant de travailler le plus souvent à distance, Paul profite de son petit pied-à-terre. Il apprécie à la fois la vie trépidante de la station pendant les hautes saisons et le calme absolu qui y règne entre l'hiver et l'été. Il a acheté un appartement duplex au dernier étage d'un immeuble de la rue Juan de Lanuza dix ans auparavant. Ainsi domicilié en Espagne, il peut aussi bénéficier de quelques avantages fiscaux non négligeables avec la France, où réside son studio de production multimédia.

Habiter au plus près de ses passions avec des horaires de travail qu'il module à volonté dans un cadre agréable, représente une situation idéale pour ce célibataire endurci. Cependant, il lui reste tout de même des responsabilités et notamment lors d'un bouclage comme celui de son projet de jeu actuel. Il doit se plier à quelques règles commerciales, dont la moindre d'entre elles consiste à respecter les échéances !

Aussi, après s'être acquitté de ses exercices physiques quotidiens, avoir pris une douche et s'être habillé, Paul se retrouve-t-il en train de petit déjeuner à la terrasse du seul restaurant ouvert d'El Formigal en cette saison. Il a certes rendez-vous en début d'après-midi avec son client pour une dernière démo avant le lancement officiel de la campagne de publicité du jeu. Mais ce n'est pas une raison pour partir le ventre creux et déroger à sa sacro-sainte règle du café au lait matinal, habitude prise de sa mère française.

Paul finit le fond de son bol lorsque son portable se met à vibrer. Il l'extirpe de la poche arrière de son pantalon et regarde le message SMS inscrit en français sur l'écran : « il é bon ton Kfé ? »

Paul soulève un sourcil étonné, regarde autour de lui et ne voyant personne, reporte son attention sur son téléphone pour identifier la source de ce message. Mais chose étrange, aucun numéro ne s'affiche… Il finit son petit déjeuner et soucieux de ne pas se mettre en retard, règle l'addition sans plus porter de considération au mystérieux texto, somme toute anodin.

Alors qu'il se lève, il se sent soudain pris d'un vertige. La tête lui tourne et ses oreilles bourdonnent. Fébrile, il se rassoit en s'appuyant sur la table. Paul est un habitué des nuits courtes, ou même blanches. Il sait reconnaître les symptômes et migraines spécifiques au manque de sommeil, ce qu'il ressent n'a rien à voir. Une violente douleur lui vrille le crâne et il se prend la tête entre les mains. Sa souffrance augmente d'intensité, arrachant une grimace et un grognement au graphiste.

Dans le restaurant, la patronne se rend compte que quelque chose ne va pas et se précipite dehors.

— *¿Señor Rodriguez ?*

Paul se tord de douleur.

— *¿Eso no va?*[9]

Non, cela ne va pas, vraiment pas ! Du sang commence à couler des narines et des oreilles de Paul, qui déjà, ne peut plus entendre la tenancière, encore moins lui répondre. Il est parcouru de convulsions et seuls les accoudoirs de la chaise le maintiennent toujours en position assise. Il s'arcboute violemment, un bras tendu vers le ciel comme un dernier adieu à la montagne, puis tout son corps se relâche et il reste affalé dans son siège, une écume blanche aux lèvres.

La patronne part en courant chercher du secours, mais il est déjà trop tard. Paul Rodriguez est mort.

[9] Ça ne va pas ?

Chapitre 10
Toronto, Canada

Le cimetière Mount Pleasant de Toronto n'a rien à voir avec le concept terne et fermé des cimetières français. Ici, pas de hauts murs sombres et sinistres, mais plutôt une grille aérée qui laisse passer les regards. Pas non plus d'allées de gravier rectilignes avec, bien alignées de chaque côté, de longues pierres tombales de marbres gris ou marron. En fait, si les grandes villes nord-américaines sont souvent bâties au cordeau, avec un contraste géométrique flagrant par rapport aux petites ruelles sinueuses des capitales européennes, leurs cimetières, eux, sont à l'inverse de véritables parcs. De larges allées goudronnées serpentent au milieu d'une verdure bien entretenue. Les badauds arpentent tranquillement les lieux, protégés des ardeurs solaires par le feuillage de nombreux arbres, vénérables et pour certains importés de lointaines contrées. Les pierres tombales classiques restent rares. Ici, on appose plus volontiers une inscription sur une simple stèle. Toutes les tailles, toutes les couleurs et plusieurs types de roches reçoivent ainsi des épitaphes variées en provenance de toutes les confessions.

En plus de ce côté nord-américain, le cimetière Mount Pleasant a la particularité d'être ancien. Il est vallonné, limitrophe avec plusieurs ravins et autres parcs qui forment la « green belt » de Toronto. Une vallée verte qui coule sur des kilomètres et dont le cimetière est une extension naturelle. Bien des tombes sont en toute simplicité recouvertes d'une herbe drue et entretenue. On erre de stèle en stèle sans craindre le tabou de marcher sur une sépulture. Dans les allées, des habitués pratiquent leur jogging, des parents promènent leurs nouveau-nés en poussettes, des étudiants lisent en toute quiétude, assis sur des bancs et ce, au milieu des familles qui se recueillent sur leurs défunts disparus.

L'étendue et le calme y sont tels qu'une faune forestière y a repris ses droits. Le pelage terne des inévitables écureuils contraste avec le rouge ou le bleu vif des cardinaux et des geais. Plus surprenant, quelques familles de ratons laveurs et de coyotes ont élu domicile dans cette vallée verte. Elles peuvent parfois être aperçues aux aurores ou aux crépuscules dans les endroits reculés du cimetière lui-même.

À proximité de l'accès de l'un des ravins, dans la partie haute du cimetière, figurent les plaques commémoratives des personnes incinérées ne possédant ni tombe ni stèle. Tout autour d'une large fontaine artificielle à étages, incrustés au parapet ou sur un muret, s'alignent des centaines de cadres en bronze. Ils n'apparaissent pas plus grands qu'une feuille de papier standard et les familles ont pu y faire graver un dernier mot, une phrase ou un dessin en souvenir de leurs chers disparus.

Bien que d'origine anglaise, Brian Wessler n'en demeurait pas moins un Canadien de cœur et sa femme a décidé d'apposer une plaque à son nom ici, tandis que ses cendres seraient dispersées en amont de la Tamise.

Depuis une semaine, Jérémy était resté chez Sarah afin de lui apporter tout le soutien possible dans les douloureux préparatifs auxquels elle avait dû s'astreindre. Ils avaient organisé les obsèques et la crémation ensemble. Jay avait chaque fois offert une épaule solide pour permettre à la veuve d'assécher ses larmes. Sarah avait puisé dans sa force de caractère jour après jour et la présence de son ami aidant, elle avait peu à peu repris contenance. La pose de la plaque commémorative représente pour elle un dernier cadeau offert à la mémoire de son mari. Pour des adieux qu'elle avait désormais acceptés. Pour un deuil qui, loin d'être encore terminé, se continuerait néanmoins avec plus de sérénité.

Elle se tient, grande et fière, face au muret où l'un des employés du cimetière s'apprête à enlever le petit rideau de velours bordeaux foncé qui protège des regards la plaque nouvellement scellée. Pas de cérémonie, Sarah a voulu cet instant intime. Seuls les amis canadiens les plus proches ont été conviés à la crémation et la famille anglaise sera réunie pour la dispersion des cendres. Mais pour l'inauguration de la plaque, elle n'a souhaité que Jérémy à ses côtés. Pour l'occasion, elle a revêtu une discrète robe de ville sombre et lâché ses cheveux en la crinière naturelle que son mari appréciait tant. Lui a toujours sa queue-de-cheval bien serrée et est affublé d'un jean, d'un blazer noir au-dessus d'un T-shirt blanc et d'une paire de baskets de la même couleur. « Parce que c'est comme ça que Brian te voyait », lui a dit Sarah. « Je ne m'attends pas à ce que Jay porte un jour un costard, même pour son propre enterrement », avait un jour plaisanté son mari.

L'employé enlève d'un geste solennel le tube de bronze qui sert de tringle. Il s'écarte sans un bruit, emportant le rideau de velours et son support. Sarah s'approche de l'inscription ainsi révélée et promène ses doigts sur les caractères estampés : « *To my lovely husband who left his flower without a Bee* — À mon tendre époux qui laisse sa fleur sans Abeille ». Jérémy se remémore les débuts du couple,

« l'abeille et la fleur ». Ce sobriquet a vu le jour parce que Brian avait choisi comme pseudonyme la première lettre de son prénom, « B » qui se prononce « bi » en anglais, comme *bee* « l'abeille ». Et Sarah... Sarah ne pouvait être qu'une fleur à ses côtés...

Ils restent un moment en silence, à contempler la plaque, chacun dans ses pensées. Puis, au bout de quelques minutes, un geai bleu se pose sur le sommet du muret. Le soleil se reflète sur l'azur brillant, presque métallique, des plumes de son cou et de ses ailes. Il cacarde brièvement, relève la houppette noire de sa tête, puis prend son envol. Cela agit comme un signal, les deux êtres humains sortent de leur rêverie et s'éloignent à leur tour sans avoir à se concerter.

Ils marchent d'abord, côte à côte, le long d'une petite allée de dalles qui sillonne cette partie du cimetière de lacets étroits. Ils rejoignent une grande artère bitumée sur laquelle quelques cyclistes circulent sans hâte. Là, ils commencent à parler, échangeant des souvenirs sur Brian tout en se laissant guider par la pente douce et le hasard des entrelacements goudronnés, sans réelle destination. Après plusieurs minutes, ils rient. Jérémy conte avec force mouvements l'apprentissage du français par Brian, avec les inévitables erreurs qui se sont ensuivies et leur première rencontre en personne après des années de collaboration à distance. Ce jour-là, Brian n'avait rien trouvé de mieux que de porter un T-shirt aux couleurs du drapeau anglais « comme cela tu vas reconnaître moi facile », avait-il écrit dans son dernier message à Jérémy.

— Alors évidemment, au lieu de choisir un coin tranquille, on se donne rendez-vous dans un endroit public, comme les idiots que nous sommes, raconte Jérémy. Et quoi de plus facile à trouver à Paris que la tour Eiffel ?

Sarah approuve d'un mouvement de la tête, attendant la suite de l'histoire.

— Je débarque sur le parvis et là, horreur, des centaines de supporters de football anglais, tous vêtus d'une déclinaison quelconque de leur drapeau national ! Férus de sport comme nous l'étions, ni Brian ni moi n'avions réalisé qu'il y avait un match France-Angleterre ce jour-là... Plus d'une heure à arpenter cette foule bigarrée avant que je n'aperçoive finalement un grand gaillard aux couleurs de l'Union Jack en train de battre des bras en faisant des cercles, comme s'il voulait s'envoler : c'était Brian qui imitait l'abeille en faisant « Bzzz, Bzzz »...

— Non ! s'exclame Sarah. Il ne m'avait jamais raconté ça.

— Certainement pas sa meilleure heure, renchérit Jérémy en souriant. Je crois bien l'avoir récupéré juste à temps avant qu'il ne soit conduit dans un hôpital spécialisé.

Ils éclatent de rire, puis Sarah s'arrête, toujours un sourire aux lèvres, mais le regard lointain, plongé dans celui — désormais un souvenir — de son mari. Jérémy enchaîne aussitôt, pour ne pas laisser s'installer un long moment de silence pesant :

— Bon, c'est pas tout ça, on avance, on avance, mais on est où maintenant ?

La question procure l'effet escompté et Sarah sort de la rêverie qui la gagne pour se retourner et regarder autour d'elle.

Au bout d'un moment elle hausse les épaules.

— Aucune idée.

Ils sont arrivés dans la partie la plus basse du cimetière. Tout au bout, une grille discrète percée d'une porte à double battant donne sur un terrain en friche qui longe un étroit cours d'eau. À deux pas du grillage, l'allée se finit en un petit rond-point pour permettre aux corbillards de faire demi-tour.

— On est au bout du cimetière, conclut Jérémy.

— Hum, ça ne donne pas sur la rue, je crois qu'il vaut mieux remonter un peu si on ne veut pas se perdre dans les méandres de la « green belt ».

Comme ils se retournent, cherchant par laquelle des trois allées ils ont bien pu arriver, Jérémy remarque une silhouette dans l'ombre d'un arbre, une centaine de mètres en amont.

— Tu penses que c'est par là ? demande Sarah en songeant que Jérémy reconnaît le chemin.

— Hum ? Heu… pas certain, non. On n'a pas déjà vu ce type au crématorium ?

Sarah regarde discrètement dans la direction de la silhouette.

— Je ne sais pas. Par contre, il me semble l'avoir aperçu près de la fontaine quand nous sommes descendus, pourquoi ?

Jérémy bat l'air d'une main en signe d'indolence.

— Bah, ce n'est rien. Je ne veux pas t'ennuyer avec ça.

— Jérémy ?

— Non, vraiment ce n'est rien. J'ai appris que mon téléphone portable était sur écoute l'autre jour, je me monte des films, c'est tout.

— Sur écoute ? Mais pourquoi ?

— Je ne sais pas, ce n'est rien, je t'assure… espionnage industriel sûrement, la concurrence qui veut en savoir un peu plus sur ma compagnie ? Je réglerai ça quand je serai de retour en France, ne t'inquiète pas. Oublie… je n'aurais même pas dû le mentionner.

Il s'engage dans l'allée qui remonte vers la mystérieuse ombre. Sarah lui emboîte le pas sans un mot. Là-haut, l'homme disparaît derrière le large tronc de l'arbre sous lequel il se trouvait quelques secondes plus tôt.

Sarah rejoint Jérémy.

— Peut-être un paparazzi ? risque-t-elle. Je ne suis pas une vedette nationale, mais en tant que présentatrice du journal régional…

— Nah, pas d'appareil photo et puis les paparazzis ne se baladent pas en costume trois-pièces.

Ils continuent à avancer le long de la pente, en essayant de percer les ténèbres sous le feuillage du majestueux chêne centenaire. Mais l'homme semble s'être volatilisé.

— Je deviens parano, soupire-t-il quand ils arrivent à hauteur de l'arbre. Sans doute juste un quidam qui se balade dans le parc.

Ils reprennent leur ascension sans plus y penser et débouchent sur l'artère qui mène à la rue Yonge, longtemps la plus longue rue du monde. Elle s'étend sur près de deux-mille kilomètres depuis les berges du lac Ontario jusqu'à la frontière américaine. Du bord de l'eau où s'écrasent les tours du quartier financier de Toronto, la rue monte plein nord jusqu'aux rives, bien plus tranquilles, du lac Simcoe. Elle bifurque ensuite au sud-ouest pour contourner les Grands Lacs jusqu'à la petite bourgade de Rainy River, à la frontière du Minnesota.

En face de la station de métro Davisville, Jay et Sarah entrent dans un « Second Cup », une franchise de café similaire à « Starbuck », mais plus intimiste. Le chocolat chaud, boisson favorite de Jay, y est aussi bien meilleur. Alors qu'ils passent leur commande, une silhouette sombre s'arrête de l'autre côté de la devanture en jetant un rapide coup d'œil dans leur direction.

Occupés à indiquer leur choix, ni l'un ni l'autre ne prêtent attention à l'homme qui entre dans le café. Un quarteron Noir américain à peine plus grand que Jay, bien bâti, tout vêtu de noir, smoking et pardessus, chaussé de souliers vernis qui reflètent la salle en arabesques difformes.

Tandis que Jay fouille dans la poche de son jean à la recherche d'un billet de vingt dollars pour payer son chocolat et le café de Sarah, l'homme s'interpose.

— Permettez-moi de vous les offrir, dit-il d'une voix grave en un parfait français, teinté d'un rien d'accent acadien peut-être. Difficile à affirmer sur les inflexions particulières de cette seule phrase.

Avant que Jay ne proteste, l'homme règle la note et se saisit des deux gobelets. Sans se départir de son flegme, il poursuit :

— Nous avons à discuter. Un endroit moins public si possible… Je propose la résidence Wessler, dans disons… quinze minutes ? J'apporte les boissons, ajoute-t-il en soulevant les deux gobelets bien en vue.

Sur ce, il se retourne et sort nonchalamment en poussant la porte du pied, un verre dans chaque main.

Jay regarde Sarah, bouche bée. La scène surréaliste s'est déroulée en moins de vingt secondes durant lesquelles ni l'un ni l'autre n'ont rien trouvé à dire. Au bout d'une minute, Jay se décide à briser le silence.

— C'est le type du cimetière, non ?

— Il me semble, oui.

Il se retourne vers la rue où l'homme a disparu.

— C'est quoi son problème ?

— Jay ? On ferait peut-être mieux de rentrer à la maison ?

Jay hésite un instant puis a un geste désinvolte.

— Oui, tu as raison, allons-y. Je suis curieux de savoir ce qu'il nous veut.

Perplexes, ils quittent le café et retournent à la voiture de Sarah. Ils remontent l'avenue Mount Pleasant vers le nord, laissant le cimetière éponyme derrière eux, puis bifurquent dans l'avenue Eglinton pour rejoindre Bayview et entrer dans le quartier de Sarah. Après quelques minutes à peine, ils pénètrent dans l'allée devant la demeure des Wessler, où une lourde Ford noire est déjà stationnée. Le conducteur attend, appuyé sur le capot, les deux gobelets de boissons chaudes perchés sur le toit.

À leur arrivée il se redresse et saisit un attaché-case en cuir lustré jusque-là posé à ses pieds.

— Mme Wessler, si vous voulez bien ouvrir la porte. Monsieur Baltac ? Puis-je vous confier les gobelets ?

Il indique sa mallette d'un geste significatif pour justifier qu'il ne peut plus s'acquitter de cette besogne lui-même.

Sarah va ouvrir la porte tandis que Jay décoche un regard noir à l'intrus. Il décide cependant de s'emparer des gobelets sans pour autant entamer la moindre discussion.

Une fois à l'intérieur, l'homme continue à se comporter avec aisance, comme si leur rencontre était des plus normales. Jay caresse un instant l'idée de vilipender l'importun. Mais il décide de jouer le jeu, ce qui, sans concertations préalables, semble aussi être le cas de Sarah. Elle garde un calme olympien devant cette intrusion.

L'inconnu s'assied sans gêne dans un fauteuil du salon sans y être invité et ouvre le porte-documents sur ses genoux. Jay dépose les gobelets sur le guéridon de l'entrée, sachant pertinemment que ni Sarah ni lui n'y toucheront désormais et s'installe sur le canapé. Sarah choisit le fauteuil qui fait face à celui de l'homme au costume. Ce dernier se racle la gorge et sort une chemise cartonnée beige sur laquelle un nom apparaît, imprimé sur une petite étiquette blanche autocollante.

— Brian Wessler, alias « The Bee », spécialité : Reverse Engineering. Britannique.

Il laisse choir la chemise sur la surface vitrée de la table basse d'un geste nonchalant et néanmoins calculé pour son effet.

Il sort ensuite un second dossier de son attaché-case et, tel un commercial qui bonimente ses articles, il continue à égrainer ses informations sans autres formalités.

— Paul Rodriguez, alias « Mosquito », spécialité : Graphisme, logo et démo. Espagnol.

La chemise atterrit elle aussi sur la table, rejointe bientôt par une troisième tandis que le visiteur poursuit.

— Sergey Kagda, alias « KryptBoy », spécialité : cryptage de données. Russe.

Un quatrième dossier s'écrase sur la pile avec un bruit de porte qui claque.

— Allan Vaughan, Alias « Ante », spécialité : Communication et réseau. Américain.

L'homme s'arrête et se tourne vers Jérémy.

— Ces noms vous disent quelque chose, monsieur Baltac ?

Jérémy sourit en toisant son interlocuteur. Pas la peine de nier l'évidence.

— Bien sûr que je connais ces noms, enfin plutôt leurs alias. Qu'est-ce que vous vouliez que je vous réponde ? Que je prétende ne pas les connaître alors que le prochain dossier que vous avez est sans doute le mien ?

Une dernière chemise cartonnée claque en rejoignant la pile.

— Jérémy Baltac, alias « SdS », spécialité : Sécurité informatique. Français, termine l'étrange personnage.

— Qu'est-ce que vous attendez de moi au juste ? demande Jay. Je me doute que vous savez très bien qu'en dehors de Brian, je n'ai pas gardé de contact avec ces gens depuis près de vingt ans. De fait, vous venez de m'apprendre leur état civil à l'instant…

— Je sais, réplique l'homme sans se démonter. Toutefois, nous avons oublié un membre de votre groupe et un membre important qui plus est…

— Phoenix ? s'enquiert Jay d'une voix métallique de peur que l'intrus ne fasse allusion au Docteur.

— Thomas Andrews, alias « Phoenix », programmeur américain et cofondateur, avec vous-même, de votre petite équipe de hackers « RotP » — « Rise of the Phoenix », l'envol du Phénix… Touchant, presque poétique si vous voulez mon avis… Monsieur Andrews est décédé dans un accident de la route en 1999, quelques mois après la dissolution de votre groupe.

Un bref silence menace de s'installer, Jérémy décide de le briser.

— Écoutez, quoi que ce soit dont vous voudriez m'accuser, monsieur ?… Je n'ai pas bien compris votre nom…

— Je ne vous l'ai pas donné, articule clairement l'homme au smoking.

— Je vois… appuie Jérémy en levant les yeux au ciel. Quoi que vous ayez en tête, nous avons toujours œuvré dans l'intérêt public, en prévenant les compagnies et les individus des failles que nous trouvions… Quant à Phoenix, je ne connaissais même pas son nom il y a encore cinq minutes, si vous insinuez que j'aurais quelque chose à voir avec sa mort…

— Je n'ai que faire de vos activités passées de hacker, monsieur Baltac, le coupe l'inconnu. Qu'elles aient été louables ou douteuses m'importe peu et je sais que vous n'avez rien à voir avec la disparition de monsieur Andrews. Ce que je ne sais pas en revanche, c'est pourquoi les membres de votre petite confrérie sont assassinés les uns après les autres…

Chapitre 11
Moscou, Russie

Un soubresaut traverse le corps de Sergey Kagda. Aucun son ne sort de sa gorge lorsqu'il expulse son dernier souffle.

Autour de lui, une myriade d'équipements informatiques ultras modernes continuent à pulser une lumière pâle et un ronronnement incessant dans le vide et les quasi-ténèbres d'un entrepôt désaffecté. Un téléphone mobile est enfermé dans une boîte grillagée fixée sur un pilier de béton, interdisant son usage. L'écran s'éteint sur le dernier texto reçu. « Tchao KryptBoy ».

Sergey vient de finir son meilleur travail de cryptographe. Il a passé plusieurs jours prisonnier dans cet entrepôt, avec le strict nécessaire laissé par ses ravisseurs : une simple lampe au néon comme éclairage, un seau pour ses besoins naturels et un stock de nourriture sèche et de bouteilles d'eau Polustrovo, du nom de la région proche de Saint-Pétersbourg d'où elle est tirée des profondeurs.

Son corps avachi sur la table en métal appuyée contre le pilier central de l'immense entrepôt, Sergey, cheveux gris en brosse, ressemble à un pantin désarticulé. Un de ses bras reste ballant, l'autre, en arc au-dessus de sa tête, a atterri sur l'un des trois claviers qui couvrent la surface de travail brillante.

Sur l'un des écrans, une suite de « g » défilent sans interruption, cherchant à conquérir tout l'espace qui s'offre à eux sur le rythme du staccato d'un métronome enragé.

Le raclement de lourdes chaînes se fait entendre, amplifié par l'écho froid de la construction en tôle. À trente mètres de là, l'ouverture de la porte coulissante ajoute son grincement lugubre au bruit ambiant. La lumière extérieure ne suffit pas à percer les ténèbres au-delà de quelques mètres. La table est baignée d'un halo en provenance du néon, petit îlot de clarté au milieu d'une marée noire. Deux hommes pénètrent dans l'entrepôt et traversent la pénombre pour accoster au centre. Ils entreprennent de s'approprier tous les supports d'enregistrement contenant le travail de feu Sergey Kagda, indifférents à la présence de son cadavre. En quelques minutes, ils ont récupéré les unités de stockage externes et démonté les disques internes. Ils repartent, les bras chargés de leur butin numérique, abandonnant l'île déserte avec son corps. Le reste du matériel, toujours chaud, diffuse une odeur piquante de cuivre et d'ozone.

Au-dehors ils déposent le fruit de leur rapine dans le coffre d'un luxueux 4 x 4 urbain gris métallisé et prennent la route utilitaire Fedoskinskaya pour rejoindre l'artère principale Yaroslavskoye qui les ramènera à Moscou.

Le lot 13A borde les lignes de chemin de fer à quatorze kilomètres au nord-est du centre de Moscou. Il représente un tentacule d'entrepôts bâtis assez récemment pour répondre aux besoins croissants de stockage de la nouvelle Russie. Coincée entre les voies ferrées et le parc national Losinyy Ostrov, dont les pourtours résistent tant bien que mal aux assauts de l'urbanisation industrielle, cette zone bâtit un tampon d'une centaine de mètres à peine ; séparant les lignes de chemin de fer et les immeubles d'habitation longilignes bien positionnés en chevrons ou en étoiles à trois branches.

Un clochard, laissé pour compte de l'expansion économique russe postcommunisme, arpente la terre grasse, noire, gorgée d'hydrocarbures et de laquelle les hangars semblent sortir tels de monstrueuses plantes métalliques. Rejoignant son refuge composé de vieilles palettes et de cartons d'emballage, il titube devant la porte de l'entrepôt laissée grande ouverte. Poussé par la curiosité et l'espoir d'un abri moins précaire où passer la nuit, il s'avance sur le seuil, sa bouteille de vodka fermement serrée dans la main gauche.

— *Э-эй! Есть тут кто—нибудь?*[10] crie-t-il pour s'assurer qu'il n'y a personne.

N'obtenant pas de réponse, il s'enhardit et pénètre à l'intérieur. Après quelques secondes et quelques pas, ses yeux s'habituent à la pénombre ambiante. Il discerne soudain le corps inanimé de Sergey au milieu de son puits de lumière.

Le clochard a un mouvement de recul en croisant le regard vide du cadavre et hurle…

---

[10] Hé ! Y a quelqu'un ?

Chapitre 12
Toronto, Canada

— Assassinés !?

Incapables de cacher leur étonnement, Jay et Sarah ont poussé cette exclamation de concert.

L'homme se penche en avant pour récupérer la pile de chemises cartonnées. Il extirpe celle du dessous.

— Votre mari, madame. Brian Wessler, décédé d'une attaque cérébrale à la sortie de son travail ici même à Toronto.

Il sélectionne un autre dossier.

« — Paul Rodriguez, décédé d'une attaque cérébrale en prenant son petit déjeuner à la terrasse d'un restaurant à El Formigal en Espagne.

— Sergey Kagda, décédé d'une attaque cérébrale dans un entrepôt des faubourgs de Moscou.

— Allan Vaughan, disparu à Chicago depuis plusieurs semaines. On estime assez probable de le retrouver lui aussi mort d'une attaque cérébrale, dans un quelconque lieu retiré. »

Il range les pochettes.

— Je ne peux pas vous dire si Thomas Andrews est mort lui aussi d'une attaque cérébrale. La cause officielle de son décès demeure l'accident de la route. Il ne reste malheureusement pas grand-chose de cette époque, surtout qu'il n'y avait alors aucune suspicion de meurtre. Cependant, j'ai pu ordonner une analyse poussée des photos prises sur les lieux de l'accident. Les méthodes ont évolué depuis 1989 et il ressort clairement que le point de départ de l'incendie était dans l'habitacle. Autrement dit, quelqu'un a mis le feu à la voiture de votre compère « après » l'accident… On ne saura jamais exactement ce qui s'est passé, mais au vu des récents évènements, je privilégie l'hypothèse du meurtre pour ma part.

— Mais tout de même, murmure Sarah… des attaques cérébrales ?

— C'est vrai, appuie Jay. Même si la coïncidence semble grande pour que toutes ces personnes soient décédées de cette pathologie, cela reste une cause de mort naturelle.

Reposant son attaché-case près du fauteuil, l'étranger souffle.

— Vraiment ? Je comprends votre réticence à accepter que votre ami et toutes vos anciennes connaissances aient été assassinés… Cela vous met soit en haut de la liste des suspects, soit en haut de celle des victimes potentielles, je ne vous envie pas. Mais vous êtes un homme intelligent, déductif, non ? Alors, déduisez… Ils sont tous, non seulement morts d'une attaque cérébrale, mais d'une attaque qui résulte du syndrome de Mulcinchen, une affection du cerveau extrêmement rare…

Un silence lourd s'installe. Jay et Sarah tentent de digérer la nouvelle.

— Vous voyez, continue l'étranger. Si ce ne sont pas des meurtres, alors c'est que votre petit cercle est affublé d'une santé bien fragile. Dans ce cas, monsieur Baltac, je ne saurais que trop vous conseiller d'aller au plus vite consulter un docteur.

Chapitre 13
Londres, Grande-Bretagne

Le Docteur bouillonne d'effervescence. Il corrobore les résultats de ses recherches préliminaires depuis maintenant plus de trente heures d'affilée. Pénétrer le système des dossiers d'autopsie de la morgue de Toronto n'a pas présenté de problèmes une fois qu'il eut trouvé qu'elle se situait dans les locaux du « Mount Sinaï General ». Il est passé par une faille de sécurité de la passerelle mail de l'établissement pour pouvoir exécuter du code et de là circonvenir les quelques pare-feux censés justement protéger le réseau interne de l'hôpital des intrusions via Internet.

Il a ensuite mis ses talents à profit pour s'approprier des accès privilégiés sur différentes bases de données médicales mondiales, à la recherche de thèses, théories et statistiques sur les causes de la mort de son ancien collaborateur de l'ombre, Brian. La masse de renseignements s'était rapidement accumulée et un tout autre esprit que le sien aurait sans doute croulé sous un trop-plein d'informations. Mais le génie du Docteur lui donne une capacité d'analyse incroyable et avec sa ténacité hors pair, il est arrivé à faire la part des choses.

Il a remonté la piste, de thèses en mémoires, de graphiques en statistiques. Il a fini par obtenir un recensement des cas de syndromes de Mulcinchen. De l'autre côté de la mer du Nord, à Oslo en Norvège, un éminent professeur en neurologie a fait de cette rare pathologie sa spécialité. Grâce à un réseau de confrères et le soutien de plusieurs fondations médicales internationales, la plupart des hôpitaux occidentaux lui signalent tout décès qui montre des symptômes propres à cette maladie. Une condition caractérisée entre autres par l'hypertrophie du thalamus, identifiable par un examen de routine à l'aide d'un scanner.

Un recensement méticuleux tenu à jour grâce aux outils de communication modernes. Le Docteur n'a eu aucun mal à y trouver le nom de Brian Wessler figurant dans le bas de la liste.

La condition mentale du Docteur l'a depuis très longtemps poussée dans des retranchements profonds de la capacité cognitive humaine. Elle lui a aussi, paradoxalement, fait gaspiller de nombreuses heures en vaines recherches et manies improductives de toute sorte. Vingt-cinq ans plus tôt, quand il a commencé à travailler sur certains projets de l'équipe Rise of the Phoenix, il n'a participé qu'à la condition sine qua non de ne pas figurer sur la liste officielle des membres. Et même si Jérémy a crédité plusieurs fois son travail avec des slogans utilisant le terme « Docteur », il n'a jamais été fait d'allusion sur un coéquipier supplémentaire dans le groupe. Le « Docteur » représentait un avatar qui fut d'ailleurs repris de manière plus formelle quelques années plus tard par un éditeur d'antivirus.

À cette époque, il avait aussi investi un temps considérable à mener son enquête sur chacun des membres de l'équipe. Il connaissait déjà Jérémy puisqu'ils étaient correspondants depuis des années, mais il n'avait pas pu se résoudre à collaborer avec des personnes sans les identifier au préalable. C'est pourquoi il avait remonté les traces des pseudonymes du groupe jusqu'aux numéros de téléphone utilisés dans leurs communications *via* modem. Le docteur connaissait donc depuis longtemps l'état civil de chacun des anciens membres de RotP. Il fut très surpris d'en reconnaître deux en plus de Brian Wessler dans le recensement des victimes du syndrome de Mulcinchen, le dernier datant de quelques heures à peine.

N'importe qui trouverait cela suspicieux. Mais pour le Docteur, déjà soupçonneux de nature, la nouvelle fait l'effet d'une bombe. À la vue de ce qui pour lui s'avère l'irréfutable preuve que les membres du groupe sont mis à mort les uns après les autres, son génie laisse place à sa folie. Une incontrôlable paranoïa commence à monter en lui, annihilant au passage la plus grande partie de son raisonnement. Les signes avant-coureurs s'immiscent un à un, tandis qu'il digère l'information que cette liste lui apporte. D'abord la perte de contrôle de la motricité de ses yeux. Ils commencent à aller de gauche à droite, distraits par le moindre clignotement, le moindre mouvement, où papillotant au gré de leur volonté au fur et à mesure que celle du Docteur quitte son esprit. Ensuite sa gorge et sa bouche se dessèchent soudain. Enfin, les tics nerveux entrent en jeu. Pincement des lèvres et déglutition répétitive qui accompagnent l'assèchement, puis clignements, agitation des extrémités, grattages intempestifs. Au final, se retranchant de plus en plus en son for intérieur, le Docteur commence à afficher des comportements de type autistique, mouvements de tête continuels, balancement cadencé du corps.

Sans aide extérieure à l'instant où une telle crise se déclenche, le Docteur ne peut en aucun cas contrôler de lui-même ses symptômes, lesquels ne font qu'empirer son état général. La respiration saccadée ajoute encore à la montée en chaleur de son corps, augmentant sa production d'adrénaline qui à son tour renforce de manière générale l'anxiété initiale.

Bientôt, il tourne en parfait mode d'auto-alimentation de ses propres peurs, sans rien ni personne pour briser le cercle vicieux, Doc restera dans cet état jusqu'à l'épuisement total.

Entre le moment où la boule s'est formée dans sa gorge en reconnaissant les noms des membres de RotP et où le Docteur hoche la tête de bas en haut en répétant comme une rengaine « "They" are after me… "They" want me dead… », il ne s'est pas écoulé plus de trois minutes. Trois minutes durant lesquelles le voile inéluctable de la paranoïa a glissé sur les épaules du Doc pour l'envelopper d'une cape sombre et froide. Cette fois, c'est la bonne, c'est pour de vrai, « ils » sont après lui… « Ils » veulent sa mort…

Le Docteur jaillit de son siège. Rouler sur sa chaise de bureau d'un ordinateur à un autre n'est plus une option pour lui. Il se précipite d'un pas peu assuré vers un petit écran qui occupe l'extrémité droite de son immense plan de travail en arc de cercle. Debout, penché sur le moniteur, il actionne un bouton. Aussitôt une projection laser rouge vient dessiner les touches d'un clavier virtuel sur la surface du bureau. Se mordillant les lèvres, le Docteur commence à pianoter avec frénésie. Le minuscule projecteur interprète la position des doigts et renvoie l'information à l'ordinateur, comme le ferait un véritable clavier.

Doc se frotte le nez du revers de la main droite et se gratte le poignet avec l'autre, puis il reprend sa frappe frénétique. Il vient d'exécuter une série de commandes qui déclenchent un protocole d'urgence mis en place par ses soins. À l'étage, toutes les entrées, portes et fenêtres, se voient protégées par des rideaux d'acier renforcés qui se déroulent du plafond, mus par des moteurs électriques aux ronronnements réguliers.

Un lourd bruit métallique retentit dans le salon du rez-de-chaussée ; la bibliothèque qui cache l'accès de l'abri anti-bombe se retrouve verrouillée de l'intérieur par une épaisse barre en fer. Même chose au pied des marches qu'elle masque ; une porte blindée se scelle hermétiquement dans un bref bruit de succion, empêchant toute intrusion depuis le sas de l'escalier, qu'elle soit humaine ou microbienne.

En parallèle, le système de ventilation autonome de l'abri se déclenche. Un méandre complexe de conduits et de filtres à charbons actifs commence à assumer la circulation d'air depuis la seconde maison du Docteur. Ce dernier lève les yeux pour voir s'ouvrir le pan du mur qui se dresse face à lui. Un énorme écran haute résolution apparaît.

Le Docteur, fébrile, se penche de nouveau sur son clavier virtuel et pianote quelques instructions à travers les caractères de lumière rouge scintillants sur son bureau. Aussitôt, le gigantesque écran s'allume, laissant apparaître toutes les informations relatives au mode anti-intrusion déclenché par le propriétaire des lieux. Les données sont segmentées avec soins à travers le moniteur.

Au centre, les diverses caméras qui couvrent la rue, l'entrée des deux pavillons ainsi que leurs différentes pièces, alternent les unes avec les autres en s'affichant quatre par quatre. De chaque côté, des tableaux récapitulatifs indiquent les informations pertinentes du bunker. La qualité de l'air, l'état de l'alarme, les réserves énergétiques des deux générateurs installés dans la cave de la seconde maison, ainsi que des batteries de secours présentes à l'intérieur de l'abri lui-même, tout est répertorié avec minutie.

Dans la partie la plus basse de l'écran défilent les messages du système de protection informatique, indiquant au Docteur la moindre tentative d'intrusion de son réseau.

Il s'est reculé, désormais debout au centre supposé du diamètre de son bureau en croissant de lune. Il murmure pour lui-même, répétant en boucle ses craintes, formulant ses hypothèses, faisant grossir un complot, imaginaire ou pas et dont le seul but est de l'anéantir. Les yeux rivés sur l'écran, son corps oscille d'avant en arrière. Méconnaissable, le Docteur n'est plus que l'ombre de lui-même.

Chapitre 14
Las Vegas, États-Unis

Il n'arrive pas à se reconnaître dans le miroir. Michael Gilbert a tellement bu que sa vision se trouble. Il inspecte encore son reflet dans la glace qui tapisse le mur de l'autre côté du comptoir, réussit cette fois à focaliser sa vue et son attention quelques secondes.

Il est ébouriffé, le regard dans le vague. Ses lèvres pincées lui confèrent un air abruti et il se voit dodeliner de gauche à droite dans un équilibre précaire sur le haut de son tabouret. Il est temps pour lui de rentrer à son hôtel.

Michael se masse les yeux, ouvre et referme plusieurs fois sa bouche pâteuse. Il finit par se donner des petites gifles pour se réveiller. Cela produit l'effet escompté et il inspire une grande bouffée d'air pour finir de recouvrer ses esprits.

Il décide de tenter sa chance et descend avec précautions du tabouret tout en s'accrochant au bar. Après avoir vérifié qu'il peut tenir debout, il fouille la poche de son pantalon et en ressort une poignée de billets froissés qu'il laisse sans compter à côté de son verre de bourbon vide. Il s'éloigne en titubant et manque de se rétamer de tout son long. Un bras salvateur vient lui apporter le soutien nécessaire.

— *Drank too much?*[11]

En se redressant, Michael inspecte une paire de jambes sveltes au galbe accentué par la position haute des chevilles dans des escarpins bleus à paillettes. Des jambes qui ne

[11] Trop bu ?

semblent pas en finir. Il réalise qu'elles appartiennent à celle qui vient de lui demander s'il a trop bu. Il se redresse d'un coup en essayant de prendre l'air surpris de celui qui a juste trébuché. Mais le mouvement est un peu trop rapide pour son cerveau embrumé et il vacille dangereusement, non sans noter au passage que la paire de jambes est surmontée par une robe du même bleu que les escarpins et d'une taille merveilleusement courte.

Le soutien du bras de l'inconnue se raffermit pour l'empêcher de choir à nouveau. Michael profite de cette stabilité retrouvée pour finir son inspection. La jeune femme mesure environ une tête de moins que lui. La robe au décolleté plongeant moule son corps athlétique à la perfection. L'échancrure laisse deviner des seins ronds et fermes. Michael ne discerne aucun rembourrage artificiel, chose plutôt rare.

Avant qu'il ne puisse répondre à l'évidente question, elle lui décoche un large sourire en lui expliquant qu'elle ne peut pas le laisser partir tout seul dans cet état. Il ne lui vient pas à l'esprit une seconde de la contredire. Et, s'appuyant sur elle avec un peu plus d'insistance que nécessaire, ils quittent le bar du casino pour sortir sur les trottoirs bondés du « Strip ».

Le Strip est le nom donné à une portion du « Las Vegas Boulevard » le long duquel s'étirent les plus célèbres casinos et les plus grands complexes hôteliers du monde. Les lumières ne s'y éteignent jamais si ce n'est en hommage aux crooners de légende comme Dean Martin ou Frank Sinatra. Sur plus de six kilomètres, c'est un défilé de styles et de couleurs où bateaux de pirates, pyramides égyptiennes, Paris de pacotilles et Rome antique se côtoient avec un goût plus que douteux. La foule y est dense, surtout la nuit et le bruit incessant des machines à sous assaille les oreilles aux alentours de toutes les portes d'entrée. Tout y est démesuré et abondant ; spectacles, Casinos, buffets à volonté, longues limousines et racolages plus ou moins subtils. En général, les Européens, passé le stade des premiers émerveillements, s'en écœurent vite. Le Strip est aux adultes ce que Disney World est aux enfants. Et les grands ne vont pas plus visiter la ville de Las Vegas elle-même que les petits ne vont visiter Orlando en sortant du parc de Mickey.

Après avoir quitté « l'Excalibur », casino au thème médiéval, ils remontent le fameux boulevard vers le nord sur environ deux kilomètres entre l'avenue Tropicana et la route Flamingo. Là, ils arrivent enfin au « Caesar Palace » où Michael a loué une suite de luxe. La petite marche l'a en partie dégrisé et il est plus amène de juger la situation. Nul doute que sa bonne samaritaine ne soit autre qu'une professionnelle à la recherche d'un riche client. Vegas regorge à foison de ce type « d'escorte » dans ses casinos, qui moyennant bon prix accompagnent les joueurs jusque dans leur chambre.

Parfaite situation pour Michael. Quoi de mieux pour finir sa première journée à Las Vegas ? Il a joué tout son saoul sur les machines à sous, claqué des jetons de 500 $ au Black Jack et bus les meilleurs bourbons de la place. Maintenant il va remonter dans sa suite, commander les plats les plus onéreux et coucher avec cette créature de rêve, prête à combler le moindre de ses fantasmes contre monnaie sonnante et trébuchante. Et l'argent, ce n'est pas cela qui lui manque, pense-t-il lorsqu'ils traversent le hall en direction des grands ascenseurs.

À peine dans la cabine, elle se colle à lui, ondulant son corps parfait contre le sien.

— *A night to remember…*[12] souffle-t-elle dans son oreille.

La tête lui tourne un peu, mais cette fois d'excitation. Il compte bien se souvenir de cette nuit, en effet.

Ils sortent de l'ascenseur en gloussant. Michael la dirige vers la grande double porte de sa suite. Elle enlève ses souliers et continue pieds nus sur l'épaisse moquette rouge du couloir, ses escarpins à la main.

Par maladresse, Michael laisse tomber la carte magnétique sur le seuil de la porte. Avant qu'il ne puisse s'en emparer de nouveau, elle l'a déjà ramassée et ouvre en grand les deux battants. Il prendrait bien une douche pour finir de dessouler, mais elle le tire à l'intérieur, claque les portes et ses seins collés contre son torse, le fait reculer jusqu'au bord de l'immense lit. Michael vacille lorsque ses mollets heurtent le sommier. Elle le pousse en arrière pour achever de rompre son équilibre.

Il tombe sur le dos, les bras en croix, rebondissant mollement sur le matelas souple. Il n'arrive pas à y croire, c'est une vraie tigresse. Elle progresse déjà à quatre pattes, puis se redresse à califourchon sur lui. Il se débarrasse de ses chaussures en frottant ses pieds l'un contre l'autre et commence à se dandiner pour rejoindre le centre du lit. Elle suit langoureusement sa remontée à coups de hanches suggestifs.

Lorsqu'il arrête enfin sa progression, elle fait de même, plaçant de manière stratégique son entrejambe au niveau des

---

[12] Une nuit inoubliable…

cuisses de son partenaire pour mieux le soumettre à sa volonté. Elle se penche en ondulant son corps et d'une main experte déboucle la ceinture du pantalon de Michael qui ne peut réprimer un râle de plaisir anticipé. D'un coup sec, elle glisse la lanière de cuir en dehors de ses passants. Puis d'une moue aguicheuse, elle lève ses sourcils tout en faisant claquer la ceinture dans les airs. Le bruit de coup de fouet dessine un sourire béat sur le visage de Michael. Il va vraiment passer un bon moment.

La callgirl s'incline vers lui et il tend ses lèvres dans l'attente d'un langoureux baiser. Tout se passe alors très vite. Elle se soulève un peu pour soulager la pression de son corps et exerce une impulsion précise sur l'épaule de son partenaire. Michael tourne sur lui-même. Couché sur le ventre, il sent tout le poids de la tigresse peser sur son dos. Impossible pour lui de se soustraire à sa prise. Autour de son cou, une étrange pression se fait ressentir et avant que Michael ne comprenne que sa propre ceinture l'étrangle, il manque déjà d'air.

Il veut crier, mais la lanière de cuir utilisée d'une main experte lui écrase le larynx. Alors il cherche à se défendre, remuer et dans un dernier sursaut il se cabre de tout son long. Mais elle ne bouge pas, les cuisses fermement serrées sur ses flancs, la professionnelle prend maintenant des allures de cowgirl chevauchant un taureau de rodéo. Elle resserre la ceinture un cran plus fort et Michael retombe sur le lit. Définitivement privé d'oxygène, un voile rouge, puis noir s'abaisse sur ses yeux jusqu'à ce qu'il perde connaissance.

La prédatrice maintient sa prise une minute supplémentaire. Il ne s'agit pas d'un jeu érotique, mais bel et bien d'une mise à mort. Une fois certaine que sa besogne est exécutée, elle se redresse, descend du lit et réajuste sa robe sans précipitation.

Chapitre 15
Toronto, Canada

Sarah réajuste machinalement la jupe de son tailleur après avoir recroisé les jambes. Blême, elle essaye d'encaisser la dernière information délivrée par l'étrange individu : son mari a été assassiné !

D'un coup, Jérémy se relève en cognant la table, rompant le silence que les insinuations de meurtres du visiteur ont instauré.

— Qui êtes-vous ? demande-t-il froidement en fusillant son interlocuteur du regard. Pour qui vous prenez-vous, à rentrer chez les gens avec votre attitude merdeuse pour annoncer des trucs pareils ?

L'homme a un geste apaisant.

— Du calme monsieur Baltac. Je suis de votre côté, j'essaye moi aussi de comprendre ce qui se passe.

— C'est pour cela que vous avez mis mon téléphone sur écoute ?

— Quoi ? demande l'homme avec un air surpris.

— Arrêtez votre petit jeu... Vous voulez m'utiliser comme appât, c'est ça ? Je suis le dernier de la liste alors vous vous dites qu'en me surveillant, en piratant mon téléphone, vous arriverez peut-être à attraper le coupable ?

L'étranger se relève d'un bloc lui aussi et son regard se fait soudain plus dur. Sa gangue de certitude semble avoir volé en éclat et son attitude s'en retrouve changée.

— Vous êtes certain que votre téléphone est sur écoute ?

— Oh ! Bon, ça va, ne faites pas celui qui est surpris, non plus !

— Baltac ? Êtes-vous certain que votre téléphone est sur écoute ? insiste-t-il en articulant chaque syllabe à outrance.

Interpellé par le ton, Jay se radoucit.

— Oui…

Puis ayant peur d'impliquer le Docteur, il ajoute :

— C'est mon métier, je fais de la sécurité et j'ai des clients sensibles, c'est normal que je surveille mes réseaux et mon portable de temps en temps. Je m'en suis aperçu il y a quelques jours.

Aussitôt l'homme s'agite, délaissant ses hôtes.

Il active un communicateur jusque-là dissimulé par le col de son pardessus. Commence à donner des ordres précis en anglais. Extirpe son mobile pour envoyer des messages à d'invisibles collaborateurs. Arpente le salon, nerveux. Et finit par se diriger vers la porte pour sortir sur le perron où le reste de ses instructions se perd.

Désormais seuls, Jay et Sarah se lancent des regards interrogateurs. Ils essayent de comprendre la situation. Jay se rapproche du fauteuil et Sarah se relève en articulant un simple mot qui traduit tout son désarroi.

— Pourquoi ?

C'est l'inconnu, revenu du perron, qui répond à la question :

— Parce que l'orchestrateur de tout ceci pense que l'ancienne petite équipe de votre mari pourrait l'arrêter dans ses plans.

Il referme la porte derrière lui.

— Désolé, je n'étais pas autorisé à vous en dire plus auparavant.

— Et qu'est-ce qui a changé durant les trois dernières minutes ? demande Jay d'un ton sarcastique.

— Croyez-le ou non, nous n'avons rien à voir avec la mise sur écoute de votre téléphone. La seule explication, c'est que celui que nous recherchons vous surveille. Et si c'est le cas, c'est la meilleure occasion que nous avons depuis des semaines de le repérer.

— Oh, donc maintenant vous avez besoin de moi ? continue Jay sur le même ton.

L'autre baisse les yeux.

— Oui... En échange j'ai été autorisé à partager avec vous ce que nous savons... Mais d'abord, laissez-moi me présenter : Major Dex Lewitt, service des renseignements, NSA.

— Asseyez-vous « Major », dit Jay en insistant sur le grade. Sarah ? Je crois que tu devrais te rasseoir également. Monsieur à quelques explications à nous fournir.

Tout le monde reprend sa place initiale dans les fauteuils et le canapé autour de la table basse du salon.

Décidé cette fois à prendre les rênes, Jérémy rouvre la conversation sans laisser le temps à l'autre d'en imposer la direction. Une méthode classique de déstabilisation, mais toujours aussi efficace.

— Pour commencer, lâche-t-il, je vais vous dire ce que je sais déjà, cela pourra peut-être amener un peu de franchise autour de cette table.

— Je ne...

Jay l'interrompt d'un geste.

— Premièrement, lequel de votre grade, de votre prénom ou de votre nom est le vrai ? Je dis ça, c'est juste pour savoir comment vous appeler, sinon je continue avec « Major »...

L'autre toise Jérémy du regard, puis laisse tomber :

— Je ne vois pas ce que vous insinuez.

Jérémy le toise avec la moue d'un parent désabusé, habitué aux mensonges de son adolescent.

Le major pense un instant à continuer de nier, mais devant le regard perçant de Jay, il renonce et débite, presque à contrecœur :

— Kyle Kinkaid, vous pouvez m'appeler Kinkaid.

— Vous voyez, cela me suffit « Major Kinkaid »... À défaut de votre véritable état civil, on peut tous s'entendre pour utiliser ce nom *officiel* que votre employeur vous a sans doute donné.

Le major réajuste sa position dans le fauteuil dans l'intention évidente de commenter, mais Baltac lui coupe l'herbe sous le pied.

— Deuxièmement, vous ne faites pas plus partie de la NSA que moi du fan-club de Barbie. Ces gens-là sont bien trop heureux de sortir un joli badge ou une jolie carte à tout va pour asseoir leur autorité et impressionner leur monde.

L'homme fait mine de plonger une main dans sa veste, mais Jay l'interrompt encore une fois.

— Inutile de brandir votre fausse accréditation. Je ne doute pas que vous en ayez quelques-unes à portée de main pour vous ouvrir toutes portes... FBI, CIA, NSA, Interpol... Mais personnellement, je pense que vous êtes tellement loin dans les méandres des organisations paramilitaires, que même vous, vous ne savez sûrement plus pour qui vous travaillez exactement...

Kinkaid affiche un regard interrogatif auquel Jérémy répond.

— C'est la qualité de votre français qui vous trahit. Malgré une légère pointe d'accent que j'ai d'abord cru acadien — puisque nous sommes au Canada —, votre pratique en est parfaite… pour un Cajun, si je ne m'abuse ?

Le regard interrogatif laisse place à une imperceptible moue d'acquiescement.

— La NSA est bien trop « made in America » pour avoir entraîné ses agents avec un tel niveau de français. Vos employeurs doivent être plus internationaux que ça et profondément ancrés dans les milieux diplomatiques où le français reste une langue de choix.

Le major esquisse un large sourire.

— Troisièmement, continue Jérémy sur sa lancée, qu'est-ce que Phoenix vous a volé pour que cela vous mette dans un état pareil ?

L'énoncé du surnom du créateur de RotP, supposément mort, instaure un flottement dans la pièce. Puis le Cajun se renfonce dans son fauteuil avec un geste d'adversaire vaincu.

— Votre dossier ne vous fait pas justice, Baltac. Il y est bien mentionné que vous avez une intelligence au-dessus de la normale et que vous êtes un fin analyste, mais je pense que le profil que nous avons fait de vous est encore en deçà de la vérité… Comment avez-vous compris que Phoenix n'était pas mort ?

— Le Phoenix, mort dans *l'incendie* de sa voiture ? Vraiment ? Allons, je connais mes classiques de mythologie antique, major…

Jérémy repousse machinalement la monture de ses lunettes sur son nez avant de reprendre :

— Un peu de déduction aussi. Tous les membres de RotP ont disparu en dehors de moi-même. Or, je sais que je n'ai rien à voir avec leur mort... CQFD... l'un d'entre eux est le coupable et n'est donc pas réellement décédé... Rien que le surnom engendre déjà la suspicion, mais en plus c'est le seul qui n'est pas disparu récemment. C'est aussi le seul décès maquillé en accident.

— Je vois que vous n'avez pas lu que des légendes antiques, mais du Conan Doyle également, commente le major en souriant. OK, cartes sur table alors... Je ne fais pas partie de la NSA comme vous l'avez si élégamment souligné. Disons simplement que mon employeur préfère rester anonyme. Quant au Phoenix, il s'est fait passer pour mort il y a plusieurs années afin de pouvoir rejoindre un programme de recherche ultra-secret.

— Quand vous dites « il », j'imagine qu'il faut comprendre qu'un organisme quelconque a mis en scène sa disparition ? interroge Jay. Votre employeur peut-être ?

Kinkaid se repositionne dans son siège, embarrassé.

— Réellement, monsieur Baltac, peu importe qui, ni même comment. Ce qui importe c'est pourquoi...

— Ça aussi je pourrais le déduire, réplique Jay. Peu avant que notre groupe ne se sépare, Phoenix s'était fait de plus en plus pressant quant à rendre nos activités lucratives. Il parlait purement et simplement de vol de propriété intellectuelle dans un but de revente, ou de rançonner les compagnies pour qu'elles récupèrent leurs données et l'accès à leurs systèmes. Il voulait aussi s'en prendre aux institutions financières dans le but de détourner des fonds. « Rise of the Phoenix » n'avait jamais été versé dans le cyberterrorisme, bien au contraire. Mais je crois que Phoenix pensait pouvoir nous faire changer d'avis. En fait, la pression est montée au sein du groupe et ce fut la raison majeure de notre dissolution.

Le major acquiesce et d'un geste, invite Jérémy à poursuivre.

— Comme je vous l'ai dit, en dehors de Brian je ne connaissais pas les personnes qui composaient l'équipe, simplement leur pseudo. Vous dire si certains ont suivi Phoenix ? Aucune idée… Par contre, je peux facilement imaginer que Phoenix, lui, a dû continuer sur cette pente, peut-être avec un autre groupe. Il aura sans doute fini par pénétrer un système sensible et se faire repérer. Il n'était pas rare à l'époque que les pirates informatiques appréhendés fassent un arrangement avec les autorités ou la compagnie concernée afin de travailler pour eux.

Le Cajun fronce les sourcils.

« — Vous n'êtes pas loin de la vérité effectivement. En fait, Phoenix s'adonnait déjà à ces pratiques dans votre dos. Une fois que votre équipe avait brisé des sécurités ou identifié des failles, là où vous arrêtiez votre effort collectif, lui en profitait pour poser un mouchard afin de récolter des informations ou de pouvoir y accéder ultérieurement.

La tendance de votre groupe à prévenir les compagnies de leurs problèmes de sécurité et de leurs vulnérabilités allait à l'encontre des desseins de Phoenix. Les sociétés se faisaient de plus en plus réactives, il se retrouvait souvent bloqué par de nouvelles mesures préventives, même avec son mouchard en place. C'est pour cela qu'il a sans doute jugé bon de pousser votre équipe à ne pas révéler les failles qu'elle trouvait, mais plutôt à les exploiter. »

— Bon, proclame Jérémy. Nous avons donc établi que Phoenix était un mauvais garçon. Mais du détournement d'information numérique au meurtre, il y a tout de même une marge… Qu'est-ce qui vous fait penser qu'il est derrière l'assassinat des membres de mon ancienne équipe ?

— Et surtout, interrompt Sarah d'une voix froide, pourquoi ? Quel motif peut-il bien avoir après vingt ans ?

Jay se lève et se dirige vers Sarah pour se poster derrière son fauteuil afin de l'apaiser en lui passant une main sur les épaules. De toute évidence, le peu de contenance qu'elle a pu récupérer ces derniers jours est en train de voler en éclats sous la pression de la terrible nouvelle que le décès de son mari s'avérerait prémédité. Elle pose sa main sur celle de Jérémy et se tourne. Son regard plein d'incompréhension en dit assez long. La seule chose que cette femme veut désormais, c'est savoir.

Jérémy la rassure en silence d'un sourire qui exprime clairement qu'il ira jusqu'au bout de cette histoire. Avec lui, elle aura ses réponses.

Sarah se cale dans son fauteuil après cet échange sans paroles. Son bras croisé sur la poitrine, elle laisse sa main sur celle de Jérémy qui serre toujours son épaule.

— Si monsieur Baltac a terminé ? déclame Kinkaid. Je pourrais moi aussi énoncer ce que je sais…

Comme ni Jérémy ni Sarah ne font mine de l'interrompre, il reprend :

— Nous pensons que Phoenix met au point une action de grande envergure. Vol, chantage, extorsion… Aucune idée précise pour le moment. Le rôle de votre équipe n'est pas très clair non plus. A-t-il besoin de certaines compétences que vous êtes les seuls à avoir ? Constituez-vous une menace au bon déroulement de ses plans ? Agit-il par pure vengeance ? C'est pour tenter de le découvrir que nous vous avons abordé.

Il s'interrompt un instant, puis reprend d'un ton froid.

— Ce que je vais vous dire ne peut en aucun cas quitter cette pièce, c'est bien compris ?

Sarah et Jérémy hochent la tête en signe d'assentiment.

« — En 1999, après la rupture de votre confrérie de hackers, Phoenix a déjà racketté pas mal de compagnies. Il n'a pas les connaissances pour circonvenir de nouveaux systèmes de sécurité de lui-même, mais c'est un programmeur hors pair et son mouchard collecte des informations sur les systèmes pénétrés au préalable par votre équipe et infectés par ses soins. Ceux qui n'ont pas réagi à vos recommandations, ou n'ont apporté qu'une solution superficielle en payent — parfois très cher — le prix.

— À cause de la montée croissante d'Internet à l'époque aux États-Unis, certaines parties de ce réseau d'origine militaire et dont les ramifications s'étaient étendues trop rapidement aux grandes universités restaient encore sensibles. Votre groupe avait mis en évidence certaines faiblesses des systèmes de l'université du Missouri, mais par un malencontreux concours de circonstances, Phoenix avait lui, réussi à remonter sur les serveurs d'une compagnie nommée “Emerald Pyramid”. La pyramide d'émeraude n'était autre qu'une société-écran qui menait les recherches d'une des cellules de la CIA les plus secrètes. Les ramifications de son réseau s'étendaient jusqu'à l'université.

— Peu après la scission de votre groupe, Phoenix, analysant les informations capturées par son mouchard laissé en place sur l'un des serveurs de l'université, tomba sur des données dont le sujet l'interpella. “Emerald Pyramid” avait été mandaté pour travailler sur un projet avant-gardiste d'espionnage. Avant qu'il n'ait réalisé que le contenu de ces informations était hautement classifié, la CIA était alertée du détournement de ces informations par leurs propres systèmes de surveillance et venait cogner à sa porte. Sans votre équipe, Phoenix était loin d'être aussi efficace pour masquer ses traces.

— Comme vous l'avez supputé, il fut recruté par cette branche de la CIA. Pas pour ces qualités d'hacker cependant, mais pour ces qualités de programmeur. Son mouchard avait beaucoup impressionné. La spécialité de "Emerald Pyramid" était justement l'utilisation des nouvelles technologies pour une application pratique dans le domaine de l'espionnage. Phoenix en intégra les locaux sous une nouvelle identité, après que "Thomas Andrews" ait officiellement trouvé la mort dans l'explosion de sa voiture.

— Pendant des années, il a complété ses compétences de développeur avec des formations pointues en microtechnologie. Entre programmeur et chercheur, il a su influer de manière considérable sur ce secteur. Imaginez un microphone si minuscule qu'il pourrait passer au travers de toutes les techniques de détection. Des agents pourraient alors infiltrer des organisations entières avec un minimum de risques. Bien sûr il y avait des problèmes insurmontables de transmission et d'autonomie. La majeure partie de son travail n'était que théorique. Cependant, les avancées faites en matière de miniaturisation grâce à ses travaux suffirent à justifier la continuation des recherches pendant un certain temps. Bientôt, Phoenix entra dans l'ère de la nanotechnologie, des composants électroniques microscopiques qu'il eut l'idée géniale d'alimenter à partir du champ électromagnétique généré par le corps humain pour pallier aux problèmes d'autonomie. Cependant, il manquait une application pratique à cette extraordinaire découverte.

C'était un peu comme avoir une boîte de pièces de Lego dépourvues de picots et de trous pour les assembler les uns avec les autres. Certes, un composant microscopique pouvait être placé sur le corps d'un agent et recevoir une faible alimentation électrique, mais après ? Combien de ces composants, ou "nanites", comme il les appela, fallait-il pour créer un microphone, un émetteur...

— Les recherches de Phoenix coûtaient de plus en plus cher et les applications pratiques en étaient de moins en moins évidentes. Dans un monde d'informatisation exponentielle, quelqu'un en haut lieu décida qu'il était plus rentable d'utiliser cet argent dans le cadre de la surveillance numérique. L'espionnage traditionnel était passé de mode. Dilapider l'argent des contribuables pour des recherches, somme toute destinées à équiper les agents sur le terrain, ne faisait plus l'unanimité. Malgré ses protestations, son budget fut supprimé et Phoenix dut abandonner son projet. Toujours sous contrat fédéral, il fut alors sommé de rejoindre l'équipe de développement du projet "Echelon"[13]. »

---

[13] Echelon est le petit nom populaire pour le réseau AUSCANZUKUS mis en place dans les années 1960 pour — à l'époque — « surveiller les communications militaires et diplomatiques du bloc de l'Est ». Depuis la fin de la guerre froide ce réseau de surveillance instauré par l'Australie, le Canada, la Nouvelle-Zélande, la Grande-Bretagne et les États-Unis, s'est tourné vers la surveillance des réseaux terroristes, de trafics de drogues et les affaires « politiques et diplomatiques ». Un rapport mandaté en 2000 par la communauté européenne a mis en valeur que les moyens d'interception d'Echelon comprenaient les appels téléphoniques, télécopies, courriels et tous les flux de données transitant sur les troncs de communication principaux tels les satellites, les micro-ondes et les fibres intercontinentales.

Chapitre 16
Albuquerque, États-Unis (six mois plus tôt)

— J'écoute... murmura l'homme.

— *Tout le monde est en poste, on peut y aller.*

La voix avait résonné à travers son oreillette. Autour de lui, un silence absolu régnait dans l'ombre du bâtiment fédéral qu'il s'apprêtait à investir.

De nuit, Albuquerque ne peut certes pas rivaliser avec le strass lumineux de Las Vegas, situé 900 kilomètres plus à l'ouest, mais elle n'en demeure pas moins une tâche de clarté explicite au milieu de sa vallée aride. Avec plus de 700 000 habitants, c'est la métropole du Nouveau-Mexique et il faut voyager plusieurs centaines de kilomètres dans n'importe quelle direction pour trouver une autre ville de taille avoisinante. Située à près de 1 500 mètres d'altitude, le climat y est aride, avec des températures qui oscillent entre 30 et 35 ° Celsius en été et ne tombent guère en dessous de zéro en hiver, entraînant tout au plus quelques centimètres de neige. Les précipitations restent rares sur cet immense plateau encastré dans des massifs montagneux où l'air a tendance à stagner.

La population a sextuplé en une cinquantaine d'années et la ville, jadis un poste colonial espagnol, n'a pas su garder son cachet. Elle a grandi trop vite et porte en elle la froideur et la monotonie des constructions modernes. Pourtant, si l'on reste proche de la mythique route 66 qui la coupe en son cœur, on peut retrouver un brin de l'âme de la bourgade d'antan. Elle resta longtemps une étape incontournable de tout road trip traversant le continent. Le nombre saisissant des enseignes lumineuses de motels est encore là pour en témoigner.

Ce n'est cependant pas le tourisme qui a fait augmenter la population à un tel rythme. La route 66 ne porte plus guère qu'un aspect nostalgique. De larges autoroutes à multiples voies l'ont depuis longtemps remplacée. La I-25, par exemple, où les camions circulent nuit et jour sans autre objectif que de livrer leur marchandise en un temps record à l'autre bout du pays. Il est également peu probable que la cité soit un lieu de pèlerinage pour les aficionados de l'informatique. Même si « Micro-Soft » — toujours écrit en deux mots à cette époque — fut créée à la va-vite dans l'un des motels de la ville en 1975. Si Albuquerque s'est à ce point développée, c'est surtout en raison de l'installation d'un laboratoire de recherche nucléaire et d'une immense base de l'armée de l'air. Roswell ne se trouve pas très loin et la fameuse zone 51 débute juste au sud des faubourgs de la métropole. Coïncidence ou pas, ce genre d'activité a amené beaucoup d'institutions fédérales à maintenir une présence dans le secteur. Le FBI y héberge l'un de ses plus larges bureaux opératoires, la NSA y possède une antenne et la CIA plusieurs bâtiments — agrandis depuis les attentats qui ont visé leur quartier général du Pentagone en 2001.

À l'instar de Washington, la concentration au kilomètre carré de locaux fédéraux ou militaires est impressionnante.

Dans l'ombre de l'un de ces bâtiments, un homme blanc de haute stature, bien charpenté et arborant des cheveux blonds courts en brosse, se faufilait entre les voitures éparses stationnées sur le parking. Tout dans son allure dénotait un professionnel. Il se mouvait sans bruit, avec des gestes précis et une vivacité que seules des années d'entraînement pouvaient conférer. Pourtant, il n'était pas vêtu d'une tenue de camouflage ou d'un ensemble moulant sombre comme on pourrait s'y attendre de la part d'un homme en mission. Il portait une simple tenue civile et finissait de traverser le parking à visage découvert. Arrivé contre la clôture, il vérifia le contenu de son petit sac à dos et en sortit une pince avec laquelle il s'affaira à couper les mailles du grillage le séparant de la cour intérieure du bâtiment.

Dans son canal auditif, la minuscule oreillette transparente grésilla :

— *Fisher, la patrouille vient de commencer sa ronde de l'autre côté. Laisse-moi trente secondes pour régler le signal.*

— Compris, répondit l'intrus en repliant un grand pan de grillage.

Fisher resta accroupi sans bouger.

— Vous avez le canal vidéo ? interrogea-t-il au bout de quelques secondes.

— *On est branché sur le circuit, oui. Pas de problème.*

Dans une fourgonnette noire stationnée de l'autre côté du bâtiment, l'opérateur actionna une série de molettes pour faire apparaître le flux de surveillance vidéo. Deux photos de taille identique s'affichaient sur un écran derrière lui. L'une montrait Fisher, la seconde une tête d'épouvantail émacié aux yeux protubérants et aux iris presque blancs. Sous les deux photographies, une représentation tridimensionnelle des visages respectifs tournait en boucle.

L'opérateur entra quelques commandes sur son mini clavier et se retourna pour voir les deux animations isomorphiques se fondre en une seule.

— J'ai pris soin de ta tête d'Apollon, tu peux y aller, dit-il dans son micro.

Fisher expira un grand coup. Il n'aimait pas l'attitude de ces techniciens à l'humour facile. Mais, lui-même homme de terrain, entraîné au combat, aux armes et tactiques d'assaut, il devait bien reconnaître avoir besoin d'eux dans ce genre de situation. De plus, il faisait confiance à Macmillan pour avoir embauché le meilleur.

Il se faufila donc sous le grillage sans relever l'impertinence du geek et se contenta de souffler :

— J'y vais…

Des portes de garage métalliques s'alignaient sur tout un pan du rez-de-chaussée. Fisher, d'un pas moins agile que précédemment, traversa un grand espace vide courbé en deux afin de rejoindre la longue rangée de boxes. Rasant le mur, il progressa sur un tiers de la distance qui le séparait du coin opposé et se retourna pour observer le bout de l'allée. Ce faisant, il fit face quelques instants à la caméra qui surveillait cet espace et dont la retransmission altérée par les équipements de la fourgonnette était enregistrée au cœur du bâtiment. Retournant son attention sur la porte devant laquelle il se trouvait, il sortit un petit applicateur à gâchette et traça un cercle autour de la serrure en vidant le contenu de ce dernier. La pâte anthracite grésilla en entrant en contact avec le métal du battant. Une fumée âcre et corrosive s'échappa de l'anneau tandis que la réaction chimique rongeait la tôle.

Une odeur acide imprégna l'air, Fisher se protégea les yeux et la bouche à l'aide du revers de sa veste.

Il donna un petit coup de coude sec au centre du cercle. Ce dernier se détacha et glissa à l'intérieur de la paroi creuse de la porte. Seule la poignée l'empêcha de disparaître au complet en butant sur le bord du trou. Aussitôt le mercenaire plongea une main dans l'ouverture et actionna le mécanisme de la serrure.

À cet instant, un projecteur de forte puissance s'alluma au-dessus de lui, en même temps qu'un gyrophare orange. Une alarme stridente retentit et Fisher montra des signes évidents de confusion. Après quelques secondes d'hésitation, il ouvrit la porte en grand et pénétra à l'intérieur pour se cacher. Du coin de l'immeuble surgissait déjà la patrouille de surveillance. Les quatre gardiens se précipitèrent pour former un demi-cercle devant la porte béante, armes aux poings.

La pénombre régnant à l'intérieur — encore contrastée par le projecteur qui inondait le seuil d'une lumière crue — empêchait les gardes de discerner Fisher. Ce dernier avait déposé son sac à dos au milieu de la pièce, sur une caisse en bois, face vers l'extérieur. Puis il s'était allongé sur le sol tout au fond du box. Dans sa main droite, il serrait une télécommande semblable à celles des ouvertures centralisées de voitures.

Tandis qu'un gardien lui vociférait de se rendre et de sortir sans résistance, Fisher hurla en guise de réponse qu'il était armé et n'hésiterait pas à tirer. Il actionna alors l'un des deux boutons de sa commande, ce qui eut pour effet de faire retentir deux déflagrations sèches en provenance de son sac. Bien qu'aucun projectile n'eût été tiré, les gardiens, se sentant menacés et en état de légitime défense, ouvrirent le feu.

Les impacts résonnèrent dans la boîte de métal, rendant impossible une estimation exacte du nombre de détonations.

Des échardes de bois arrachées à diverses caisses s'envolèrent.

Des balles ricochèrent sur l'un des murs de béton armé en provoquant des petits nuages de poussière gris.

Des plombs sifflèrent avant de s'éparpiller à travers les nombreuses boîtes empilées.

Fisher se couvrit les oreilles et actionna le second bouton de son appareil. Aussitôt, son sac enfla, comme animé d'une vie propre. Une gerbe de flammes se propagea vers la sortie, suivie de près par une puissante déflagration. Les quatre gardiens volèrent en arrière, emportés par l'onde de choc dont le design particulier de l'engin explosif avait dirigé toute la force vers l'avant.

Déjà, Fisher se relevait. Malgré le soin apporté à la conception de la bombe, il était assourdi et dut secouer un peu la tête pour reprendre ses esprits. Une fumée épaisse et âcre commençait à envahir le box, les flammes à se propager le long des caisses en bois. Pas question de traîner plus longtemps à l'intérieur.

— C'est bon, l'onde de choc a détruit la caméra, vous pouvez y aller.

Fisher se précipita à l'extérieur en toussant. Un membre de son équipe, vêtu quant à lui d'une combinaison de commando noire, vint à sa rencontre et lui offrit le support de son bras pour le guider hors de la fumée. Légèrement désorienté, Fisher accepta l'offre et ils s'éloignèrent de la fournaise.

Derrière eux, deux autres mercenaires transportaient le corps d'un homme habillé comme Fisher. Ils jetèrent le cadavre dans le brasier avant de les rejoindre.

— Bon boulot, déclara l'un de ses compagnons en donnant une tape amicale dans le dos de Fisher.

Les sons commencèrent à revenir aux oreilles du grand blond. Il put non seulement entendre le vrombissement intense de l'incendie, mais aussi la multitude des sirènes d'alarme de voiture, déclenchées par la déflagration.

Un gros SUV noir s'arrêta à leur hauteur et ils grimpèrent tous à bord, laissant derrière eux la contre-allée ravagée. Des volutes de fumée s'enchevêtrèrent au départ du lourd véhicule, perturbées par le souffle d'air produit.

Chapitre 17
Toronto, Canada

Le major reprend son souffle. Voyant Jérémy et Sarah toujours attentifs à son récit, il continue :

— Il y a six mois de cela, presque cinq ans après l'arrêt de ses recherches, Phoenix s'est infiltré dans l'enceinte de stockage où se trouvaient ses archives. Il s'est donné la mort en activant un engin explosif incendiaire. Il a emporté quatre gardes avec lui et tous ses travaux se sont volatilisés en fumée.

Le major s'arrête un instant, avant de commenter :

— Oui, je sais… Le Phoenix semble être passé maître dans l'art de renaître de ses cendres. Mais nous n'avions aucune raison de nous méfier. La surveillance vidéo le montrait de manière irréfutable en train de pénétrer dans les locaux. Les empreintes dentaires du corps calciné correspondaient parfaitement aux implants dont il avait bénéficié vingt ans plus tôt lors de la mascarade de sa disparition. L'agence a donc conclu que Phoenix avait décidé de se venger et de détruire ses recherches. Sa tentative avait certes abouti, mais il avait trouvé la mort en mettant son plan à exécution… En ce qui concerne la CIA et « Emerald Pyramid », cette version des faits reste la bonne.

Jérémy prend la parole.

— C'est là que vous et votre employeur entrez en jeu, j'imagine ?

Le major réprime un petit sourire.

— Monsieur Baltac, je vous l'ai dit, je suis du côté des gentils. N'allez pas vous imaginer que toute cette mise en scène était encore dans le but de recruter Phoenix à d'autres fins. Nous sommes bien certains qu'il a monté ce stratagème de lui-même...

— Oh ! Loin de moi l'idée de penser que vous n'êtes pas l'un des « good guys » reprend Jérémy en insistant sur l'expression typiquement anglophone que le Cajun a eu du mal à retranscrire en français.

— Je croyais que vous aviez écoulé votre temps de parole, monsieur Baltac, et que je pourrais vous donner toutes les informations que je possède, interrompt le major.

Jérémy sourit à son tour.

— *Toutes* les informations ? questionne-t-il, ironique.

— Celles relatives à ce qui nous rassemble aujourd'hui, lâche Kinkaid d'un ton où pointe un peu d'impatience.

— Justement, ajoute Jérémy. Vous aurez beaucoup plus de crédibilité si vous nous expliquez d'où proviennent ces fameuses informations. Surtout que d'après le récit que vous venez de nous faire, quelque chose me dit que vous avez été prompt à omettre les cinq années passées par Phoenix à travailler sur Echelon.

Le major acquiesce.

— Echelon ne s'est pas construit en un jour, monsieur Baltac, certaines nations et autres groupes importants n'ont pas pris l'apparition d'un tel outil de surveillance d'un très bon ton. Quelques irrégularités sur l'obtention de gigantesques marchés internationaux et la liberté des individus bafouée au quotidien... Il me semble que vous-même apprécieriez si un organisme gardait un œil averti sur tout cela non ?... Disons simplement que mon employeur est la réponse à la sempiternelle question « *qui surveille les surveillants* ? »

Jérémy affiche un sourire franc et d'un hochement de tête accompagné d'un geste significatif, invite Kinkaid à poursuivre, satisfait de cette explication.

« — Pour le reste du monde, donc, Phoenix est mort, reprend le major. Mais de notre côté, nous avions relevé quelques irrégularités dans l'usage d'Echelon ces dernières années. Rien à voir avec les putschs économiques ou politiques plus ou moins légaux qui surviennent de temps en temps. Mais des analyses pointaient vers des délits d'initiés, suffisamment petits pour ne pas attirer l'attention sans un comparatif poussé.

Ces soupçons nous ont conduits à mener discrètement des tests plus approfondis sur le cadavre. Notre pathologiste ne tarda pas à découvrir que les matériaux utilisés pour les implants dentaires étaient bien trop récents pour être ceux de Phoenix. »

— Le Phoenix renaît encore une fois littéralement de ses cendres, remarque Jérémy.

« — Oui et cette fois en se jouant de la CIA elle-même. Terrible erreur de sa part d'avoir inclus Phoenix dans le programme Echelon. Nous avons la preuve désormais qu'il utilisait ses accès à des fins personnelles. Manipulations boursières et autres trafics lui ont permis dans un premier temps de s'enrichir, toujours dans une limite raisonnable, pour ne pas attirer l'attention. Au vu des récents évènements, nous pensons maintenant qu'il utilisait cet argent pour continuer ses recherches en secret. Recherches qu'il a pu faire grandement avancer en dérobant les résultats de scientifiques renommés à travers leurs échanges numériques.

Familier du réseau Echelon, Phoenix a pu lui-même s'en protéger et il nous est difficile de savoir exactement ce qu'il prépare. Ce que l'on sait, par contre, c'est que ses recherches ont dû aboutir à quelque chose de tangible. Nos agents ont découvert que vos anciens collègues n'ont pas juste été assassinés, ils ont aussi été forcés à travailler pour Phoenix. »

— Travailler pour lui ? Que voulez-vous dire ? interroge Jérémy.

— Votre ami Brian Wessler n'était pas sur son lieu de travail par hasard la nuit de sa mort.

La main de Sarah se crispe sur celle de Jérémy à la mention de son mari.

— Et il n'y était pas non plus pour finir un important projet en retard ou quoique ce soit du genre. Nous avons vérifié avec les administrateurs de la banque. Par contre, ses codes d'utilisateur ont servi juste avant sa mort pour accéder au système principal des transactions. Il a délibérément ouvert des ports de communication vers l'extérieur et un ver informatique a été installé. Ce ver est d'une telle sophistication que nos programmeurs n'arrivent pas à déterminer sa fonction exacte. Mais quelques heures après son chargement, des milliers de comptes anonymes avaient été créés dans de nombreuses banques internationales. Pour le moment nous n'avons pas détecté de transactions monétaires et nos analystes n'ont pas signalé de changements majeurs dans les bourses mondiales. Mais quelqu'un a joué avec le système de banque internationale à un niveau jusque-là insoupçonné.

Avisant la pâleur soudaine de la maîtresse de maison, Kinkaid rajoute avec sagacité :

— Nous n'avons aucune raison de penser que votre mari ait agi de lui-même, madame. Au contraire, nous avons de fortes présomptions qu'il y a été contraint.

— Contraint ? répète Sarah d'une voix blanche.

— Oui madame, malheureusement.

Sarah tourne de nouveau son visage vers Jérémy. Il articule pour elle la question qui lui brûle les lèvres :

— Comment le savez-vous ?

Le major se gratte le menton, gêné.

— Puis-je vous répondre en vous posant une autre question, madame ?

Sarah reste coite, mais hoche la tête en signe d'assentiment.

— Votre mari s'était-il plaint de migraines récemment ?

Elle se redresse, surprise.

— Oui… quelques jours avant…

Elle déglutit avec peine.

— Il avait un mal de tête persistant ces derniers jours, mais rien de grave, nous avions mis cela sur le manque de sommeil et le stress, reprend-elle.

— Et il avait subi un examen médical la semaine précédente n'est-ce pas ?

— Oui, mais je ne vois pas…

Sarah le regarde sans comprendre.

— Est-ce que vous diriez que ses migraines ont débuté le jour de cet examen ?

Sarah réfléchit un instant avant de répondre :

— Oui, en fait il a commencé à se plaindre le soir même, mais…

Le major l'interrompt.

— Les examens de votre mari n'ont jamais été faits. Le laborantin chargé des inoculations et des échantillons a disparu de la circulation après son shift. Nos services ont retrouvé sa trace hier, mort étranglé dans un hôtel de Las Vegas.

Sarah et Jérémy regardent maintenant le major avec des visages marqués de l'incompréhension la plus totale.

— Sachant que beaucoup des recherches que Phoenix a espionnées avec Echelon portaient sur la chimie du cerveau, nous avons des raisons de penser qu'il a réussi à améliorer et trouver un usage à ses nanobots. Qu'ils ont été injectés à votre mari lors de son examen, le laborantin ayant probablement été soudoyé pour cela. Et que d'une manière ou d'une autre, Phoenix a un moyen de les contrôler pour torturer ses victimes jusqu'à ce qu'elles se plient à sa volonté. Ensuite il dispose de ses proies en activant les nanites de manière à ce qu'elles induisent une attaque cérébrale…

Les yeux de Sarah s'ouvrent d'effroi à l'énoncé de la terrible épreuve à laquelle son mari aurait été soumis. Jérémy s'accroupit à ses côtés et elle pose sa tête sur son épaule en sanglotant.

Le major ne se démonte pas pour autant, insensible en apparence à son manque de tact certain. Il reprend cependant avec une brève excuse :

— Désolé d'avoir dû être aussi direct. Ce n'est qu'une théorie, mais c'en est une bonne, malheureusement. Elle explique les attaques cérébrales et les derniers actes de chacune des victimes.

Jérémy a relevé la tête avec un regard interrogatif, tout en passant une main dans les cheveux de Sarah.

« — Monsieur Wessler n'est pas le seul à avoir agi de manière étrange avant sa mort, continue l'agent. Sergey Kagda a été retrouvé dans un entrepôt désaffecté, avec des traces évidentes de séquestration. Bien qu'inoccupé, la consommation électrique de l'entrepôt montre un énorme pic les jours précédents la mort de monsieur Kagda. Cette utilisation corrobore l'usage de l'équipement informatique retrouvé sur place et ayant une puissance de calcul suffisante pour effectuer de lourds travaux de cryptographie. Là encore, nous pensons que Phoenix a contraint Kagda à décrypter des informations, ou au contraire à en chiffrer, pour parfaire la suite de son plan.

Le corps d'Allan Vaughan, votre expert en communication et réseau n'a pas encore été retrouvé, mais son employeur l'a déclaré disparu il y a deux semaines. En enquêtant, nous avons pu trouver qu'il avait envoyé un email contenant des schémas et instructions pour circonvenir un système de communication d'urgence. Le genre de système utilisé en cas de crise ou de prise d'otage. Le destinataire était une boîte courriel anonyme dont le compte a été fermé depuis. Mais les informations, elles, ont été utilisées pour commettre un vol dans la succursale new-yorkaise d'un groupe de recherche international la semaine dernière, le jour de votre arrivée à Toronto pour être précis. Aucun témoin oculaire, aucune vidéo de surveillance. Un composé très rare et difficile à produire est manquant de leur zone d'entreposage. Il semble donc que monsieur Vaughan ait lui aussi subi des pressions pour aider Phoenix contre son gré. »

— Et Mosquito ? demande Jérémy.

— Trop tôt encore pour savoir ce que monsieur Rodriguez aurait été forcé de faire. Il est la dernière victime, mort dans un lieu public, avec des témoins, ce n'est pas très clair pour le moment. L'examen préliminaire de son corps par le légiste local n'a révélé aucune trace cutanée qui puisse confirmer une injection. Mais maintenant que nous savons quoi chercher, j'ai dépêché une équipe sur place pour conduire une autopsie complète et notamment au niveau cérébral, puisqu'il est clair désormais que ses attaques n'ont rien d'accidentelles.

— Et le corps de KryptBoy ? interroge Jérémy d'un ton pragmatique. A-t-il révélé quelque chose de plus ?

— Vous devez comprendre que cela a pris du temps avant de pouvoir trouver ce que vos compagnons et vous aviez en commun et connecter leur décès aux agissements de Phoenix… C'est uniquement à la mort de monsieur Rodriguez, deux jours après celle de votre ami ici, que nous avons pu faire le lien. Monsieur Kagda était déjà décédé depuis cinq jours. Sa famille a fait inhumer son corps, mais nous avons demandé une exhumation aux autorités russes. J'ai une autre équipe sur place depuis ce matin à Moscou.

Chapitre 18
Moscou, Russie

Moscou n'est pas une ville si facile que cela à visiter. Outre un passeport, un visa reste indispensable pour être accepté à l'entrée de la frontière. Les démarches pour l'obtention de ce document sont teintées des relents d'un ancien gouvernement autoritaire et enclin à protéger la Mère Patrie des influences capitalistes.

Le processus demeure lourd. Il n'est pas mis en place dans un souci d'efficacité, encore moins de rapidité. Voyager en Russie se planifie, que ce soit pour tourisme ou pour affaire. Première étape : justifier d'un contrat de rapatriement qui couvre la durée du séjour envisagé. Mais la rigidité va encore plus loin ; votre compagnie d'assurance devra faire partie de la liste restrictive des seuls organismes reconnus par le consulat.

Pour la demande d'un visa touristique, une attestation d'hébergement sur place est nécessaire ou la preuve en provenance de l'hôtel que le séjour est déjà payé. Si ce dernier dure plus de quinze jours, un itinéraire complet de vos déplacements — validé par un agent de tourisme agréé — sera à fournir en sus. Dans le cas d'un visa d'affaires, ce n'est pas mieux. L'obtention d'une invitation en bonne et due forme de l'entreprise ou de l'organisme qui vous fait venir est obligatoire. C'est-à-dire une demande initiée par la compagnie directement au ministère des affaires étrangères russe, qui lui, valide la requête et soumet son approbation par télex au consulat du pays d'origine du voyageur.

Une fois toutes ces indispensables démarches effectuées et les documents obtenus — obligatoirement en cyrillique bien sûr — il reste encore à remplir un formulaire. Sans ressembler à une véritable inquisition, il comporte toutefois quelques questions peu communes, telle la raison pour laquelle vous auriez éventuellement changée de prénoms et quels étaient ceux-ci, l'adresse de votre employeur avec votre fonction exacte, même pour un visa touristique...

Il ne reste plus alors qu'à procéder à la demande proprement dite pour le visa. Une démarche fastidieuse puisque les consulats imposent un quota du nombre de dossiers traités au quotidien et n'acceptent pas les requêtes tous les jours de la semaine. La remise du visa est elle aussi arbitraire, basée non pas sur l'ordre d'arrivée des demandes, mais sur les dates de départ.

Autant dire que la Fédération de Russie n'attend pas ses visiteurs à bras ouverts. Une motivation à toute épreuve est nécessaire pour s'y rendre. Bien évidemment, toute cette rigidité a laissé place à un marché parallèle où l'on peut payer quelques dizaines de dollars sur Internet pour dénicher une invitation ou encore utiliser un intermédiaire pour aller déposer une demande au consulat. Intermédiaire, qui la plupart du temps arrivera à obtenir un visa dans les quarante-huit heures, voire dans la journée, même si c'est l'un des jours où le consulat ne prend pas de requêtes officielles. L'administration russe travaille souvent à plusieurs vitesses quand un peu d'argent est impliqué.

Malgré cela, l'équipe dépêchée par le major Kyle Kinkaid débarque sur le sol russe et sort de l'enceinte de l'aérodrome de Ramenskoïé sans encombre. Est-ce leurs passeports diplomatiques ? Est-ce leurs nombreuses lettres de références ? Où est-ce juste le fait que pour pouvoir se poser sur ces pistes particulières, il faut déjà avoir montré patte blanche à des autorités supérieures ? Toujours est-il qu'il ne traverse l'esprit à personne de réclamer leurs visas aux trois visiteurs.

Situé à une quarantaine de kilomètres au sud-ouest de Moscou, le long des méandres de la rivière du même nom, l'aérodrome de Ramenskoïé est le berceau de l'aviation militaire et d'une partie du programme spatial soviétique. Il détient le record de la plus longue piste d'Europe, mais il n'en demeure pas moins un aérodrome et non un aéroport. Les seuls civils qui atterrissent ici sont ceux ayant payé très cher un forfait de quelques jours pour un vol dans les mythiques avions de chasse MIG. Une activité à sensation qui a vu le jour depuis l'ouverture de la Russie au reste de l'Occident. Ce commerce demeure cependant anecdotique. La ville de Zhukovsky — du nom du père fondateur de l'aviation russe — qui borde les pistes représente un centre majeur en matière de recherches aéronautiques, aérodynamiques et ingénierie aérospatiale. En fait, le potentiel intellectuel de la ville est tel que de nombreux investisseurs étrangers y injectent quantité de devises, en plus du gouvernement russe, bien entendu.

Les abords de Zhukovsky restent pourtant assez calmes. Située juste à la sortie des dernières communes qui composent la banlieue tentaculaire de la capitale, la ville est entourée de bois. Le long de la rivière, dans la même direction que la piste principale de l'aérodrome, s'étendent de vastes champs de cultures.

L'autoroute M5 qui rallie Moscou se trouve de l'autre côté du cours d'eau. Le trio doit donc emprunter la A-102, longer ainsi le quartier industriel des compagnies aéronautiques et un second aérodrome — plus modeste celui-ci. Ce n'est qu'environ huit kilomètres plus loin qu'ils peuvent rejoindre l'autoroute qui doit les emmener au cœur de la capitale russe où le corps exhumé de Sergey Kagda les attend dans l'aile d'une clinique privée et discrète.

Les trois agents entrent par la rampe d'accès des ambulances, leur mallette métallique à la main. Celle qui semble commander la troupe, une Caucasienne d'une quarantaine d'années, petite, mais extrêmement athlétique, dépêche l'un de ses collègues qui s'adresse en un russe parfait à un urgentiste prenant sa pause à l'extérieur. Quelques instants plus tard, l'urgentiste disparaît dans le bâtiment gris et revient bientôt accompagné d'un homme en costume bleu foncé aux cheveux bruns coupés courts.

La femme s'avance et s'adresse au nouveau venu en français :

— Monsieur Dubreuil ?

L'homme acquiesce en tendant la main.

— Frédéric Dubreuil, enchanté.

Elle serre la main tendue et se présente à son tour :

— Agente Claire Donahue, Interpol. Je suis en charge de notre petite équipe ici, dit-elle en extirpant un badge frappé de l'écusson caractéristique de l'« International Criminal Police Organization », représentant la terre entourée d'une couronne de laurier sur fond de balance de la justice.

Le Français regarde à peine le badge, dont seul un examen poussé pourrait révéler la falsification.

Elle pointe l'homme au profil de garde du corps qui s'est adressé à l'urgentiste.

— Max Cheglakov, mon assistant.

Elle se retourne vers le dernier membre du groupe, un Asiatique svelte et de taille moyenne dont le crâne est rasé. Il porte des lunettes à monture invisible. Seule la fine ligne des tiges en titane dépoli trahit leur présence.

— Notre pathologiste, Kwan Chung, qui va procéder à l'autopsie.

Les deux hommes ont un signe de tête envers le Français qui répond de même pour leur signifier la bienvenue.

— Nous apprécions ce que le SCTIP a fait pour nous aujourd'hui, monsieur Dubreuil.

— Tout à fait normal madame, déclame le Français. La France est fière de pouvoir rendre service à la communauté policière internationale. L'ambassadeur m'a expressément demandé de vous apporter toute l'assistance dont vous auriez besoin.

— Je l'apprécie. Si vous pouviez nous conduire au corps...

— Suivez-moi, indique l'attaché de sécurité intérieure en précédant les agents dans l'enceinte de la clinique.

L'organisation du major Kinkaid n'a pas sélectionné l'ambassade de France à Moscou par hasard pour leur servir d'appui. Cette dernière est l'une des mieux implantées dans la capitale soviétique. La diplomatie française a ici, comme à beaucoup d'autres endroits dans le monde, su octroyer à son gouvernement quelques bonnes grâces des forces au pouvoir. Et derrière sa façade administrative pour ses ressortissants, elle héberge aussi le poste d'Europe de l'Est du Service de Coopération Technique Internationale de la Police, le SCTIP. Un organisme discret qui a pourtant prouvé sa valeur à maintes reprises dans la lutte contre le terrorisme, le grand banditisme, ou la protection de hautes personnalités.

Chung a ôté son veston sombre pour revêtir une blouse verte, un masque et des gants de chirurgie. Il examine le cadavre avec des gestes précis. En moins de deux minutes, il décèle une marque de piqûre au niveau du cou, accentuée par le travail et les produits chimiques de la maison mortuaire. Le corps vient juste d'être ramené dans la salle après avoir été transporté au service d'imagerie. Aussi Chung, n'ayant plus grand-chose à vérifier sur l'extérieur du macchabée, se retourne et saisit la petite pile de radiographies laissées sur une desserte métallique. Il se met à les accrocher une à une sur une surface en vitre rétroéclairée prévue à cet effet. Il commence à les passer en revue une à une.

— Je pense que nous tenons quelque chose, annonce-t-il en donnant l'impression de se parler à lui-même.

Une voix retentit depuis un haut-parleur accroché au mur.

— *Qu'est-ce que c'est ?* interroge l'agente Donahue postée dans la pièce adjacente séparée par une vitre.

L'Asiatique s'écarte, pour permettre à ses collègues de voir les radios.

— D'après moi, on dirait une mini clé USB, explique-t-il en pointant du doigt sur un cliché de l'abdomen.

Donahue plisse des yeux, à cette distance elle ne voit pas très bien, mais il lui semble bien reconnaître en effet l'un de ces petits supports numériques se branchant sur les ordinateurs et capables de transporter une importante quantité d'informations. Celle-ci n'est pas plus volumineuse que la première phalange d'un pouce.

— Récupère-la, commande-t-elle.

Chung pose le restant des radiographies sur le coin d'un plateau roulant et se dirige vers la table à côté de laquelle une desserte comporte tout un assortiment d'ustensiles de chirurgie. Il attrape un masque avec une longue visière rabattable en plastique transparent conçu pour protéger contre les projections et le serre sur son crâne. Se saisissant d'un scalpel de la main droite, il utilise la gauche pour rabaisser la visière sur son visage.

Chapitre 19
Vergèze, France

Michel relève la visière de son masque de soudure et réduit la flamme de sa torche au tungstène pour entendre la requête de l'inconnu qui vient d'entrer.

— Est-ce que vous connaissez cette personne ? répète l'homme en lui montrant une large photographie.

Soudeur professionnel et fumeur invétéré, le manœuvre dont le prénom est cousu sur le bleu de travail profite de cette pause impromptue pour s'allumer une Gitane sans filtre avec le bout encore chaud de sa torche.

— Ben ouais, graille-t-il avec une gouaille prononcée. C'est l'Amerloque.

— L'Amerloque ? répète l'autre sans comprendre.

— Ouais, le Ricain quoi.

— Le Ricain ? interroge l'inconnu avec une grimace d'incompréhension.

— Ben ouais, l'Américain, le Ricain, l'Amerloque quoi…

Le soudeur laisse échapper une longue bouffée malodorante.

— Oh, je comprends. Je suis américain moi aussi, réplique l'homme en lui tendant la main. Je cherche mon ami justement.

— Ha bon ? répond Michel. Vous parlez drôlement bien français dit donc, constate-t-il en posant sa torche pour tendre lui-même sa main. Pas comme Peter.

— Peter ?

— Votre ami là, Peter, il parle pas aussi bien que vous.

— Ha ! Peter… Oui… Bien sûr. Nous n'avons pas fait les mêmes études, c'est pour cela. Vous comprenez ?

— Non, pas vraiment, m'enfin notez je m'en fous un peu quand même.

L'Américain marque un temps d'arrêt. Il comprend bien tous les mots de son interlocuteur et parle un français plus que correct, mais il a cependant du mal à donner un sens aux phrases de l'ouvrier. Il décide de couper court à la conversation.

— Vous savez où je peux le trouver ?

Le Français tire une autre bouffée en haussant les épaules.

— Moi mon vieux, je suis là pour rafistoler les bahuts, fait remarquer Michel en donnant une tape du plat de la main sur la gigantesque roue du camion Iveco dont il ressoudait le marchepied. Je suis pas la réceptionniste.

Et comme l'Américain reste interdit, l'ouvrier se ravise.

— T'es pas au bon endroit mon gars… Ici c'est le dépôt, ton pote il bosse dans l'usine je crois. Tu ressors là-bas, tu prends à gauche et au premier rond-point encore à gauche. L'entrée principale est le long du canal. Les bureaux sont juste à côté, explique l'ouvrier en pointant dans la direction du parking.

L'homme remercie l'ouvrier et remonte dans sa voiture de location. Il a toutes les excuses pour s'être égaré dans ce complexe industriel immense où rien de moins qu'un bus n'est utilisé pour les visites officielles.

Suivant les instructions du soudeur, l'homme rejoint le canal et passe l'entrée principale. Sur sa gauche, il trouve un parking qui sert à la fois aux visiteurs et aux employés du site. Pas un arbre ne pousse sur l'étendue de bitume réservée aux voitures et pas un mur ne s'élève assez haut pour projeter une ombre protectrice. Dans cette région du sud de la France, ce serait un handicap s'il devait faire le planton jusqu'au soir. Le soleil cogne dur, l'homme ne se voit pas suer sang et eau dans sa voiture en attendant la sortie des employés. Aussi décide-t-il d'aller traquer sa cible directement sur son lieu de travail.

Il attrape son sac de voyage sur la banquette arrière et en extirpe une trousse noire qu'il ouvre. À l'intérieur, des dizaines de documents officiels s'alignent, bien rangés dans des pochettes en plastique. Il les feuillette d'un œil averti et récupère une carte de la douane volante française qu'il insère dans son portefeuille.

Sortant de sa voiture, il réajuste sous sa veste le holster qui supporte un revolver automatique de calibre moyen et une paire de menottes. Il se dirige alors vers le bâtiment à caractère administratif dont l'allure tranche dans ce paysage peuplé en majorité de constructions métalliques industrielles.

Il entre dans le vaste hall et se rend au bureau de la réception d'un pas décidé. Il prend son plus fort accent américain pour demander :

— Excusez-moi mademoiselle, je suis de passage dans la région et l'un de mes amis travaille pour vous, Peter… « l'Amerloque » comme vous l'appelez ici il m'a dit…

L'hôtesse, une grande Créole svelte aux cheveux mi-longs entretenus avec soin et huilés régulièrement n'a pas à réfléchir très longtemps. Beaucoup d'employés fréquentent ce site, mais un seul mérite le sobriquet d'« Amerloque ».

— Oui, bien sûr… Peter. Il s'occupe du réseau, je crois. Vous voulez que je l'appelle ?

— S'il vous plaît, confirme-t-il en allongeant consciencieusement certains phonèmes pour rajouter encore une consonance anglo-saxonne. Oh ! C'est une surprise, alors…

— Ne vous inquiétez pas, le rassure-t-elle avec un clin d'œil en se saisissant du combiné téléphonique devant elle.

— Allo ? Peter ? Tu peux venir une seconde à la réception s'il te plaît ? Il y a une livraison pour toi…

Elle sourit à son interlocuteur et lui décoche une moue de connivence en continuant à parler dans le téléphone.

— Je ne sais pas, c'est des câbles, il me semble… OK…

Elle raccroche.

— Il arrive, annonce-t-elle d'un air satisfait.

— Merci, répond l'Américain en s'éloignant pour aller stratégiquement se poster derrière un pylône en marbre.

Plusieurs minutes s'écoulent et un groupe de visiteurs pénètre dans le hall, précédé par leur guide.

— Allons, allons. On rentre, là… voilà.

Une bonne trentaine de personnes déambulent maintenant dans le hall.

— Par ici messieurs dames, exhorte leur guide en essayant de faire venir tout le monde sur le côté droit. Par ici…

L'homme en profite pour se mêler à la foule, tout en scrutant l'étendue derrière le comptoir de la réception.

— Nous allons d'abord monter à l'étage pour assister à une projection sur l'historique de cette usine, explique le guide. Ensuite nous irons voir comment vos boissons favorites sont mises en bouteille. Et nous finirons par la boutique de souvenir. Vous y trouverez des articles inédits qui ne sont pas commercialisés ailleurs, profitez-en !

Déjà, le troupeau se dirige paisiblement vers les escaliers, lorsque derrière la réceptionniste, un homme entre. L'obèse — il doit dépasser les 150 kilos — porte une chemise hawaïenne ample qui ne parvient pas à dissimuler son énorme ventre. Le gras de ses bras ballote alors qu'il contourne le comptoir avec effort. Malgré la climatisation du bâtiment, son front suinte sous l'action d'une légère sueur. Deux auréoles tachent sa chemise sous les aisselles.

L'agent sort du groupe de touristes et s'avance vers le nouveau venu.

— Vaughan ? Allan Vaughan ? interroge-t-il.

Surpris de s'entendre appeler par son vrai nom, le soi-disant Peter se retourne.

— *What the fuck?*[14]

Il tente de se dérober, mais sa stature lui interdit toute évasion subtile ou rapide. L'autre le rejoint en deux bonds.

Dans le hall, le remue-ménage ne passe pas inaperçu et plusieurs visiteurs dardent leurs regards vers les deux hommes du haut des escaliers. De son côté, la réceptionniste observe bouche bée, sans comprendre.

— Douane française, clame l'agent avec, cette fois, un accent français académique.

Il extirpe son portefeuille avec la carte adéquate bien en évidence.

— C'est fini, tout va bien... Monsieur Vaughan va me suivre sans faire d'histoires pour mettre ses papiers en règle...

D'un geste leste il entrouvre le pan de sa veste et révèle l'automatique au seul regard de l'obèse.

— N'est-ce pas monsieur Vaughan ? reprend-il.

L'autre dodeline sur place.

— *Yeah... Sure...*

---

[14] C'est quoi ce bordel ?

S'adressant à l'hôtesse, l'agent ajoute :

— Désolé pour le dérangement mademoiselle.

Et elle regarde les deux hommes sortir, la bouche toujours béante.

Chapitre 20
Toronto, Canada

Les lèvres entrouvertes, prêt à continuer ses explications, Kinkaid est interrompu par la sonnerie de son portable.

Il l'extirpe de la poche intérieure de son veston, identifie l'appelant, indique d'un signe à Jay et Sarah qu'il s'éclipse afin de mener cette conversation en privé.

Quand il a quitté le salon, Sarah se tourne vers Jérémy.

— Jay ?

Sorti de ses pensées à l'appel de son nom, il sursaute légèrement et porte son regard sur elle.

— Tu me le dirais s'il y avait quelque chose de grave entre RotP et Phoenix ? reprend-elle.

Jérémy se détend aussitôt.

— Bien sûr Sarah, tu sais bien que je ne te cacherais rien. Le truc… c'est qu'en toute honnêteté, il n'y a pas de sombres secrets enfouis dans le passé de RotP.

Elle lève un sourcil accusateur.

— Oui, d'accord, on a pénétré bien des systèmes, chahuté pas mal de protections et de sécurités à l'époque. Mais rien de fondamentalement « illégal » au sens lourd du terme.

— Ce n'est pas ce que celui-là semble dire, remarque-t-elle en pointant la porte du menton.

— Que Phoenix en ait profité pour placer des mouchards sur certains systèmes, c'est une chose. Je peux t'assurer que le reste de l'équipe n'était pas au courant.

— Si tu le dis…

— Promis ! On était jeune, c'était excitant, on avait l'impression d'être les maîtres des réseaux. Chaque « coup » était un nouveau challenge et on se tirait la bourre avec d'autres équipes de hackers à travers des BBS[15] et plus tard sur Internet. Mais tu me connais… J'ai toujours prévenu les entreprises concernées de leurs failles, afin qu'elles puissent y remédier *avant* que quelqu'un de mal intentionné ne les exploite, justement.

— Je n'arrive pas à comprendre, reprend-elle d'une voix vibrante.

Elle le scrute d'un regard profond où la tristesse fait tourner le vert de ses iris en un gris kaki. Jay tente de sourire, mais donne plutôt l'impression qu'un tic nerveux contracte ses lèvres.

— Pourquoi ? demande Sarah. Vingt ans plus tard, si Phoenix a besoin d'un cryptographe, pourquoi rechercher KryptBoy spécifiquement ? Pourquoi Mosquito, alors que le monde informatique pullule de graphistes de nos jours ? Pourquoi Brian…

Elle ne peut finir sa phrase et Jérémy, pour ne pas la laisser sombrer, reprend la discussion.

— Je sais… Tu as raison. J'ai peur que les motivations de Phoenix soient tout autres. Il a utilisé les gars parce qu'il les avait sous la main, OK. Mais je ne pense pas qu'il soit allé les dénicher explicitement pour cela.

Le major revient alors dans le salon, agitant son portable avant de le remettre dans sa poche intérieure.

---

[15] Bulletin Board System, l'ancêtre des forums Internet, accessible à travers les réseaux téléphoniques analogiques *via* des modems.

— Du nouveau, lance-t-il. C'était un de mes hommes. Il vient de retrouver Vaughan.

— Ante ? interroge Jérémy qui est plus familier avec les pseudonymes.

— En personne.

— Alors, c'est officiel, je suis le dernier membre de notre équipe, annonce Jérémy d'une voix grave.

— Pas tout à fait, continue Kinkaid.

Jérémy refoule ses pensées à propos du Doc en s'efforçant de prendre un air incrédule.

Le Cajun se cale de nouveau dans le fauteuil et laisse tomber :

— Je vous ai dit que nous avions retrouvé Vaughan... pas son cadavre... Il est bien en vie. « *En chair et en os* », pour citer mon agent.

Ni Sarah ni Jay ne réagissent à cette information, ce qui pousse le major à préciser :

— Apparemment, Vaughan a un problème d'obésité plus sérieux que les photos que nous avions ne le laissaient paraître. Nous avons dû réserver *deux* sièges pour lui dans l'avion qui le ramène avec l'agent Waterson.

— Mais, comment ?

Kinkaid coupe la question de Jérémy d'un geste de la main pour expliquer :

— Il a bien été contacté par Phoenix, qui l'a forcé à lui révéler certains protocoles de transmissions d'urgence comme nous l'avions soupçonné. Je n'ai pas tous les détails, mais apparemment Phoenix l'a laissé pour mort. Quand Vaughan est revenu à lui, il n'a pas demandé son reste, a empoché ses économies et il est parti se cacher en Europe.

— En Europe ?

— On l’a retrouvé en France pour être exact, sous une fausse identité. Phoenix lui a vraiment… heu… comment vous dites… « filé les pétoches » ?

— « Filé les pétoches », oui, confirme Jérémy.

— Nous en saurons plus demain, j’ai suggéré à mon agent de venir directement ici avec Vaughan à l’arrivée de leur vol.

Il se tourne vers Sarah pour demander :

— Si vous êtes d’accord, bien sûr, miss Wessler…

Elle répond d’un simple geste approbateur.

— Vaughan n’a pas vraiment eu une vie aussi sage que la vôtre, Baltac. C’est la raison pour laquelle il a pu disparaître de notre radar et heureusement pour lui, de celui de Phoenix par la même occasion.

— Que voulez-vous dire ?

— Disons que Vaughan a un certain penchant pour le jeu, poker principalement. Il a déjà eu à faire à quelques requins de la pègre locale de Chicago auxquels il a dû offrir ses services pour éponger ses dettes. Il est fiché, jamais officiellement arrêté, mais soupçonné d’avoir fourni du matériel de communication pour certains casses orchestrés dans « Windy City ». Il avait assez de connexions pour se faire faire des faux papiers et s’envoler avec son magot en cash.

— Bien, il pourra sans doute nous apprendre beaucoup.

— Oui, approuve le major et nous le soumettrons à un rigoureux examen médical après son débriefing. C’est la seule personne encore vivante ayant été en contact avec les nanobots de Phoenix, on pourra peut-être découvrir quelque chose de précieux. Mais laissons Vaughan de côté pour le moment, revenons-en à Phoenix et RotP.

— Nous en discutions justement à votre arrivée, dit Sarah.

Elle sent Jérémy lui presser légèrement la main et ne peut s'empêcher de lui décocher un regard interrogateur. Kinkaid ne semble pas s'en apercevoir, il continue.

— Donc, vous aussi, cela vous paraît un peu tiré par les cheveux que Phoenix se lance dans des recherches compliquées pour identifier ses anciens compagnons d'armes. Tout ça pour leur faire exécuter des tâches, qui de nos jours doivent être à la portée de presque n'importe quel geek dans le sous-sol de ses parents ?

Jérémy sent une petite goutte de sueur perler sur son échine et amorcer une lente descente le long de sa colonne vertébrale. Le Docteur serait très certainement redevable d'une multitude de cybercrimes si les autorités viennent à soupçonner son existence et ses activités. Jay n'aime pas du tout la tournure que prend cette conversation et décide de la désamorcer sur le champ.

— De toute évidence, Phoenix n'est pas des plus stables, lance-t-il. Dans un coin de son esprit, il aura peut-être gardé une animosité envers les membres de RotP et vu là un moyen d'assouvir une vieille vengeance.

Kinkaid esquisse une moue peu convaincue, tandis que Sarah comprenant que Jay cherche à cacher quelque chose — et elle commence à soupçonner quoi — reste silencieuse.

— Oui, c'est une possibilité… amorce le major. Mais ça ne semble pas coller au profil psychologique de Phoenix. S'il avait eu une réelle rancœur contre votre groupe, il serait passé à l'acte bien avant.

Kinkaid pense à ajouter qu'avec ses penchants sadiques, Phoenix les aurait sans doute fait souffrir tout autant, mais il se retient pour ne pas perturber plus la veuve Wessler.

— Non, reprend-il. Il semble plutôt que Phoenix soit à la recherche de quelque chose. Quelque chose que les membres de votre petit groupe doivent pouvoir lui fournir.

Jay enregistre ce « quelque chose » comme une bonne nouvelle. Le major soupçonne que la recherche de « quelque chose » motive Phoenix, pas de « quelqu'un ». C'est toujours bon à prendre et il en profite.

— Vous pensez à un hack particulier que nous aurions fait ensemble avec RotP ? Une information spécifique peut-être ?

— Nous y avons pensé, oui. Mais nos analystes n'ont rien trouvé qui puisse réellement avoir une grande valeur après vingt ans. Vos activités, vos méthodes de l'époque… sans offenses… sont obsolètes depuis longtemps.

— Oh ! Vous seriez surpris de ce que l'on peut faire avec un bon vieux téléphone et du social engineering, rétorque Jérémy d'un air blessé.

Le major sourit, satisfait semble-t-il, d'avoir pu percer la cuirasse d'impassibilité de Jérémy.

— Honnêtement, monsieur Baltac, nous sommes même remontés dans toutes vos finances. Espérant trouver des traces d'argent frauduleux. Nous avions une théorie pendant un temps comme quoi RotP aurait en fait récupéré pas mal d'argent, laissant Phoenix de côté. Il aurait pu avoir percé votre identité et découvrir récemment le succès de votre compagnie, prendre la mouche, puis décider de vous inclure dans l'exécution de son plan pour satisfaire son ego.

Même s'il peut balayer ces accusations aisément, Jérémy ne répond pas.

— Mais vos finances sont impeccables, Baltac. Tenues de main de maître par votre bras droit.

— Alexandre a su faire prospérer mes intérêts, oui. Tous nos gros contrats viennent de lui.

— De toute façon, cette théorie était un peu tirée par les cheveux, avoue Kinkaid.

— Il n'y a pas de mal, major. Vous faisiez votre travail. Mais au fond, qui sait, malgré le profil poussé que vous n'avez sans doute pas manqué de faire, ce qui se passe réellement dans la tête de Phoenix ?

Les épaules voutées, battu, le major acquiesce d'un air las.

— Eh oui... qui sait ?

Un silence s'installe quelques secondes, puis le Cajun se redresse, reprenant le fil de sa pensée comme si le dernier échange n'avait pas eu lieu.

— Notez, ce n'est pas plus tiré par les cheveux que d'imaginer qu'il y aurait un membre additionnel à RotP... Un membre secret...

Jérémy se fige, sa bouche s'assèche d'un coup et la goutte qui a poursuivi son chemin jusqu'au creux de ses reins devient glaciale.

— Parce qu'évidemment, ça pourrait donner une autre théorie, continue le major en fixant Jay.

Il laisse un blanc, dévisage Jérémy comme s'il voulait lire dans ses pensées, puis poursuit sans lâcher le Français du regard :

— Une théorie selon laquelle Phoenix aurait besoin de ce membre secret, ou au contraire redouterait qu'il ne puisse faire capoter son plan. Quoi de plus naturel alors que de contacter ses anciens camarades pour essayer d'identifier ce mystérieux personnage ?

Jérémy reste figé, il veut lancer une réplique acérée, éliminer d'un revers cette dangereuse hypothèse, mais son esprit se dérobe. La voix de Sarah, ferme et cinglante, le surprend tout autant que le major.

— Monsieur, vous êtes ridicule ! Écoutez-vous parler… « Un membre secret ». On se croirait dans un roman à suspens de bas étage à vous entendre !

Elle a mimé les guillemets autour de la réplique du major et elle continue de plus belle :

— Je connaissais déjà les garçons à cette époque, je connaissais leurs activités, leur équipe. J'ai épousé l'un d'entre eux…

Sa voix devient moins sûre, mais elle continue.

— Dix-huit ans, major ! Dix-huit ans avec Brian ! Vous ne croyez pas que s'il y avait un membre supplémentaire dans RotP, je le saurais ?!

Les lèvres pincées, se retenant visiblement pour ne pas éclater en sanglots, elle foudroie l'agent du regard.

Il finit par détourner la tête, en soufflant comme pour lui-même :

— OK, OK, ne parlons plus du mystérieux Docteur…

Chapitre 21
El Formigal, Espagne

Le docteur passe devant Fisher sans lui prêter attention.

Dans un tout autre établissement hospitalier digne de ce nom, le mercenaire aurait dérobé une blouse blanche et personnifié lui-même un médecin. Le staff y est si étendu, entre équipe de jour et équipe de nuit, que personne ne connaît tous les praticiens. Une blouse blanche suffit à arpenter les couloirs sans éveiller les soupçons.

Mais dans la petite clinique privée d'El Formigal où tout le monde se connaît, ce type de stratagème le ferait repérer tout de suite. C'est pourquoi il a opté pour la blouse grise et les gants réglementaires des équipes de nettoyage. Personne ne fait attention au personnel de nettoyage, surtout pas les médecins.

Il continue tranquillement le long du couloir dont l'accès est réservé aux employés. Il pousse un chariot qui contient un balai, une serpillière, un sceau et un grand sac plastique noir tendu autour d'un cerceau de métal. La visière de sa casquette est inclinée vers le bas, masquant son visage.

À l'approche du panneau marqué « depósito de cadáveres », il ralentit son allure et s'empare du balai. S'avançant vers la morgue, il fait mine de balayer le couloir avec une conscience toute professionnelle.

Arrivé à la hauteur des doubles portes grises, il entrebâille l'un des battants avec son épaule et risque un rapide coup d'œil à l'intérieur. Rassuré de ne voir personne, il vérifie que le couloir est lui aussi désert et entre dans la pièce.

Fisher a déjà fouillé l'appartement de Rodriguez de fond en comble la veille sans trouver ce qu'il cherchait. La seule explication reste donc que le graphiste a gardé le contrat sur lui le jour de son exécution.

La morgue est petite, pas de tiroirs frigorifiques dans ce modeste établissement, mais un grand réfrigérateur dans le fond, fermé par une épaisse porte en métal avec un imposant levier en chrome. *Un vrai frigo de boucher*, pense Fisher. Mais lorsqu'il l'ouvre, ce ne sont pas des carcasses de porcs pendus par les pieds qui l'accueillent. À l'intérieur, un simple chariot où un drap vert pâle laisse deviner les formes du corps qu'il recouvre. Il est glissé dans le coin opposé à la porte.

Fisher n'est pas surpris. En cette saison El Formigal est très peu fréquenté et il ne s'attendait pas à devoir vérifier de nombreux cadavres avant de trouver celui de Rodriguez. Sans même se soucier de confirmer l'identité du corps, le mercenaire se penche et fouille le plateau inférieur du chariot. Il en extirpe un sac plastique blanc sur le flanc duquel l'écusson de la clinique est imprimé, entouré d'un cercle de lettres indiquant « Haga clic en privado El Formigal » — « Clinique privée d'El Formigal ».

Il pose le sac sur le drap, au niveau des cuisses et commence à fouiller les vêtements que Rodriguez portait en arrivant. Il récupère bientôt une épaisse enveloppe de la poche revolver du veston.

Il remet le sac à sa place et sort de la chambre froide pour profiter de plus de lumière. Le mercenaire extirpe la liasse de papier de l'enveloppe pour la feuilleter rapidement. Il reconnaît bien le contrat de lancement du prochain jeu vidéo produit par le studio multimédia du graphiste. Fisher glisse le tout de nouveau dans l'enveloppe et l'empoche. Il se dirige vers la double porte et s'arrête net en entendant des voix en provenance du couloir.

Scrutant la pièce avec attention, il avise une corbeille à papier, extirpe le sac gris à moitié plein et se redresse au moment où les battants s'ouvrent.

Brandissant le sac devant lui comme un trophée, il se faufile au milieu des étrangers en civil qui pénètrent dans la place accompagnés d'un médecin, en disant :

— *La basura…*

Personne ne fait mine d'empêcher le nettoyeur de sortir avec « la poubelle » et on s'écarte même pour le laisser passer.

Fisher remarque le pli du pantalon de l'un des hommes, de travers au niveau de la cheville, signe de la présence d'un holster et d'un petit calibre. Il n'a pas l'occasion de détailler le second visiteur, mais ne serait pas surpris que celui-ci porte un holster sous l'aisselle… *Des agents.* Il s'attarde juste un temps derrière la porte pour s'en assurer. De l'autre côté, on parle, en anglais, de faire rapatrier le corps dans un établissement mieux équipé pour pratiquer une autopsie complète.

Machinalement, Fisher veut se saisir de son portable pour informer Macmillan. Mais il se trouve dans une clinique. Utiliser son cellulaire ne ferait qu'attirer l'attention sur sa personne en ces lieux où un tel usage est contrôlé. Il accélère le pas, jette la poubelle dans le grand sac de son chariot, abandonne ce dernier sur place et part au pas de course vers le bout du couloir qui mène à la porte de service.

Délaissant sa blouse d'emprunt et sa casquette sur le seuil, il se saisit aussitôt de son portable.

Chapitre 22
Philadelphie, États-Unis

Replaçant son portable dans sa poche poitrine, Macmillan déboule dans le cagibi qui le mène à l'antre de son employeur.

Il hésite un instant sur le seuil de la porte, sans glisser son pouce sur le lecteur. Les nouvelles de Fisher ne vont pas plaire à son client et Macmillan appréhende la manière de présenter son rapport.

La gâche se déverrouille avec un claquement sec.

— Entrez ! lance Phoenix qui l'a vu arriver par les caméras de surveillance.

Le commandant se décide, raffermit sa posture et entre.

Toujours en blouse blanche, l'albinos est perché sur un haut tabouret, le corps vouté, en train de consulter l'ordinateur portable placé sur le comptoir devant lui. Il ne lève pas les yeux et continue sa besogne, comme hypnotisé par l'écran.

Macmillan ne dit rien, attendant d'être invité à parler, ce qui vient bientôt sous la forme d'un simple :

— Alors ?

Le mercenaire se racle la gorge et commence à égrainer son rapport sur un ton formel.

— Le composé a bien été livré dans plusieurs points de fabrication. La distribution a déjà commencé. Selon notre estimation les produits devraient se répandre dans la population générale d'ici demain. Dans quelques heures seulement dans le cas de l'Europe, avec le décalage horaire.

— Parfait, commente Phoenix sans daigner relever la tête de son écran.

— Côté communication, les plus grands fournisseurs ont déjà été compromis selon vos spécifications. Il reste juste Verizon pour la couverture domestique.

— Que s'est-il passé ?

— L'homme que nous avions infiltré n'a jamais pu pénétrer dans les locaux qui nous intéressaient. Mais nous avons payé l'un des techniciens qui possèdent les accréditations nécessaires, il devrait passer à l'action dès demain, lors d'une demande de maintenance officielle, une couverture parfaite.

— Un outsider ? questionne Phoenix d'une voix froide.

— Nous disposerons de lui juste après sa participation.

— Discrètement cette fois, j'espère ?

— Ce sera maquillé en accident, monsieur, pas comme l'intervention de Las Vegas. Et nous éliminerons toute trace du versement d'argent pour éviter les soupçons.

— Excellent ! Nous approchons du but. Tout est prêt de mon côté, à l'exception d'une chose…

Macmillan et son équipe n'étant instruits que des informations pertinentes à leurs tâches, il ne peut pas se constituer une idée complète du plan de son employeur. Il sait, bien sûr, qu'il s'agit d'une opération de grande envergure, mais seul son commanditaire en connaît tous les détails. Aussi se garde-t-il bien de commenter les propos du géant, préférant laisser celui-ci en dire davantage s'il le souhaite.

— Des nouvelles de mon ami Baltac ? reprend Phoenix.

— Non, monsieur. Aucune activité sur son portable depuis plusieurs jours. Le dernier relevé GPS enregistré le situe à Toronto.

— Toronto ? Hum, intéressant… Parti rendre visite à la veuve éplorée de l'abeille…

— Monsieur ? questionne Macmillan, ne comprenant pas ce que cet insecte vient faire dans l'histoire.

Phoenix relève la tête et pour la première fois depuis le début de la conversation, semble prêter attention à son interlocuteur.

— Il aura sans doute éteint son mobile pour être tranquille pendant qu'il porte réconfort à madame Wessler.

— C'est notre théorie aussi, monsieur.

— Hum, je ne les savais pas si proches, commente Phoenix d'un air songeur. Resserrez votre surveillance sur Baltac, dépêchez quelqu'un sur place, c'est votre prochaine cible.

— Bien monsieur.

— Macmillan…

— Monsieur ?

— Pas de bévue. Il me faut Baltac vivant. J'ai besoin de le faire parler, si vous voyez ce que je veux dire.

— Tout à fait monsieur.

Phoenix s'arrête là et Macmillan pense qu'il va mettre fin à la conversation. Mais il reprend, lancé sur ses pensées et apparemment en veine de confidence.

— Baltac est la clé. C'est lui qui va me permettre d'obtenir un rendez-vous avec le Docteur…

Un sourire sinistre se dessine sur la face du géant, qui s'apercevant sans doute que ses propos paraissent incohérents à Macmillan, complète :

— Ne vous inquiétez pas pour ma santé. Ce n'est pas ce genre de docteur.

Macmillan acquiesce d'un bref mouvement de tête. Il a l'habitude des soliloques de son mandataire. Si certaines déclarations lui paraissent parfois confuses, nul doute que Phoenix, lui, comprenne ses propos. Pour l'instant, ce qui préoccupe Macmillan, c'est de devoir jeter de l'ombre sur le beau tableau de son employeur…

Phoenix se redresse et descend de son tabouret.

— Et l'Espagne, interroge-t-il ?

Nous y sommes, pense Macmillan avant de répondre.

— Nous avons pu retrouver les documents. Fisher les a transférés à notre équipe technique, ils modifient le contrat pour que la clause publicitaire soit acceptée.

— Parfait, maintenant que ce cher Mosquito ne peut plus s'y opposer, nos échantillons vont pouvoir inonder tous les magasins de jeux vidéo de Corée, du Japon, de l'Europe et d'Amérique du Nord. Tout est prêt ?

— Toute la production est en zone de stockage. Dès que le contrat sera validé, la distribution pourra commencer.

— Je veux ce contrat ratifié aujourd'hui, c'est compris ?

— Ce sera fait monsieur.

— Vous pouvez disposer Macmillan.

Le mercenaire ne bouge pas.

— Autre chose ? interroge Phoenix.

Le commandant se racle de nouveau la gorge.

— C'est à propos de l'Espagne, monsieur.

Phoenix hausse les sourcils.

— Vous venez de me dire que tout était en ordre.

— Oui, monsieur, nous avons éliminé la cible et récupéré le contrat. Mais Fisher est persuadé d'avoir rencontré des hommes du gouvernement, monsieur… Je crains que nous n'ayons été repérés.

Macmillan s'attend au pire. Il s'arrime fermement au sol et se prépare pour la réaction de son employeur.

Phoenix se penche en arrière et… éclate de rire…

Chapitre 23
Toronto, Canada

L'éclat de rire de Jérémy se perd dans le salon.

— Désolé… Mais avouez tout de même que c'est plutôt drôle, non ?

L'atmosphère dans la pièce a bien changé depuis l'intervention de Sarah sur l'hypothétique « membre secret » de RotP. Kyle Kinkaid a reçu des nouvelles de son équipe dépêchée à Moscou. Sur la petite table basse, il a posé son ordinateur portable, un modèle ultra léger de la dernière génération. Sur l'écran s'affiche le rapport initial concernant le contenu de la clé USB extirpée du corps de Kagda. Un bilan peu révélateur qui a déclenché le rire de Jérémy.

— Baltac… Nos analystes sont dessus depuis à peine une heure, laissez-leur le temps de…

— Une heure ? Il n'y a pas si longtemps, vous sous-entendiez que Phoenix aurait pu recruter les services de n'importe quel geek vivant dans le sous-sol de ses parents au lieu de se compliquer à rechercher les anciens membres de RotP.

Le major affiche une moue lasse tandis que Jérémy continue :

— Apparemment, aussi « obsolètes » soient nos méthodes d'antan, il semble que le travail de KryptBoy soit toujours capable de mettre à mal tous vos experts…

— OK, Baltac, j'ai compris. Apparemment les membres de votre petite équipe ont su évoluer avec leur temps. Le fichier qui était sur la clé a été transmis à mes hommes. Évidemment, il est encrypté. Le problème c'est qu'en inspectant le fichier, ils ne reconnaissent aucun des protocoles de chiffrement connus.

— Sans le moindre indice, même une attaque en force brute pourrait prendre des années avant de décrypter quoi que ce soit, renchérit Jay.

— Cette fois c'est vous qui nous sous-estimez Baltac. Nous avons à notre disposition une puissance de calcul bien supérieure à ce que vous pouvez imaginer.

— Oh ! D'accord, pas des années, alors quoi ?... Des mois ?

Comme le Cajun ne répond pas, Jérémy prend son silence pour un acquiescement.

— Je ne comprends pas, glisse Sarah. La rédaction du journal a fait un reportage sur les échanges sécurisés et le cryptage des données il y a quelques semaines. Je me souviens que le recherchiste m'avait parlé de sortes de « clés » ou quelque chose comme ça, nécessaires pour ouvrir un fichier chiffré. Si nous avons juste un fichier, alors où sont ces clés ?

Jérémy sourit.

— Tu as tout à fait raison. C'est un peu comme les coffres-forts des banques qui nécessitent deux clés pour être ouverts. La banque possède une clé, le client l'autre, il faut avoir les deux en même temps pour procéder. Dans le cas du cryptage informatique, on appelle ces clés, respectivement la clé publique et la clé privée. Le rôle de la banque est tenu par le logiciel de déchiffrage, qui détient les clés publiques, choisies en fonction du protocole utilisé. La clé privée, elle, peut être un simple mot de passe ou un certificat à installer sur sa machine. Mais sans ces deux clés, on ne peut pas ouvrir le fichier…

Le major a lui aussi suivi cette brève explication.

— Quand mes hommes disent qu'ils ne parviennent pas à identifier le protocole de chiffrement utilisé, cela veut dire quoi au juste ?

— En gros… qu'ils ne reconnaissent pas à quelle banque appartient le coffre. Donc aucune idée de la clé publique utilisée…

— Autrement dit, il nous manque les deux clés pour pouvoir accéder aux informations de Kagda ?

— D'après ce que vous me dites, oui, confirme Jérémy.

— Il a ingurgité le support qui contenait ce fichier. De toute évidence, il comptait bien utiliser ces données, probablement pour nuire à Phoenix, déjouer le travail qu'il avait été assujetti à faire pour lui. Serait-il possible qu'il ait caché ces fameuses clés ailleurs ?

Jérémy réfléchit un instant avant de répondre.

— *A priori*, il n'avait aucun moyen de communication avec le monde extérieur, sinon il aurait envoyé ce fichier quelque part sur Internet. Son meilleur choix finalement aurait été de prendre deux mots de passe un peu complexes et de les retenir.

Le major laisse échapper un geste de frustration.

— Dans ce cas, ces deux clés ont disparu avec lui et ce fichier nous est inutile. Il aurait pourtant pu y avoir des informations capitales pour contrer Phoenix…

Aucun des trois interlocuteurs ne reprend la parole pendant un moment, comme pour digérer l'énormité de la situation. Puis Jérémy brise finalement le silence.

— Si vous me le permettez Major, je pourrais jeter un œil sur ce fichier. On ne sait jamais, un nouveau regard, je pourrais peut-être trouver quelque chose que vos hommes ont manqué.

Kinkaid semble hésiter. Il comprend bien que Jérémy ne plaisante plus. Il ne remet pas en cause les compétences de ses équipes cette fois-ci, il lui offre juste, sincèrement, un avis extérieur. Devant sa réticence, Jérémy ajoute.

— Je sais que c'est une enquête délicate, si vous ne voulez pas briser le sceau de la confidentialité…

Cela décide le major.

— Au point où nous en sommes. Je vous en ai suffisamment dit déjà pour mandater un contrat de non-divulgation. Amenez-moi une clé USB que je vous fasse une copie, je ne tiens pas à voir ce fichier voyager sur des réseaux non sécurisés.

— Sarah ? demande Jérémy.

Elle fait un signe de tête vers le couloir qui mène au bureau de son mari.

— Dans le tiroir de gauche, il doit y en avoir une neuve.

Jérémy se redresse et se dirige vers le couloir.

— Miss Wessler ? demande Kinkaid sur un ton affable après le départ de Jérémy.

— Oui ?

— J'aurais un petit service à vous demander. Je comprendrais tout à fait si vous n'êtes pas prête à…

— Allez-y, interrompt Sarah. Demandez-moi ce que vous voulez, pas besoin de ronds de jambe.

— Je vous remercie de laisser mon agent et monsieur Vaughan nous rejoindre chez vous demain. Mon équipe partie pour la Russie rentre également dans la matinée. J'aimerais les rencontrer pour un débriefing complet et comme je serai ici, je me demandais si vous accepteriez quelques hôtes supplémentaires.

L'espace d'un instant, le visage de Sarah s'éclaire, on pourrait imaginer en elle la maîtresse de maison ravie de recevoir. Mais sa motivation pour accepter est tout autre.

— Amenez autant d'agents que vous le voulez. Plus il y aura de monde ici et plus Jay sera en sécurité.

Kinkaid approuve d'un mouvement de tête. Il admire la force de caractère de cette femme. Dévastée par la perte de son mari, elle n'en demeure pas moins lucide et elle comprend très bien la situation : Baltac est le prochain sur la liste de Phoenix.

— Merci Madame… et je laisserai deux de mes agents en poste devant chez vous cette nuit, ajoute-t-il.

Elle lui renvoie son signe approbateur, avec un pâle sourire.

— Merci… Il ne vous l'aurait jamais demandé lui-même, vous savez ?

— Trop fier ? hasarde Kinkaid.

— Trop insouciant, répond Sarah en accentuant son sourire. Jay est un observateur hors pair et d'une intelligence remarquable, mais dans sa tête c'est toujours un grand adolescent. S'il n'y avait pas eu la mort de mon mari, il prendrait sans doute tout ceci comme un jeu.

— Je vois…

Elle le fixe, fouillant son regard.

— Vous avez autre chose à me demander ?

— Non… répond-il sur la défensive. Pas du tout… je… je me demandais juste si…

— Si quoi ?

— C'est un peu personnel…

— Allez-y, l'encourage Sarah.

Kinkaid réajuste son assise dans le fauteuil avant de continuer.

— Vous et Baltac, vous…

Sarah laisse son regard vagabonder vers la fenêtre.

— J'ai fait mon choix il y a dix-huit ans. J'ai opté pour le plus responsable, le plus stable et ma carrière. Ne vous détrompez pas : j'aimais mon mari et il m'aimait. Nous avons passé ces dix-huit dernières années exactement selon mes attentes… Dans la stabilité et le confort…

À ces mots, le regard de Sarah, empreint de nostalgie, s'étend bien au-delà de la fenêtre. Elle se revoit dix-huit ans en arrière au moment de choisir entre deux amours. Le major ne peut réprimer cette fois un petit sentiment de culpabilité. Sa question était déplacée pour une récente veuve.

Le retour de Jérémy dans la pièce brise l'inconfortable envoûtement entre l'agent et son hôtesse.

Sarah reporte son attention sur le salon en essuyant subrepticement une larme qui coule sur sa joue gauche. Le major se saisit de la clé USB — fraîchement sortie de son emballage — que lui tend Jérémy.

— Je vous copie le fichier et ensuite je prendrai congé, dit Kinkaid. Nous nous reverrons demain matin, madame Wessler a gentiment accepté de nous laisser utiliser sa résidence.

Jérémy retourne se poster aux côtés de Sarah, qui se saisit de sa main au passage, tandis que l'agent s'efforce de copier le fichier.

— Quelque chose qui ne va pas ? demande Jérémy en voyant l'homme perplexe.

— Euh... Je ne sais pas, je ne vois pas la clé apparaître sur mon ordinateur. C'est comme si elle n'était pas détectée...

— Elle est toute neuve, répond Jérémy surpris, elle devrait fonctionner... Vous voulez que je regarde ?

Kinkaid fait pivoter son ordinateur vers Jérémy, qui lâche la main de Sarah pour s'agenouiller devant la table basse.

— Allez-y, l'invite Kinkaid. C'est vous l'informaticien.

Jérémy effectue quelques manipulations dans le système, retire et réinsère la clé, qui cette fois est détectée avec un petit son caractéristique.

— Voilà, conclut Jay en remettant le portable en face de son propriétaire.

Kinkaid copie le fichier, puis retire la clé USB.

Chapitre 24
Londres, Grande-Bretagne

La clé USB s'écrase sur le sol. Le choc sourd témoigne de la vélocité anormale de sa chute.

Le Doc presse son talon sur la coque en plastique. Elle explose aussitôt en dizaines d'éclats, révélant la partie électronique qu'il piétine à nouveau avec véhémence jusqu'à sa destruction totale.

Tu ne m'auras pas, je suis plus malin que toi. Tu croyais que je ne t'avais pas remarqué, hein ? Avec ton petit clignotement rouge. ROUGE ! Ha ! Ha ! Alors que toutes mes clés ont une LED bleue !

Le comportement du Docteur n'a plus rien de rationnel. Sa chevelure hirsute et sa barbe éparse témoignent de son hygiène douteuse des derniers jours. Il en est de même pour ses vêtements froissés et malodorants, inchangés depuis que la paranoïa l'a englouti. Ses lèvres sont sèches et commencent à se craqueler, indication d'un début de déshydratation inquiétant.

Ses yeux sont hagards, sa langue blanche est chargée. Elle tente vainement d'humecter ses lèvres rêches en passant et repassant sur leur surface. Ses doigts semblent échapper à son contrôle comme mus d'une vie propre. Ils se plient et se déplient d'eux-mêmes, tel un pianiste qui décompose une sonate dans les airs.

Il parle tout seul, de manière incohérente, appuyant les propos qu'il tient dans sa tête, puis se taisant plusieurs minutes, pour reprendre ensuite, alternant pensée et paroles au gré de ses divagations.

Ses yeux remontent sans cesse sur l'énorme écran de contrôle où s'affichent plusieurs pages d'information sur l'état de son installation, de son réseau, des communications entrantes et autres indications comprises de lui seul. Parfois, il relève un point qui lui semble suspect, se précipite sur un clavier, confirme certaines données, puis passe à une autre vérification, un autre problème imaginaire puisque tous les indicateurs s'affichent dans la norme.

Le malheureux objet de stockage, manifestement coupable de clignoter de la mauvaise couleur, gît sur sol en mille morceaux. Doc s'arrête un instant, pantois. Puis il fait brusquement le tour de toutes ses machines, vérifiant chaque clé en usage, confirmant qu'elles s'illuminent bien toutes d'un indicateur bleu.

Oui, mais les autres, pense Doc ? *Celles qui se cachent, attendant d'être reconnectées pour livrer tous tes secrets…*

Il commence à fouiller frénétiquement tous ses tiroirs et à rassembler tous les bâtonnets de mémoire qu'il trouve. Finalement, il entreprend de les brancher un à un sur une de ses machines de test.

Bleu… bleu… bleu… bleu…

Un petit jingle sonore émanant de sa station de travail principale le sort de son obsession.

— Jay ? articule Doc en reposant la clé qu'il a encore en main.

Ses yeux partent dans tous les sens, trahissant le combat intérieur qui se déroule dans son cerveau malade.

C'est Jay, mon ami à moi…

Il regarde l'écran de contrôle qui ne tarde pas à confirmer un courriel entrant sur la boîte dédiée à Jérémy Baltac.

Non, non, non… Ils ont dû arriver jusqu'à lui. C'est un piège…

La main du Doc se porte vers la souris de sa machine.

Mais c'est Jay… Notre protocole…

Il ouvre son navigateur et commence à se connecter sur la boîte anonyme utilisée pour recevoir les messages d'alertes de Jérémy.

Non ! Non ! Attends ! Si tu lis ce mail, ils pourront pister ta connexion…

Doc secoue violemment la tête.

— Non, non…

Tu crois vraiment que tu es protégé ? Certain ? Aucune possibilité qu'ils te tracent ? Même une toute petite ? Tu sais de quoi ils sont capables, non ? Ils ont retrouvé l'identité de tous les membres de RotP bon sang !

— Oui…

Mais moi aussi je les ai retrouvés. Il y a longtemps même…

Doc pointe le curseur sur le bouton de validation de la fenêtre de connexion.

Et tu avais tes raisons… Assurer ta protection, savoir avec qui tu travaillais… Eux, c'est pour les tuer qu'ils les ont recherchés… tu te souviens comment ils sont tous morts ?

— Cerveau… commence Doc d'une voix tremblante.

Cerveau, oui, le cerveau, bingo ! Attaque cérébrale ! Ça en dit long non ? ILS peuvent manipuler le cerveau ! ILS connaissent l'identité de Jay… Réfléchis… Jay ne t'aurait jamais trahi, mais ILS ont pu extirper l'information de son cerveau, tous tes protocoles, toutes tes sécurités…

Le pointeur de la souris se déplace sur l'icône de fermeture et Doc interrompt la connexion en terminant la session de son navigateur.

La fenêtre de son logiciel de communication vocale s'ouvre automatiquement à l'écran, avec une sonnerie caractéristique. Dans l'application de téléphonie, un simple numéro entrant et deux boutons pour accepter ou rejeter l'appel.

Tu vois bien... Ce n'est pas le numéro de Jay, c'est un numéro non protégé... Si tu réponds, c'est fini.

Ne reconnaissant pas l'indicatif de la résidence Wessler utilisé par Jay quelques jours plus tôt, le Docteur clique sur le bouton rouge pour décliner l'appel.

Chapitre 25
Toronto, Canada

Jay raccroche le combiné d'un air dépité. Derrière lui, dans l'embrasure de la porte du bureau, la voix de Sarah se fait entendre, calme et posée.

— Doc ?

Kinkaid a quitté la demeure quelque temps plus tôt. Jérémy et Sarah sont désormais seuls. Il se retourne vers elle.

— J'ai essayé tous nos moyens de communication habituels, aucune réponse. J'ai peur qu'il soit en pleine crise.

Elle s'approche à pas lents de la chaise de bureau sur laquelle Jérémy est assis.

Sarah s'accorde un instant de réflexion, tiraillée entre son désir de garder Jay sous la protection des agents et la nécessité de le laisser partir pour sauver Doc.

— Tu devrais aller le rejoindre, décide-t-elle enfin.

Jérémy se lève et pose une main affectueuse sur l'épaule de son amie.

— Je… commence-t-il.

Saisissant tendrement le poignet de Jay, elle soulève son épaule et incline la tête pour amener le dos de la main contre sa joue.

— Si c'est pour moi que tu t'inquiètes, coupe-t-elle, ce n'est pas la peine. Je ne suis plus la petite étudiante étrangère perdue dans Paris. Je suis une grande fille maintenant, tu sais ? Je peux me débrouiller toute seule.

De sa main libre, Jérémy replace une mèche de cheveux derrière l'oreille de Sarah.

— Ce n'est pas ça, mais… amorce-t-il.

Sarah redresse son visage pour mieux apprécier la caresse.

— Je sais ce qu'il représente pour toi. Et puis tu es là depuis plus d'une semaine déjà. Je suis sûre que Doc a plus besoin de toi que moi en ce moment.

Jérémy s'attarde sur sa nuque.

— Merci… Pour tout à l'heure je veux dire, avec le major.

— Il a certainement raison, tu sais… Phoenix est probablement à la recherche du Docteur.

— Je sais et cela signifie que Doc est sûrement le seul à pouvoir l'arrêter.

Sarah se déplace légèrement et Jérémy laisse retomber ses bras.

— Raison de plus pour que tu le rejoignes, Jay, argumente-t-elle d'une voix froide. Vous avez plus de chance de le retrouver à vous deux que l'autre, là, avec toute son équipe de soi-disant experts.

Jérémy ne peut réprimer un sourire timide à cette évocation.

— Jay ?

— Oui ?

— Le jour où tu m'as confié l'existence du Doc, je t'ai promis de ne jamais la révéler à personne. Tu te souviens ?

Jérémy se souvient parfaitement. Sarah — elle s'appelait encore Zahavi, pas Wessler — poursuivait ses études en langues et communication à la Sorbonne. Ils s'étaient rencontrés plusieurs fois en fouillant les bacs à livres des bouquinistes du quai de Montebello. Ils partageaient la même passion pour les vieux bouquins d'aventures et de science-fiction. Il avait fallu plusieurs rencontres impromptues avant que Jérémy n'ose lui adresser la parole. Sarah, beauté israélienne issue d'un mélange de races dont la diversité parcourait les cinq continents, avait tout pour impressionner le jeune informaticien à la vie sociale inexistante. Mais au-delà de son physique, sa seule présence suffisait à subjuguer Jérémy. Elle était d'une grâce exquise, d'une prestance d'héritière de trône dans le moindre de ses gestes. Pourtant, elle restait simple, n'usant pas de sa beauté et de son charme naturel à outrance. Prenant son courage à deux mains, Jérémy avait un jour glissé un commentaire anodin sur l'un des livres qu'elle feuilletait.

Ils avaient discuté de leurs lectures, commenté l'œuvre de Jean Ray et fini par partager un diabolo menthe à la terrasse d'un café. Un seul, avec deux pailles, parce qu'après avoir acheté leur cargaison de livres, il ne restait à aucun d'entre eux assez de monnaie pour payer deux boissons, du moins pas au tarif exorbitant d'un établissement parisien. Ce n'était pas tout ce qu'ils avaient partagé ce jour-là. Ils avaient aussi échangé leurs coordonnées. Pendant près d'un an, ils s'étaient rencontrés régulièrement, étaient devenus proches, même si le cursus de Sarah et les activités de Jérémy les tenaient chacun occupé.

Et puis un jour, épuisé autant moralement que physiquement par une intervention mouvementée à Londres, Jérémy lui avait révélé l'existence du Docteur.

— Tu ne m'as jamais donné son nom, continue Sarah. Et je n'ai jamais demandé… J'ai tenu ma promesse, tu sais ? Je n'ai jamais mentionné Doc, même pas à Brian, même pas après dix-huit ans de vie commune. Je savais à quel point c'était important pour toi.

— Je n'en ai jamais douté… balbutie Jérémy.

— Laisse-moi finir, interrompt doucement Sarah.

Elle lui serre les deux épaules et le regarde droit dans les yeux.

— J'ai respecté ton souhait, je n'ai jamais posé de questions, je n'ai jamais cherché non plus. Mais aujourd'hui, si je savais où le trouver… J'irais le voir moi-même pour lui demander son aide… Alors, fais-le pour moi, tu veux ? Va le rejoindre, remets-le sur pied, *and go get Phoenix, go stop that fucking bastard!*[16]

Jérémy fait remonter ses mains lentement le long des bras de Sarah, jusqu'à effleurer son cou et ses joues. Il encadre tendrement son visage, comme on soutiendrait un vase précieux et fragile.

— Sarah… Sarah… murmure-t-il.

— Moi aussi… répond-elle avec un sourire mélancolique.

Il approche doucement son visage du sien et dépose un léger baiser sur ses lèvres. Elle baisse la tête et le contact est rompu. Ses yeux, embrumés, croisent ceux de Jay.

Il déglutit, laisse échapper un profond soupir, puis s'écarte. Il se racle la gorge avant de reprendre la parole d'un ton neutre.

— Je vais regarder les vols pour demain, alors.

— Non, je m'en occupe. Toi, jette plutôt un œil sur le fichier de KryptBoy.

Sarah, la businesswoman, la journaliste… forte et pragmatique… pense Jérémy. Mais il est lui aussi trop heureux

---

[16] Et retrouve Phoenix, arrête cet enfoiré !

de sauter sur l'occasion pour se concentrer sur quelque chose et oublier l'inconfort des derniers instants.

— OK, répond-il en se retournant déjà vers l'ordinateur.

Il fait pivoter la chaise et se rassoit face à l'écran. Avisant l'un des ports de communication de la machine, il y introduit la clé contenant le fichier chiffré.

Chapitre 26
Seattle, États-Unis

La clé plate lui échappe des mains et vient rebondir sur le rack avec un bruit métallique, avant de finir sa course sur l'une des dalles blanches du plancher surélevé. Conçu pour héberger la circulation d'air conditionné, le sol creux sert aussi de passage aux différents câbles réseau et d'alimentation qui serpentent tels des reptiles aux couleurs vives le long de conduits ou goulottes en plastique.

Seul dans la salle de télécommunication ultra moderne, Joseph Stern — Joe — laisse échapper un juron avant de récupérer la petite clé avec laquelle il tente de dévisser l'un des commutateurs estampillés « Verizon ». Une odeur d'iode en provenance du système de traitement de l'air lui effleure les narines quand il se baisse.

Seattle, sur la côte ouest, est la plus grande ville américaine au nord du territoire. Sœur jumelle de sa rivale — Vancouver — qui se trouve juste de l'autre côté de la frontière du Canada et dont elle partage le triste record d'hygrométrie qui lui vaut parfois le surnom de « Rain City », la cité de la pluie. Tout comme la métropole canadienne, elle est connue pour son éclectisme.

Les amateurs de rock l'identifient comme la ville natale de Jimi Hendrix et le berceau du mouvement musical « grunge » avec des groupes locaux tels « Nirvana » et « Pearl Jam ».

Les historiens reconnaissent son nom donné en hommage au dernier grand chef des tribus autochtones « Sealth », qui dès l'arrivée des colons en 1851, favorisa les échanges dans la région.

Les gens plutôt « tendance » auront à cœur de rappeler que Seattle est la ville qui a vu naître les franchises « Starbuck ». Les informaticiens, eux, la vanteront comme le siège social de Microsoft — qui se trouve plus précisément dans les faubourgs de Redmond, dix kilomètres plus à l'est. De l'autre côté du lac Washington *via* le pont flottant de Evergreen Point.

Pour les cinéphiles, les films tournés dans Seattle sont si nombreux, qu'ils en connaissent immanquablement l'horizon urbain. La tour « Space Needle », cet aiguillon de béton haut de 184 m, est des plus remarquable. Excentré du cœur de la cité, il se termine par une structure faisant songer à une soucoupe volante qui rivalise avec la cime des buildings du centre-ville.

Enfin, les amoureux de la nature diront que le vrai surnom de cette ville à part est en fait « Emerald City », la cité d'émeraude, en regard des luxuriantes forêts de conifères qui l'entourent.

Ce que l'on sait moins en revanche, c'est que Seattle abrite l'un des plus grands Datacenter[17] du continent. Propriété du fournisseur de services en ligne MCI, fusionné depuis peu avec le numéro un de la mobilité américaine, le géant Verizon.

---

[17] Centre de traitement des données. Centre technologique relatif à l'informatique et la communication numérique offrant une haute disponibilité des systèmes de l'information.

Au cœur de la zone industrielle au nord-est de l'aéroport, ce complexe bâti pour résister aux pires séismes est alimenté par trois compagnies d'électricité indépendantes. Il possède plus de cinquante générateurs et héberge des dizaines de milliers de serveurs, en plus des importants moyens de télécommunication mobile de Verizon.

Joe est bien placé pour savoir tout cela. En plus d'être né à Seattle et d'y avoir vécu ces quarante-trois dernières années, il travaille en tant que technicien assermenté pour le fournisseur national, avec des accès privilégiés sur le fameux site « SeaTac ».

Il s'est éraflé l'index sur le côté du rack quand l'outil a ripé. Juste une écorchure superficielle qui ne saigne même pas. Le juron qu'il a lancé n'était donc pas destiné à exorciser la douleur ni la frustration d'avoir laissé choir la clé. Mais plutôt pour ventiler le stress de la situation. Car ce que Joe s'apprête à faire peut bien lui coûter sa place.

Il est grassement payé pour mettre le petit appareil qu'on lui a confié au cœur du réseau de cet important fournisseur de services mobiles. Pas assez cependant pour penser à prendre sa retraite. Cinquante mille dollars reste une belle somme. Cela permettrait de verser quelques paiements anticipés sur le crédit de la maison. Aussi de renflouer le compte épargne pour les études des enfants — dilapidé pour l'achat de son 4 x 4 un an plus tôt. Mais cela ne justifie pas qu'il perde son emploi, encore moins pour faute grave !

Il reprend rapidement sa besogne et continue à desserrer les quatre vis du couvercle du gros appareillage de transmission. Les instructions qu'on lui a données sont claires : cacher le petit montage électronique à l'intérieur de ce système et le brancher sur l'une des alimentations internes. Pour cela on lui a remis vingt-cinq mille dollars en espèce. D'ici quelques semaines, lors d'une autre visite de maintenance, on lui demanderait de retirer le tout et on lui verserait le complément de son argent en échange. Ainsi, plus aucune trace de ses agissements ne subsisterait sur l'équipement de la compagnie. De quoi ravir Joe. Il n'a en effet accepté cette besogne qu'à la condition que rien ne puisse permettre de remonter jusqu'à lui.

Il s'est demandé en quoi consistait le petit module. Il se sent patriote et refuse d'être mêlé à des histoires de terrorisme. On peut acheter sa loyauté à son employeur pour cinquante mille dollars, mais pas celle envers son pays. Il avait donc demandé à voir l'intérieur du boîtier tantôt, avant de s'en emparer. On le lui avait ouvert, en expliquant qu'il s'agissait d'espionnage industriel et non de terrorisme. Joe n'est pas expert en explosifs, mais son expérience de technicien en télécommunication et électronique était suffisante pour le rassurer sur la nature du boîtier : il n'avait pas affaire à une bombe… Après, ce que la concurrence voulait récupérer avec… ça, il pouvait bien fermer les yeux dessus moyennant compensation.

Il dépose la façade du commutateur en appui sur l'un des montants du rack. Il fouille sa sacoche à outils à la recherche du petit module, quand le grésillement caractéristique d'une serrure électrique se fait entendre derrière lui, couvrant à peine le ronronnement des systèmes en fonction dans la salle blanche. Il laisse échapper un autre juron, agrippe la façade métallique qu'il vient de démonter et la remet à sa place en toute hâte. Pas le temps de la revisser, aussi se contente-t-il de s'appuyer dessus pour la maintenir en position.

Son collègue passe la tête dans l'embrasure de la porte pour s'enquérir de la progression de son travail. Joe voit un visage surmonté d'une chevelure noire se découper avec une netteté impeccable sur le fond blanc du mur. L'impression surréaliste qu'une tête coupée lui adresse la parole frappe le technicien. Impression encore accentuée par la lumière diffuse des néons qui ne jette aucune ombre et déforme la notion de perspective.

Pesant de tout son poids sur la façade prête à glisser, il risque un signe de la main pour signifier qu'il en a encore pour cinq minutes.

La tête guillotinée disparaît comme elle est venue et la porte se referme en silence. Joe laisse échapper un soupir de soulagement et récupère la plaque en ôtant son épaule.

Pour la seconde fois, la façade de l'appareil se retrouve appuyée contre le montant. Joe se saisit du petit module et entreprend de le déposer sur le fond du châssis grand ouvert. Il connecte l'alimentation en utilisant l'une des prises internes des circuits imprimés. Puis il remet tout en place aussi vite que possible, en s'assurant tout de même de ne pas oublier une vis.

Malgré la climatisation qui maintient une température ambiante à vingt-et-un degrés Celsius, Joe est en nage ; une sueur froide et acide, lourde de relents épicés. Il s'essuie le front d'un revers de manche, prend une profonde inspiration pour calmer le léger tremblement de ses mains, puis une fois retrouvé un semblant de sérénité, quitte la pièce pour rejoindre son collègue. Il n'avait pas imaginé qu'une tâche si simple puisse à ce point le vider nerveusement.

À la fin de sa journée, Joe est épuisé, mais somme toute satisfait. La besogne est terminée, il n'a plus à s'en préoccuper avant plusieurs semaines. En regagnant son 4 x 4 stationné sur le parking, il caresse l'idée d'aller puiser dans les liasses de billets cachées dans son garage, afin de s'acheter un de ces écrans plats géants que sa femme a toujours refusés. Une petite récompense bien méritée pour les émotions fortes de la journée.

Il est bien loin de se douter que les liasses en question ont disparu. Qu'elles se trouvent bien plus proches qu'il ne le croit — sur le siège passager de la voiture de location grise qui lui file le train — et qu'il n'aura jamais l'occasion de regarder le superball sur écran géant.

Il engage son monstre noir et rutilant sur le boulevard International et bifurque vers le sud. Arrêté au croisement de la 152e avenue, il hésite un instant à se rendre au « Pancake Chef » dont la devanture vieillotte, rayée blanche, jaune et marron, lui fait de l'œil. On y sert des pancakes à la myrtille divins. Mais lorsque le feu passe au vert, il décide de poursuivre son chemin. Plus tôt il arrivera à la maison, plus tôt il pourra aller s'acheter ce grand écran…

Il continue donc sur un bloc, puis vire à l'ouest dans la 154e avant de rejoindre la bretelle conduisant sur l'autoroute Washington 518 qui permet de contourner l'aéroport. Il parcourt quelques kilomètres, à l'aise au volant, puis d'un coup tout bascule autour de lui.

Trois cents mètres en arrière, le chauffeur de la voiture de location qui ne l'a pas quitté depuis son départ vient d'appuyer sur le bouton d'une télécommande.

Joe ne peut pas comprendre qu'une microcharge d'explosifs a sectionné son essieu. Il se sent propulsé vers le parebrise, retenu par sa ceinture de sécurité. Regarde bouche bée sa roue avant gauche jaillir à sa hauteur pour aller rebondir sur le toit avec un bruit sourd, puis contemple les gerbes d'étincelles qui montent jusqu'à son rétroviseur. Lorsque le 4 x 4 se met en travers de la route, il contre-braque machinalement, mais le volant tourne dans le vide. Il voit la rambarde qui sépare les deux sens de circulation s'approcher à toute vitesse. Encaisse un second choc. Contemple ses bras et ses jambes flotter, alors que le véhicule, entraîné par son poids, amorce une vrille verticale au-dessus de la rambarde.

Sur sa droite, il aperçoit un taxi jaune venir à sa rencontre, se prépare pour le choc, mais le voit finalement passer sous lui à travers le toit ouvrant alors que son 4 x 4 exécute un tour complet sur lui-même dans les airs.

Il entend le crissement des pneus du taxi, sent avec une acuité anormale l'odeur lourde d'huile de vidange chaude mélangée à l'essence, sursaute au bruit d'un énorme fracas, puis plus rien. Son véhicule vient de rebondir sur le milieu de la voie opposée. La violence du choc a fait pénétrer le bloc-moteur dans l'habitacle, lui sectionnant la moelle épinière sur le coup. Joseph Stern s'éteint avant que son véhicule ne finisse sa course folle, six tonneaux plus loin, après avoir traversé non seulement la voie opposée, mais aussi la seconde rambarde et un poteau électrique à haute tension.

La voiture grise poursuit sa route tandis que la circulation s'arrête peu à peu dans les deux sens. Au loin, dans les locaux du Datacenter de SeaTac, une alarme retentit et un voyant indique la perte du réseau principal d'alimentation en électricité, résultat de la chute du pylône heurté par Joe. Les systèmes de relais basculent automatiquement sur le circuit secondaire et la sonnerie s'interrompt.

Chapitre 27
Toronto, Canada

Le carillon de la sonnette résonne pour la dernière fois. Sarah va ouvrir la porte au major.

— Madame Wessler, salue ce dernier avec un léger hochement de tête.

— Monsieur Kinkaid, répond-elle en lui faisant signe d'entrer.

L'agent est d'une mise aussi impeccable que la veille : costume anthracite, chemise blanche et cravate, le tout d'excellente facture et en remarquable état pour un homme qui doit vivre depuis plusieurs jours à l'hôtel. Ses mocassins vernis, d'un grand chausseur italien, claquent sur le carrelage de l'entrée.

— Je vous en prie, installez-vous, l'invite Sarah en indiquant la salle à manger sur la droite. Nous serons sans doute plus à l'aise sur une grande table.

Kinkaid s'avance dans la pièce où ses pas claquent moins sèchement sur le parquet de bois franc en érable. Il pose sa mallette sur la table et entreprend d'enlever son long pardessus de cachemire noir.

— Baltac ? interroge-t-il en pliant son manteau sur le dossier d'une chaise.

Sarah répond par une autre question.

— Vous êtes venu seul ?

Kinkaid se justifie machinalement.

— Waterson et Vaughan ne devraient pas tarder, ils quittaient l'aéroport quand je suis parti de l'hôtel. L'équipe moscovite arrivera un peu après eux. Quant à celle déléguée en Espagne, elle vient juste de décoller, mais j'ai leur rapport complet avec moi, achève-t-il en indiquant sa mallette.

— Du nouveau ?

— Oui, cela devrait vous intéresser, ainsi que... Baltac ?

Il a levé un sourcil pour appuyer sa surprise de ne pas voir l'informaticien aux côtés de la veuve.

— Jérémy est...

Sarah hésite et l'espace d'un instant Kinkaid a la mauvaise sensation que Baltac n'est plus là. Mais cela n'aurait aucun sens... Il doit bien se savoir en danger, rester à proximité des autorités demeure pour le moment sa meilleure option. Et puis les hommes du major postés de l'autre côté de la rue toute la nuit n'auraient pas manqué de voir Baltac sortir et lui-même en aurait été immédiatement informé.

— Il est... reprend Sarah en rougissant un peu.

— Sous la douche, interrompt Jérémy en déboulant dans la pièce par l'escalier qui mène à l'étage. J'étais sous la douche.

En jean, torse nu, il frotte ses cheveux mouillés avec une serviette de bain.

L'agent l'observe d'un air dubitatif. Lance un rapide regard vers le couloir en face de l'entrée qui mène vers la chambre d'ami — avec salle de bain privative — puis vers l'escalier qui conduit à la chambre de Sarah. Ses lèvres serrées s'arrondissent en une petite moue d'étonnement. Il retient la remarque qui lui trotte dans la tête et se contente de claquer la langue.

— Longue nuit, explique Jérémy.

Le major se tourne cette fois complètement vers lui, avec un regard décontenancé.

Jérémy semble alors comprendre ce qui passe par la tête de son interlocuteur, hausse les sourcils avec un sourire et continue.

— Le fichier de KryptBoy ? J'ai travaillé dessus toute la nuit…

— Oh, fait Kinkaid…

— Et là… je viens d'aller chercher une serviette supplémentaire en haut… juste pour me sécher les cheveux…

— Oh ! OK… bien… Vous avez trouvé quelque chose ?

— Rien de plus, non. Mais j'ai développé une petite interface pour pouvoir décrypter le fichier dès que nous aurons les clés manquantes.

— Si nous les trouvons un jour… laisse traîner le major sans conviction. En tout cas… Comme je le disais à Madame Wessler, j'ai le rapport complet en provenance d'Espagne, reprend-il d'une voix assurée. Finissez de vous préparer, je vous attends.

Jérémy sourit et disparaît dans le couloir qui conduit à sa chambre.

Ce que l'agent ignore, c'est que le Français a un vol pour l'Europe en fin d'après-midi. Si ce vol avait été en début de matinée, le major aurait en effet dû se passer de la compagnie de Baltac.

— Alors, ce rapport ?

Ils sont tous trois installés autour de la grande table, Sarah et Jay d'un côté, Kindaid de l'autre. Il n'a pas besoin d'ouvrir sa mallette, il connaît les détails du rapport par cœur.

— Les examens approfondis ont prouvé deux choses. D'une part, aucune trace cutanée n'a été décelée. D'autre part, malgré qu'il n'y ait pas eu d'injection, nous avons pu isoler quelques nanites lors de prélèvements de tissus cérébraux.

— Des nanites ? Cela confirme votre hypothèse quant aux recherches de Phoenix, commente Jérémy.

— J'ai mis des experts sur le coup pour voir ce que l'on peut tirer en étudiant ces nanobots de plus près. Peut-être pourrons-nous remonter la piste de leur fabrication, tracer des fournisseurs et arriver jusqu'à Phoenix.

— Peut-être, approuve Jérémy d'un ton songeur sans trop y croire. Et qu'est-ce que Mosquito a été contraint de faire ? Cela pourrait également nous aiguiller sur les agissements de Phoenix.

— C'est bien le problème. Cette fois il y a eu des témoins. Rodriguez était à la terrasse d'un café quand il est mort. C'était le seul client. La patronne ne l'a pas trouvé différent des autres jours. Il a passé sa commande habituelle et au bout de quelques minutes il a commencé à convulser dans son siège. C'est elle qui a appelé les secours.

Ils restent tous les trois silencieux l'espace d'un instant. Puis le major reprend.

— En apparence, il n'y a pas eu coercition sur la personne de Rodriguez.

— Un meurtre gratuit ? risque Sarah. Après tout, ce monstre en est bien capable.

L'agent prend un air sceptique.

— J'en doute. Rien de ce que fait Phoenix ne semble gratuit. C'est un calculateur, il ne laisse rien au hasard.

— Un dernier cobaye ? propose Jérémy. Une vérification pour les résultats de ses recherches ?

— Peut-être, mais pourquoi Rodriguez ? Pourquoi aller jusqu'en Espagne ? Il n'a même pas pris la peine de l'interroger.

— Je ne vois pas ce qu'il aurait eu à soutirer de Mosquito, dit Jérémy. C'était notre graphiste. Il composait les logos, les ASCII Arts et les démos. C'était plus l'artiste du groupe qu'un véritable hacker. Qu'était-il devenu de nos jours ?

De fait, Mosquito était toujours resté un peu à part dans l'équipe, il n'appréciait pas particulièrement le piratage. Phoenix devait bien se douter que le graphiste ne détenait aucune information sur le Docteur.

— C'était le propriétaire d'un studio multimédia « Mosquito Bits », répond le major. D'après son dossier, il participait encore activement au développement graphique des environnements virtuels de certains jeux.

Jay esquisse un sourire en coin.

— Il a toujours signé ses œuvres avec un petit moustique stylisé quelque part dans l'image. C'était sa patte…

— Et vous ? demande Kinkaid.

— Moi ? Quoi moi ?

— Votre pseudonyme « SdS », il vient d'où ?

— Oh ! Ça ? Une vieille référence à mes lectures d'adolescent, il faut connaître…

Le Cajun n'insiste pas et Jérémy reprend :

— D'une manière ou d'une autre, la mort de Mosquito seule doit déjà profiter à Phoenix. Je vous rejoins dans votre idée qu'il n'a pas agi sans un motif ultérieur, mais ce dont il avait besoin était peut-être justement de le faire disparaître.

— Nous allons creuser dans cette voie, étudier les dernières activités de Rodriguez… excusez-moi, s'interrompt Kinkaid en sortant son téléphone encore vibrant de sa poche.

Il lit rapidement le message qui vient de s'afficher sur son écran.

— C'est Waterson, commente-t-il. Ils arrivent.

Kinkaid se lève et se dirige vers la porte d'entrée pour l'ouvrir. Sarah et Jérémy le suivent. Ils voient deux hommes sortir d'un taxi aux couleurs criardes, orange et vert. La suspension du véhicule se relève d'un bon quart de mètre avec un léger grincement lorsque l'obèse qui occupe la banquette arrière s'extirpe de l'habitacle en ahanant. Un autre homme sort du côté passager et règle la course.

Le major se sent obligé d'effectuer les présentations, même s'il est évident pour Jérémy et Sarah d'identifier l'agent du civil dans le binôme qui vient d'arriver.

— Voici l'agent Waterson. Il parle français, ajoute Kinkaid. Et ce doit être…

— Vaughan, interrompt l'ancien hacker, parvenu à leur hauteur. Allan Vaughan. Et… je le parle pas le français… très bien, précise-t-il avec un fort accent yankee.

Il essuie la sueur qui a commencé à perler de son front alors qu'il s'extirpait du taxi avec effort, puis porte la main à la poche de sa chemise hawaïenne pour en sortir un inhalateur de Ventoline. Il l'actionne aussitôt pour en prendre deux grandes bouffées.

Jérémy le dévisage.

— Ante ?

Surpris de s'entendre appeler par son ancien nom de guerre, Vaughan pointe Jérémy de ses deux index et un large sourire illumine son visage bouffi.

— *SdS ? You're the French guy right?*[18]

— Jérémy Baltac, se présente Jay avec son état civil en repoussant ses lunettes sur son nez.

Et tandis que la petite troupe gravit le perron, Vaughan range son inhalateur et se lance, essoufflé, dans des réminiscences en anglais avec Jérémy.

Sarah, en bonne maîtresse de maison, propose à boire à tout le monde. Vaughan en profite pour demander à l'accompagner dans la cuisine, prétextant que la nourriture dans les avions n'est pas assez riche pour le maintenir en vie.

— Il en a pourtant repris cinq ou six fois, commente Waterson dans sa barbe.

— Il connaître toute l'histoire, baragouine Vaughan en pointant l'agent du doigt. Vas-y, raconte tout.

Et il quitte la pièce pour aller se préparer une petite collation.

Waterson se racle la gorge et commence son récit.

— Vaughan s'est fait attaquer chez lui il y a une dizaine de jours de cela. Il dit que Phoenix était là, qu'il l'a drogué et forcé à lui révéler ce qu'il voulait en utilisant une sorte de télécommande qui lui envoyait des décharges électriques dans le crâne.

— C'est exactement ce que nous pensions, confirme Kinkaid. Que cherchait Phoenix ?

— Les détails de certains protocoles de transmission. Ceux que nous avons retrouvés dans les courriels de Vaughan et qui ont servi deux jours plus tard pour le braquage de Piquet International.

— Et ensuite ?

---

[18] T'es le Français, pas vrai ?

— Ensuite, Phoenix l'a laissé pour mort. Vaughan se souvient d'avoir perdu connaissance sous la douleur. Quand il s'est réveillé, il n'a pas cherché à comprendre. Il a embarqué tout le cash qu'il avait, s'est fait faire un faux passeport et a mis les voiles pour la France. Quand je l'ai retrouvé, il travaillait comme technicien réseau dans le Sud, du côté de Nîmes.

Jérémy est resté silencieux pendant le compte-rendu de l'agent. Kinkaid se tourne vers lui et lui demande :

— Qu'en pensez-vous, Baltac ? Cela confirme nos hypothèses, non ?

— Hum, oui… mais ça ne nous en dit pas plus sur ce que prépare Phoenix. Et puis…

— Quelque chose vous tracasse ? demande le major. Vous avez l'air songeur.

Jérémy repousse ses lunettes et laisse son index aller et venir sur l'arête de son nez en réfléchissant.

— Waterson ? interroge-t-il. Vous dites que l'agression a eu lieu il y a une dizaine de jours ? Vous savez quand exactement ?

— Deux jours avant le décès de votre ami, répond l'agent sans avoir à y réfléchir.

— Major ? Est-ce que ce n'est pas le jour de la mort de KryptBoy à Moscou ?

Le Cajun blêmit un instant.

— Moscou ? interroge Waterson d'un air incrédule.

— Il y a eu du nouveau pendant votre absence Waterson, le renseigne brièvement Kinkaid. Vous avez raison Baltac, les dates coïncideraient d'après notre enquête.

— Vaughan dit que Phoenix était avec lui. Soit. Mais si Phoenix avait besoin d'être proche de ses victimes pour actionner son système, comment expliquer deux attaques le même jour à huit mille kilomètres de distance ?

— Il aurait pu déléguer, suppose Kinkaid. Deux télécommandes peut-être ?

— Dans ce cas, pourquoi choisir de s'occuper en personne d'Ante ? Le travail de KryptBoy semble avoir bien plus de valeur, cela lui a pris des jours apparemment. Nul doute que Phoenix a dû faire usage de persuasion pendant tout ce temps.

Le major continue à sa place :

— Alors que dans le cas de Vaughan, il s'agissait juste de retrouver quelques fichiers informatiques.

— Exactement ! Et Phoenix aurait fait le déplacement lui-même pour quelques malheureux fichiers ? Alors qu'il aurait pu utiliser l'un de ses sbires pour dérober l'ordinateur de Vaughan et chercher les informations convoitées à sa guise ?

Jérémy marque une pause avant de reprendre :

— Et puis faire envoyer les fichiers par courriel ? Alors qu'il était sur place ? Une simple copie locale aurait laissé bien moins de traces.

— Vous pensez que Vaughan nous a menti, interroge Waterson ?

Jérémy a une moue désinvolte.

— Disons que deux choses me tracassent. Comment un américain avec de faux papiers, sans visa de travail et qui ne parle pas la langue a pu trouver un emploi si aisément en France ? Et comment se fait-il qu'Ante n'ait aucune séquelle de l'attaque de Phoenix, pourtant mortelle pour tous les autres ?

Kinkaid réfléchit un instant, assemblant dans son esprit le puzzle que le Français a déjà résolu.

— Vous ne pensez pas que Phoenix l'ait attaqué n'est-ce pas ? Vous pensez que Phoenix et Vaughan travaillent ensemble !

Chapitre 28
Philadelphie, États-Unis

— Vaughan!

Phoenix semble quelque peu contrarié. Macmillan discerne pour la première fois depuis qu'il travaille avec lui une ride de soucis se former au coin de ses yeux globuleux. Autant l'apparition des agents en Espagne ne l'a pas perturbé le moins du monde — il s'était attendu à leur implication depuis le début —, autant la compromission de Vaughan le frappe de plein fouet.

— Aucun doute, confirme le mercenaire. Lucy qui est en poste devant la résidence Wessler l'a formellement reconnu. Il y a autre chose...

Phoenix reporte toute son attention sur Macmillan.

— Peu avant l'arrivée de Vaughan, elle a vu un agent se rendre dans la résidence. Un grand quarteron, habillé comme un dandy.

Phoenix a un haussement de tête et la ride disparaît.

— Kinkaid, lâche-t-il. Cette grosse baudruche de Vaughan s'est fait repérer par l'équipe du major.

— Vous le connaissez ?

Phoenix a repris toute son assurance.

— Bien sûr. Kinkaid est chargé de surveiller mon ancien employeur, je me suis intéressé à lui avant ma... disparition. Les agents que Fisher a repérés en Espagne sont les siens.

— Vous voulez récupérer Vaughan ?

Phoenix laisse échapper un petit rire goguenard.

— Vaughan ? Il retournerait sa veste pour un jeton de casino. Je ne l'ai utilisé en France que parce que nous manquions de main-d'œuvre et que cela l'éloignait de l'action principale. Il a fait sa besogne là-bas, je n'ai plus besoin de lui…

— Je peux organiser une extraction si vous le désirez, avant qu'il ne soit interrogé ? Une escouade peut se rendre sur place dans la soirée. Nous pourrions faire un raid sur la résidence avant que votre « Major » ne fasse venir plus d'hommes.

— Ne sous-estimez pas Kinkaid et son équipe, Macmillan. Ils ont déjà remonté la piste plus rapidement que je ne l'avais envisagé. Ils seraient de redoutables adversaires en cas d'attaque de votre part. Et puis je ne peux pas risquer la vie de ce cher SdS dans des tirs croisés. Il est désormais clair qu'il est le seul à pouvoir me mener au Docteur…

Phoenix enfouit ses mains dans les poches de sa blouse, tandis que Macmillan, toujours peu certain de comprendre les allusions de son client avec les membres du corps médical, hésite à poser la question qui lui brûle les lèvres. Finalement, il se décide à parler, quitte à déplaire aux habitudes de l'albinos.

— Le Docteur, monsieur ?

Phoenix le toise d'un air amusé. Il s'est un peu calmé, une idée germe dans son esprit pour mettre à profit ce malencontreux contretemps.

— Oui, Macmillan. Le Docteur ! C'est le seul qui peut contrer mon plan désormais. Kinkaid et sa troupe, aussi futés soient-ils, ont déjà deux coups de retard. Ils doivent encore être en train d'essayer de remettre les pièces du puzzle en place. Mais le Docteur, lui, pourrait vraiment faire capoter toute cette opération.

Macmillan reste silencieux, mais son expression doit trahir son incompréhension, car Phoenix poursuit :

— Ne me regardez pas ainsi. « Le Docteur » est bien évidemment un pseudonyme. Je ne sais pas qui il est réellement. Seul SdS — Baltac — peut nous conduire à lui. Tout est en place Macmillan, voyez-vous ? Il ne nous reste plus qu'à mettre le Docteur hors d'état de nuire pour passer à l'action.

— Je vois, monsieur, répond le mercenaire laconiquement.

— En fait... reprit Phoenix d'un ton sifflant, ce petit incident s'avère être une réelle opportunité. Vaughan est dans la place forte, il peut encore nous servir après tout...

Chapitre 29
Toronto, Canada

Occupé à se confectionner un énorme sandwich à plusieurs étages où s'intercalent tranches de pain de mie, beurre de cacahouètes, jambon fumé et chips, Vaughan sent son portable vibrer dans sa poche.

De surprise, il en laisse échapper le couteau qu'il s'apprête à tremper dans le pot. Ce téléphone est sa ligne directe avec l'équipe de Phoenix et c'est la première fois qu'il vibre depuis qu'il a été découvert par l'agent Waterson.

Il ramasse péniblement le couteau en s'accroupissant — son énorme bedaine lui interdisant de pouvoir se plier en deux — et demande à Sarah, qui remplit une carafe d'eau, de lui indiquer les toilettes. Il s'y éclipse aussi vite que son surpoids le lui permet.

Le cœur battant, il récupère son téléphone au fond de la poche de son pantalon. Le rabat, fermé, masque l'écran. Il considère un instant l'appareil qui se perd dans son énorme main grasse. Phoenix n'est pas un homme facile et Vaughan appréhende d'avoir à se justifier. Finalement, il passe sa langue sur ses lèvres sèches et ouvre le mobile en s'aidant de son autre main.

D'abord, il est ravi de voir qu'il s'agit d'un SMS… pas de longue conversation à prévoir. Puis son cœur s'emballe quand la nature du texte indique clairement que Phoenix sait où il se trouve.

L'obèse, le souffle court, porte instinctivement la main à la poche qui renferme son inhalateur. L'espace d'un instant, il caresse l'idée d'aller tout déballer aux agents du gouvernement et réclamer une protection rapprochée. Mais il continue à lire le message et se calme un peu. Phoenix lui donne des instructions… il a donc toujours confiance en lui.

Vaughan replace son téléphone dans son pantalon et essuie ses mains moites sur la chemise tendue par son ventre proéminent. Avant de sortir, il passe un peu d'eau sur son visage suintant de sueur et inhale une nouvelle fois deux bouffées de Ventoline. Nerveux, il rejoint Sarah dans la cuisine, où elle finit de disposer une cafetière et des tasses sur un plateau.

Dans la salle à manger, un lourd silence pèse. Les trois hommes réfléchissent aux implications de ce que suggère Jérémy et que le major a si succinctement résumé ; Vaughan est de mèche avec Phoenix.

— Ça fait plus de douze heures qu'il me joue la comédie ! lâche Waterson d'un ton cinglant. Laissez-moi l'interroger major, je vous garantis que dans cinq minutes nous savons tout ce qu'il connaît des opérations de Phoenix.

Mais déjà, son supérieur lui fait signe de se taire ; des pas se font entendre en provenance de la cuisine.

La maîtresse de maison dispose le service à café sur la table. Vaughan suit en soufflant, les bras tendus devant son ventre proéminent, soutenant un plateau chargé de la carafe d'eau, de quelques verres et surtout : de son sandwich. Sarah commence à servir chacun, tandis que l'obèse s'installe en bout de table avec une assiette au centre de laquelle son énorme sandwich façon tour de Pise trône dans un équilibre précaire.

Imperméable en apparence aux regards inquisiteurs des trois autres hommes, il entreprend d'écraser un peu son monument. Les chips craquent comme des fondations vermoulues, du beurre de cacahouètes s'évade sur les côtés comme pour évacuer la bâtisse. Finalement, à deux mains, Vaughan enfourne un coin de sa création dans sa bouche béante avant d'en arracher un morceau à pleines dents. Une délectation évidente se dessine sur son visage.

— Vaughan ! lance Kinkaid d'un air accusateur.

L'obèse a un haut-le-cœur. Tout plaisir est drainé de sa face comme si l'on venait de l'informer qu'il serait bientôt l'objet d'un contrôle fiscal.

Le major savoure son entrée en matière apparemment réussie et continue.

— Vous avez quelques explications à…

Un nouveau hoquet de Vaughan interrompt Kinkaid. La tour de Pise s'effondre sur le rebord de la table, étalant ses décombres dans l'assiette, sur le pantalon de son architecte et par terre. Ses mains boudinées battent l'air, son teint devient rouge et dans son regard se lit une intense surprise.

Kinkaid réagit le premier.

— Il s'étouffe !

S'écartant de la table, il veut faire le tour de l'obèse pour l'aider, mais celui-ci se cabre brusquement, manquant de peu de l'envoyer voler à travers la pièce. Sous le choc, la chaise ne résiste pas plus longtemps et abandonne son office dans un craquement sec, immédiatement suivi par un bruit sourd : Vaughan vient de s'écraser sur le sol. Il est désormais livide, la bouillie infâme de sa bouchée de sandwich dégouline le long de son double menton. Étalé sur le dos, il lutte contre les bourrelets de ses bras pour ramener ses mains vers sa tête. Son grand buste se soulève de manière hiératique, mais

Kinkaid ne peut s'empêcher d'en déduire que Vaughan peut respirer. L'espace d'un instant, il croit que la crise est terminée et que le plus dur à faire sera d'aider l'Américain à se relever.

C'est Waterson qui le contredit en se levant à son tour.

— Il n'est pas en train de s'étouffer, regardez…

Le corps est parcouru de soubresauts, du sang coule maintenant des oreilles de Vaughan, qui, le regard toujours surpris, grimace de douleur. Sa corpulence rend sa tentative de se prendre la tête entre les mains caricaturale. Sa bouche finalement vidée de son contenu laisse échapper un long râle d'agonie.

— Mon Dieu, glisse Sarah en comprenant ce qui se passe.

— Phoenix, confirme le major.

Tel un épileptique en pleine crise, Vaughan bat maintenant des pieds et des bras, interdisant toute approche. Il percute dangereusement la table, s'arque une dernière fois, puis retombe inerte sur le dos. Pas un instant la surprise — voir l'incompréhension — n'a quitté son regard. Mais au moment final où son cerveau s'éteint, sa tête se tourne de côté et l'ultime vision de Vaughan est pour son inhalateur qui gît sur le parquet. Une image révélatrice qu'il emporte avec lui.

Toujours à l'abri dans la poche de son pantalon, son téléphone portable cesse vainement de tenter d'avertir son propriétaire de l'arrivée d'un nouveau texto et les vibrations s'arrêtent.

Tout reste figé un instant dans la salle à manger. Kinkaid et Waterson sont debout autour du corps de Vaughan. Sarah et Jérémy restent assis, tournés vers la scène macabre. Les visages sont crispés, marquant clairement la dernière émotion de chacun et un long silence règne pendant que tous les protagonistes rassemblent leurs esprits.

Soudain, tout s'anime de nouveau. Waterson se penche sur le corps, à la recherche d'un pouls et conclut au bout de quelques secondes :

— Il est mort…

Kinkaid se passe la main dans les cheveux en réfléchissant.

— Phoenix a dû apprendre que nous avions retrouvé Vaughan… il l'a éliminé.

— Mais comment ? se demande Waterson à voix haute. À moins d'être déjà sur place, je n'imagine pas comment Phoenix aurait pu nous rejoindre ici si rapidement…

— Je ne sais pas, répond le major. Mais il est temps d'appeler des renforts.

Il fait mine de s'emparer de son téléphone, puis se ravise. Il se saisit de l'un des verres d'eau toujours sur leur plateau dans l'intention de se désaltérer avant la longue conversation qui va s'en suivre. Il est interrompu par Jérémy au moment de porter le récipient à sa bouche.

— Non ! Ne buvez pas.

Le Français s'est levé comme un diablotin sur ressort jaillissant de sa boîte et a posé sa main sur le bras du major.

— Ne buvez pas, répète-t-il. De toute évidence, Phoenix a trouvé un moyen pour que ses nanobots puissent être ingérés, plutôt qu'injectés. Et il n'y a aucun doute maintenant que Vaughan travaillait pour lui…

Le major regarde le contenu de son verre avec suspicion. En un instant il repense au corps de Rodriguez — dépourvu de trace d'injection — dont la dernière action avait été de prendre son petit déjeuner à la terrasse d'un café. Il revoit Vaughan revenir de la cuisine où il est resté plusieurs minutes tandis que Sarah préparait les plateaux. Lentement mais sûrement, son esprit commence à forger les mêmes conclusions que Jérémy : Vaughan a contaminé l'eau avec des nanites.

— Et lui ? questionne-t-il en se tournant vers le corps de Vaughan. Connaissant leur utilité... Il n'a tout de même pas ingurgité volontairement des nanobots.

Jérémy se contente de pointer du doigt vers l'inhalateur qui gît par terre.

— Le maître avait gardé son chien en laisse, commente Kinkaid. Waterson ? Mettez-moi tout ça de côté, il est temps de faire venir du monde.

C'est à ce moment qu'un bruit de glace brisée retentit de l'autre côté de la table.

En comprenant les propos de Jérémy et du major, Sarah, blême, vient de lâcher le verre — vide — qu'elle tenait à la main.

Chapitre 30
Philadelphie, États-Unis

Téléphone en main, Phoenix prend connaissance du texto de confirmation de Vaughan : « *Done* »[19]. Il arbore un sourire satisfait.

Macmillan, toujours à côté de lui, n'en laisse rien paraître, mais il éprouve une profonde aversion pour son employeur. Ce dernier s'apprête à mettre à mort l'un de ses collaborateurs sans aucune arrière-pensée.

Le mercenaire prend une note mentale de bien vérifier ses arrières et ceux de son équipe. Il ne peut plus avoir confiance désormais. Lui se vend peut-être au plus offrant, mais il ne trahit pas ses propres hommes ! Quand plus tôt, il a proposé un raid sur la résidence Wessler, c'était pour en extraire Vaughan, pas pour l'abattre.

— Macmillan ?

— Oui monsieur, répond froidement le mercenaire en s'attendant à être remercié.

— Je sais ce que vous pensez.

Cela m'étonnerait, songe Macmillan.

— Les hommes de votre trempe, malgré l'illégalité de vos activités, vous avez, comment dire… une certaine loyauté entre vous.

— Il n'y a pas de loyauté entre criminels, récite laconiquement le mercenaire.

Phoenix esquisse un sourire.

---

[19] Fait.

— Hum… Vous comprenez ce que je veux dire… En tout cas… Ne voyez pas Vaughan comme un membre à part entière de l'équipe. S'il n'avait pas accepté de collaborer de son propre gré, nous l'aurions utilisé et éliminé, tout comme les autres. Vous n'avez pas d'arrière-pensées envers les autres ?

— Non, monsieur.

— Juste des pions, comme cet infirmier de Toronto, ou les nombreuses personnes que vous avez soudoyées, puis assassinées. Tous des pions sur l'échiquier, Macmillan. Vaughan ne déroge pas à la règle, même s'il est une pièce avec laquelle on fait durer le jeu, une botte secrète pour mettre le roi en péril.

— Je comprends, monsieur.

— Vaughan est condamné depuis le début. Ce n'est qu'une commodité. Ne le prenez pas comme une trahison. Vous et vos hommes n'avez rien à craindre. Vous savez pourquoi ?

Macmillan a depuis longtemps appris à laisser son employeur faire la conversation tout seul. La question est d'ailleurs toute rhétorique et Phoenix poursuit.

— Parce que vous et moi, nous avons simplement une relation de travail. Entre nous, c'est juste du business. Pas de sentiment, pas de complications… Vous vous acquittez de vos tâches, je vous paye, c'est tout. Quand notre opération sera achevée, vous toucherez votre bonus et ce sera fini, on ne se reverra plus jamais.

Phoenix regarde sa montre.

— Bon, Vaughan a amplement eu le temps de s'acquitter de sa dernière tâche. Une petite démonstration s'impose pour Kinkaid et sa bande. De quoi leur donner à réfléchir lorsque je ferai mes demandes.

Macmillan regarde son employeur pianoter sur le clavier de son ordinateur portable. Il ne peut pas voir l'écran dans son intégralité de là où il se trouve, mais ne s'avance pas pour autant sans y être invité.

Phoenix entre le numéro de téléphone de Vaughan dans son programme de messagerie instantanée. La fonction d'origine de cette application est l'envoi de texte de type SMS à partir de n'importe quel ordinateur vers des appareils mobiles. Mais Phoenix l'a développée avec bien d'autres fonctionnalités supplémentaires. Une petite interface apparaît au côté de la boîte de dialogue destinée à la saisie des messages, affichant une jauge de niveau et plusieurs indicateurs. Lorsqu'ils s'affichent tous au vert, Phoenix écrit un court texto et actionne un curseur avec le pointeur de la souris. Aussitôt la jauge augmente d'intensité, passant d'une zone blanche à verte, puis jaune. Phoenix maintient la jauge dans la zone rouge pendant quelques secondes, un sourire en coin, puis la fait passer dans le dernier segment du cadran, un petit carré noir. Plusieurs voyants s'éteignent et Phoenix commente :

— Les nanobots ne sont plus alimentés… Le champ électrique de notre ami s'est éteint.

C'est bien une épitaphe d'informaticien, pense Macmillan, habitué à des mises à mort plus directes.

— Tenez-vous prêt Macmillan, l'activation des nanobots disséminés par Vaughan ne devrait pas tarder. Baltac va bientôt nous avouer la localisation du Docteur.

Chapitre 31
Toronto, Canada

— Appelez une ambulance, vite !

Jérémy bouscule Kinkaid pour contourner la table et rejoindre Sarah en état de choc.

Il se saisit d'elle et la tire vers la cuisine.

— Sarah ! Viens !

Elle est un poids mort dans ses bras et il doit littéralement la traîner jusqu'à l'évier.

— Vomis !

Se rendant compte de l'incongruité de sa demande, il ajoute :

— Sarah, *il faut* que tu vomisses.

Elle le regarde, fronce les sourcils et semble comprendre. Elle se penche en avant et introduit deux doigts dans sa bouche. Un spasme soulève son buste, mais rien ne sort. Elle doit s'y reprendre à trois fois avant que son réflexe nauséeux n'entre en action.

Jay, lui tenant les cheveux en arrière se tourne vers l'ouverture qui mène au salon.

— Une ambulance, bordel, tout de suite !

Mais Kinkaid est déjà au téléphone en train d'épeler l'adresse de la résidence. Il regarde Waterson qui ne semble pas comprendre l'origine de la commotion. L'espace d'un instant, il écarte le combiné de sa bouche et mime avec ses lèvres à l'intention de son agent :

— *Elle a bu.*

Dans la cuisine, les gargouillis de l'eau qui coule du robinet ouvert par Jay couvrent les renvois de son amie.

Bientôt, Jérémy et Sarah reviennent dans la salle à manger. Ils sont aussi pâles l'un que l'autre. Jay aide son amie à s'installer dans le canapé du salon, à l'opposé de la pièce.

— Ça va aller maintenant, dit-il pour rassurer Sarah, autant que lui-même. Les nanites n'ont sûrement pas eu le temps de passer dans ton système.

— Et si… répond-elle, la voix brisée.

Jay prend ses mains dans les siennes.

— L'ambulance sera vite là, on te mettra sous anesthésie pour être prudent. Une fois à l'hôpital, ils feront tout ce qu'il faut.

Sarah a repris un peu de contenance. Elle regarde par-dessus l'épaule de Jérémy pour s'assurer que Kinkaid et son homme ne se trouvent pas à portée de voix.

— Jay ?

Il resserre son emprise sur les mains délicates.

— Je suis désolé Sarah, c'est moi qui devrais…

— Non, l'interrompt-elle. Tu sais très bien ce qu'il se passerait si c'était toi.

Jérémy laisse échapper un soupir en regardant ses chaussures. Bien sûr qu'il sait… Il y a pas mal réfléchi ces derniers temps. Si Phoenix doit lui mettre la main dessus et le torturer, jamais il ne lui révélera l'identité du Doc. Plutôt mourir ! Mais s'il s'attaque à Sarah…

À cette idée, Jérémy secoue la tête.

— Non, non. L'ambulance arrive, tout va s'arranger, dit-il pour se persuader lui-même.

— Peut-être… glisse Sarah. Mais promets-moi une chose.

Sa voix sonne étrangement calme et posée. Jérémy la regarde avec surprise.

— Promets-moi de prendre ton vol cet après-midi… quoiqu'il arrive.

— Non !

Il baisse le ton pour ne pas attirer l'attention des deux hommes.

— Je ne peux pas, continue-t-il dans un souffle.

— Tu peux et tu dois, insiste Sarah en le regardant droit dans les yeux. Pour Brian, pour Doc… pour moi. Tu dois arrêter Phoenix.

Au-dehors, une sirène se fait entendre et Jérémy se redresse, un sourire confiant aux lèvres.

— C'est l'ambulance. Tu vois, tout va s'arranger.

Il se précipite vers la porte d'entrée pour aller à la rencontre de l'équipe de secours. Il débite en anglais ce qui lui semble être les gestes salvateurs pour Sarah : lavage d'estomac, transfusion, coma artificiel pour ralentir le processus. Perdu dans son déballage de recommandations, il s'efforce malgré tout de paraître cohérent devant les secouristes. Il n'entend pas la discrète sonnerie du téléphone portable de Sarah.

Kinkaid et Waterson sortent sur la terrasse pour éclairer la situation avec les infirmiers, lorsqu'elle décroche.

La voix aiguë de Sarah provenant du salon les fait revenir sur le seuil.

— Phoenix ! a-t-elle hurlé.

Depuis le pas de la porte, Jérémy voit Sarah, debout, son combiné à l'oreille.

Elle semble écouter son interlocuteur avec courtoisie, mais son visage grave et pâle trahit son émotion.

Jérémy la regarde en fronçant les sourcils, interrogateur, et commence à s'avancer.

Elle lui fait signe de ne pas bouger, comme si elle ne voulait pas être interrompue dans sa discussion. Ses yeux s'emplissent de larmes. Elle articule silencieusement à son attention, distinctement et en anglais :

— *I am sorry… I love you.*[20]

Elle incline la tête légèrement et manage un pâle sourire avant de crier dans le téléphone, en complet décalage avec ses dernières paroles :

— *Fuck you!!*[21]

Sarah laisse échapper un petit gémissement étouffé en même temps qu'une grimace de douleur traverse son visage. Jérémy comprend aussitôt et se précipite sur elle.

— Sarah ! Non !

Mais elle s'est déjà dérobée. Le téléphone fermement serré dans la main gauche, elle s'est ruée vers le grand escalier dont elle gravit les marches quatre à quatre.

Jérémy la suit juste à temps pour la voir disparaître au premier étage. Il monte rapidement, entend des pas sur le palier supérieur et fonce de nouveau. Au dernier étage, il la cherche du regard, mais ne la trouve pas. Le claquement d'une porte lui fait prendre la direction de l'étroit escalier qui conduit au grenier.

— Sarah ! Sarah !

Jérémy hurle de toute la force de ses poumons. Arrivé sur une plateforme exiguë, il se heurte à une porte en pin close que Sarah a dû verrouiller de l'intérieur.

— Non ! Sarah !

Il descend deux marches et se précipite de tout son poids contre le battant. Le chambranle cède du premier coup dans

---

[20] Je suis désolée… je t'aime.

[21] Va te faire foutre !!

un craquement sinistre. Jérémy traverse l'huis en arrachant son T-shirt sur une grosse écharde. Son épaule commence à saigner, mais il ne s'en aperçoit pas. Sarah passe en courant devant ses yeux. Elle a pris son élan depuis le fond de la pièce. Il se précipite à son tour, la rejoint, tend un bras pour la saisir. Sarah tourne sur elle-même et traverse une fenêtre, épaule la première, dans une pluie d'éclats de verre fracassante. Les doigts de Jérémy effleurent le tissu du chemisier de Sarah. L'espace d'un instant, il aperçoit son visage entouré de ses longs cheveux qui flottent librement, insensibles en cet instant à la gravité terrestre. Elle a un bras tendu vers lui et il se saisit de son poignet, bande tous ses muscles pour arrêter la chute. L'espace d'une fraction de seconde, leurs regards se croisent. Elle ouvre la main, la poigne de Jérémy glisse, se referme sur le téléphone mobile et Sarah choit.

— Non !

Jérémy n'entend pas le choc mou du corps qui s'écrase sur la terrasse trois niveaux plus bas. Il est déjà reparti dans le sens inverse en hurlant.

— Sarah ! Sarah !

Il dévale les marches, renverse Kinkaid dans l'escalier du second étage, jette Waterson à terre sur le premier palier et se précipite dehors. Il a couru si rapide qu'il se retrouve à genoux devant le corps de Sarah avant même que l'équipe de secours n'ait réagi.

En larmes, il la regarde, sans oser la toucher. Du sang s'écoule lentement sous sa tête. Une mare écarlate s'agrandit, inlassable.

Jérémy murmure comme une litanie :

— Sarah… Sarah… Sarah…

Un infirmier s'agenouille en face de lui. Un stéthoscope entre dans son champ de vision et il entend à peine le verdict.

— *She's gone!*[22]

Tous les sons s'amenuisent autour de lui pour ne former qu'un bourdonnement lancinant d'ampoule prête à griller. Il s'effondre en pleurs, se frappe le front de sa main qui tient toujours le portable de Sarah. L'un des secouristes le prend par les aisselles et le force à se relever.

— *Sir ? You can't stay there sir…*[23]

Il le pousse sur le côté, s'assure qu'il tient en équilibre, puis rejoint l'équipe d'urgences qui s'affaire autour de Sarah. Jérémy titube. Hagard, il chancelle vers la maison, privé de toute sensation, comme un automate.

Kinkaid et Waterson le croisent, livides. Ils embrassent la scène d'un regard et comprennent aussitôt.

— *Shit*[24], laisse échapper Waterson.

Jérémy ne les a même pas remarqués. Il continue son chemin vers la maison en zigzaguant, les épaules voutées, comme un zombie. La vue brouillée par les larmes il pénètre dans la chambre d'ami et s'effondre sur le lit. Une douleur intense le traverse de part en part, mais ce n'est pas son épaule déchirée, non, cette blessure est trop superficielle pour se rappeler à lui. La peine siège tout au fond de lui, aiguë et sourde à la fois. Profonde, impossible à localiser et grandissante. Il pousse un râle d'agonie et se recroqueville en boule sur le lit.

Jérémy est détruit.

---

[22] Elle est partie !

[23] Monsieur ? Vous ne pouvez pas rester là monsieur…

[24] Merde.

Vu de l'extérieur, il n'est que l'ombre d'un homme, un fœtus géant dans un T-shirt déchiré. Du sang suinte de son épaule, son visage est couvert de larmes et de morve. Ses lunettes gisent de travers, une branche coincée sous sa tempe droite, l'autre flottant au-dessus de son crâne. Sa main gauche s'agrippe convulsivement à l'édredon, tandis que sa droite serre toujours le portable de Sarah à s'en faire blanchir les phalanges. Son corps tout entier est secoué de soubresauts et de sanglots. Sa bouche aux lèvres tordues en une grimace douloureuse est ouverte sur un cri inaudible.

À l'intérieur, une bataille acharnée se déroule. Ses pensées anéanties, incapable de se concentrer, seule la souffrance compte désormais. Jérémy peut abandonner, subir la vague de douleur comme un raz de marée et se laisser submerger... Ou il peut lutter, monter une digue, enrayer la catastrophe. Mais comment bâtir un barrage assez robuste pour contenir tant de peine ? Et surtout : pourquoi ?... Lentement, il se laisse aller, il se prépare à être balayé par les flots...

Le temps passe. Comme dans du coton, Jérémy perçoit des coups à la porte, des voix qui fusent. Il ne répond pas, il reste immobile, laissant la douleur l'envahir, souhaitant qu'elle l'emporte.

Le silence s'installe sur le palier de la chambre. Les minutes, les heures, s'égrainent. De temps en temps, on frappe à la porte, on appelle son nom, mais Jérémy ne réagit pas, il est englouti par son tsunami, plus rien ne compte, plus personne. Il veut simplement que tout s'arrête, à commencer par son existence même.

C'est alors que l'alarme du téléphone de Sarah sonne, Jérémy ne l'entend pas tout de suite, mais la persistance de la sonnerie finit par le sortir de sa torpeur. Il se détend doucement, desserre ses doigts autour de l'appareil et le porte à son visage.

« Rappel — Vol Jay » s'affiche sur l'écran.

Jérémy ferme les yeux un instant, au bord d'une nouvelle crise de larmes. Mais petit à petit, il reprend contact avec la réalité. Il sent la douleur intérieure changer. Il peut maintenant l'identifier, la localiser. Il éteint la sonnerie de l'alarme et se redresse sur le lit.

Ses lunettes tombent sur l'édredon.

La souffrance persiste, mais il peut maintenant l'appréhender autrement qu'avec un raisonnement binaire. La contenir ou la laisser passer ? Non, une option supplémentaire reste envisageable… Ne pas la subir, mais l'utiliser ! La modeler, la transformer en autre chose. Comme un carburant qui change la chaleur d'une combustion en mouvement pour propulser un avion dans le ciel. Un avion qu'il a promis de prendre.

Jérémy se lève. Il passe dans la salle de bain en s'efforçant de maîtriser son souffle qui menace à chaque instant de se muer en sanglots. Un goût âcre emplit sa bouche et son reflet dans la glace ne le flatte pas. Il ôte son T-shirt et nettoie son épaule avec une serviette. Il s'asperge ensuite à grande eau, éliminant les larmes et la sueur de son visage. Ses forces et sa raison lui reviennent peu à peu. Une nouvelle détermination l'anime.

Il n'a rien à préparer pour son départ et change juste de T-shirt. Il enfile ensuite sa veste et chausse de nouveau ses lunettes. Il n'a aucune idée du temps qui s'est écoulé. Il consulte l'heure sur sa montre pour confirmer qu'il peut encore prendre son vol et sort de la chambre.

Kinkaid, qui est allé s'enquérir de l'état de Jérémy pour la troisième fois au cours des dernières heures, reste un instant en arrêt, le poing levé, prêt à frapper au battant qui vient de s'ouvrir devant lui.

— Baltac ? balbutie-t-il en rabaissant sa main.

Jérémy le croise sans lui répondre. Il s'avance déjà vers le vestibule.

— Baltac ? Où allez-vous ?

— Chez moi, réplique Jérémy du tac au tac sans se retourner.

— Baltac ! Bon sang, ne faites pas l'imbécile.

Jérémy s'arrête dans le vestibule devant les trousseaux de clés suspendus à une série de crochets. Ignorant toujours l'agent, il se saisit de celui avec le pendentif BMW.

— Mais Baltac, enfin ! Soyez raisonnable ! Vous êtes en danger… nous pouvons vous offrir une protection.

Cette fois Jérémy s'arrête, se retourne vers le major et dit :

— Une protection ?

Les deux hommes se toisent un moment puis Jérémy continue.

— Je vous conseille de retrouver Phoenix avant moi alors, parce qu'il va avoir besoin de votre « protection »…

Chapitre 32
Philadelphie, États-Unis

Phoenix initie son protocole de protection, qui rendra son appel anonyme et impossible à tracer. Certain désormais que des nanobots sont actifs, il ne lui reste plus qu'un coup de fil à passer pour pouvoir les commander à son gré. Sachant que Baltac a éteint son portable et ne possédant bien évidemment pas les numéros des agents de Kinkaid en touche d'appel rapide, il compose donc celui de la veuve Wessler.

Il n'a aucune certitude quant à la personne qui a absorbé les nanites, mais il espère sincèrement que ce soit Baltac, afin qu'il puisse lui soutirer l'information tant convoitée. Bien qu'en y réfléchissant, Sarah Wessler semble aussi un excellent choix de chantage. Nul doute que l'informaticien dévoilerait l'identité du Docteur si Phoenix la soumettait à une rigoureuse séance de torture sous ses yeux.

L'échalas s'équipe d'une oreillette sans fil munie d'un micro intégré, puis vérifie sur son écran d'ordinateur que son application de messagerie instantanée et sa console de contrôle des nanobots sont bien opérationnelles. Trois sonneries retentissent, puis une voix féminine répond en anglais. Phoenix prend la parole dans la même langue :

— Madame Wessler ? Nous avons un ami commun que vous hébergez depuis quelques jours, je crois. J'apprécierais que vous me le passiez, j'ai une importante question à lui poser…

Pour toute réponse, il entend son nom jaillir si fort du petit écouteur qu'il esquisse une grimace d'inconfort et baisse aussitôt le volume.

— Je vois que ma réputation me précède.

Sur sa console, les indicateurs d'activation des nanobots passent au vert ; Sarah Wessler est infectée. *Parfait*, pense-t-il.

— Puisque vous savez de quoi je suis capable, cela nous fera gagner du temps. Vous savez sans doute ce qu'il va vous arriver si vous ne me mettez pas en communication avec Baltac tout de suite.

Une courte réponse dans son oreillette, prononcée d'une voix ferme et résolue, lui indique clairement l'état d'esprit de sa victime.

— Quelle grossièreté, cela ne vous va pas du tout miss Wessler, réplique-t-il sereinement.

Il positionne le pointeur de sa souris sur la zone qui inflige les décharges électriques, la pousse à quinze pour cent et saisit un SMS pour véhiculer ses instructions aux nanobots.

Il entend un léger gémissement dans son oreille. Un petit sourire en coin se dessine sur ses lèvres. Il prend de toute évidence beaucoup de plaisir à sa besogne.

Comme la veuve Wessler demeure muette, Phoenix insiste :

— Baltac, passez-le-moi maintenant.

Toujours rien, à part quelques échos. Il devine que la veuve est en mouvement. *Parfait*, pense-t-il, *elle va chercher SdS*.

Il entend quelqu'un crier le prénom de sa victime. Sans doute Baltac qui la rejoint.

Il a un regard de connivence vers Macmillan, toujours immobile à ses côtés. « Encore quelques secondes et vous pourrez partir à la recherche du Docteur » semblent dire les iris de nacre. Un claquement de porte résonne dans son oreillette. Phoenix fronce les sourcils en signe d'incompréhension. Un bruit de verre brisé lui parvient. Incrédule, il essaye d'imaginer ce qui peut se passer dans la résidence.

Le téléphone de Macmillan interrompt le cours de ses pensées. Le mercenaire s'en empare prestement et écoute sans rien dire. À peine quelques secondes et il raccroche pour annoncer d'un ton monocorde :

— C'était Lucy… apparemment la femme s'est jetée d'une fenêtre.

Les sourcils blancs se froncent un peu plus. Phoenix crispe la mâchoire en comprenant le sacrifice que la veuve vient de faire.

— Garce ! grince-t-il entre ses dents.

De son côté, Macmillan se demande ce qui dérange le plus son client. Le fait que sa question reste pour le moment sans réponse, ou le fait qu'il ne pourra pas torturer sa victime…

Il décide de prendre la parole sans y être invité, même si son employeur risque d'interpréter une telle audace comme un outrage, surtout dans son état d'esprit actuel.

— Voulez-vous repenser à votre décision concernant le raid, monsieur ?

Phoenix lui jette un regard glacial.

— Vous et Kinkaid, lâche-t-il d'un ton méprisant. Avec vos « armes à feu »… Je ne peux pas courir le risque que Baltac prenne une balle perdue, je vous l'ai déjà dit ! Amenez-moi toute la surveillance que nous avons sur son compte, je vais l'analyser moi-même, il y a forcément quelque chose qui vous a échappé et qui pourra nous mettre sur la piste.

— Comme vous voudrez, répond le mercenaire en quittant son poste.

Pendant plusieurs heures, Phoenix est passé au travers d'enregistrements de conversations, de captures de données et autres rapports de filatures concernant Baltac. Il le sait, ce dernier est lié au Docteur et il compte bien trouver une information quelconque qui lui permettrait de découvrir l'identité de ce fantôme.

Un avertissement sonore émanant de son ordinateur le sort de son travail de fourmi. Il saisit son mot de passe pour déverrouiller sa session et fixe l'écran, tout d'abord avec curiosité, puis une totale incrédulité. Ce qu'il voit s'afficher n'a aucun sens. Son logiciel de communication lui annonce un message entrant. Normalement, rien d'extraordinaire quand on se sert d'un ordinateur comme un téléphone, mais impossible dans le cas de la configuration de Phoenix. Il utilise en effet cette ligne uniquement pour composer les appels spéciaux vers ses victimes et pouvoir piloter ses nanites. Le numéro est masqué et en théorie impossible à tracer. Il ne l'a jamais fourni à quiconque, alors qui peut bien lui envoyer un message ?

Il ouvre l'application de communication en s'attendant à voir un texte qui ne lui est pas destiné. Car pour lui, une erreur de numérotation reste la seule explication possible. Quand ses yeux déchiffrent le message, il comprend qu'il s'est trompé. La simple ligne dit « *I'm coming for you* »[25]. La

[25] J'arrive pour toi.

signature de trois lettres s'inscrit sur ses rétines aussi sûrement qu'un tison chauffé à blanc l'imprimerait sur sa peau, « SdS ».

La respiration coupée, Phoenix reste un moment immobile devant son écran, figé par la surprise. Puis, petit à petit, son souffle redevient régulier. Il quitte l'ordinateur des yeux et appelle Macmillan sur son portable. Ce n'est plus le moment de tergiverser, il faut agir au mieux et au plus vite.

— Macmillan ? Préparez vos hommes. Je veux Baltac tout de suite !

— *Il a quitté la résidence, monsieur.*

— Comment ça « quitté la résidence » ? aboie Phoenix. Et vous ne m'avez rien dit !

Macmillan marque un temps d'arrêt avant de répondre.

— *Vous aviez explicitement demandé à n'être dérangé qu'en cas d'urgence.*

— Et Baltac quittant la résidence, cela ne vous semble pas être une urgence ?

La voix de Phoenix trahit maintenant son stress. Le mercenaire l'a bien saisi et c'est d'un ton mesuré qu'il répond à son tour.

— *Pas une qui nécessitait de vous déranger, monsieur.*

— Imbécile ! crache Phoenix dominé par sa colère. Comme si vous pouviez ne serait-ce que comprendre ce qui est important ou pas, incapables que vous êtes !

Macmillan sourit devant son combiné et son sourire s'élargit encore lorsqu'il laisse tomber :

— Mais Lucy l'a pris en filature, monsieur. Nous pouvons l'intercepter quand vous voulez…

Un blanc s'installe, durant lequel Phoenix comprend le petit manège de son homme de main. Il se calme et reprend froidement.

— Non, inutile… il ne parlerait plus maintenant… Continuez la filature. Il va nous mener tout droit au Docteur.

— *Bien monsieur.*

— Et Macmillan… restez discret, c'est notre seule chance.

De son côté, le mercenaire se passe la langue sur les lèvres pour mieux savourer sa réponse.

— *Aucun problème, monsieur, nous sommes peut-être des incapables, mais nous sommes aussi des professionnels…*

Chapitre 33
Toronto, Canada

— Vous êtes de la profession ?

Lucy a entendu la question posée par le préposé au matériel informatique. Elle fait mine de fourrager dans une pile de DVD à prix cassés en tête de gondole. Nul doute que Baltac, à qui la question est posée, l'a lui aussi entendue. Mais il préfère sans doute l'ignorer, car il ne répond pas.

Le vendeur trouve bon d'insister.

— Plutôt spécifique comme matériel, commente-t-il en détaillant les articles étalés sur son comptoir.

Baltac sort sa carte de crédit sans rien dire, mais le caissier, tout en validant les codes-barres, entretient lui-même la discussion.

— J'ai vu sur Internet que ce genre de lecteur de cartes était très prisé par les pirates. Apparemment, on peut le modifier très facilement pour accéder aux cartes SIM des téléphones portables.

Baltac tend son moyen de paiement toujours en silence.

— Voilà, c'est réglé. Vous pouvez passer à gauche des caisses principales, présentez le ticket à l'accueil en sortant.

Baltac acquiesce d'un signe de tête.

— Bonne journée, merci d'avoir fait vos achats chez Future Shop.

Lucy attend quelques secondes avant de se diriger à son tour vers la sortie. Elle s'arrête sous l'immense porche rouge surmonté de l'enseigne aux lettres blanches du magasin, laisse Baltac, son sac à la main, rallier la BMW bleue, puis elle rejoint son propre véhicule de location stationné dans une allée latérale.

Cela fait moins d'une demi-heure qu'elle a pris le petit bolide en filature à sa sortie de la résidence Wessler. Baltac l'a mené vers le lac, puis sur la voie rapide Gardiner Expressway en direction des faubourgs de Mississauga où il vient de s'arrêter pour ses achats. Elle ne sait pas s'il s'est arrêté pour cette seule course ou pour une autre raison.

Elle laisse deux voitures se faufiler entre elle et la BMW qui sort du parking. À droite, Baltac prendrait la direction de l'est, retour vers Toronto et la résidence. À gauche, il se dirigerait à l'ouest, vers Niagara et la frontière américaine s'il embarque sur la QEW[26] ou en direction de l'aéroport international s'il bifurque sur l'autoroute 427. Elle voit le clignotant gauche de la BMW s'allumer et actionne le sien. Prenant toujours soin de ne pas se retrouver directement derrière le véhicule qu'elle suit, elle s'engage sur la rue qui mène aux échangeurs. L'Allemande gravit la rampe, serre à droite et bifurque sur la 427. À moins d'une visite impromptue dans la région nord : Baltac s'apprête à quitter le pays par les airs.

Lucy continue sa prudente filature jusqu'à l'entrée de l'aéroport. Quand Jérémy se dirige vers le parking longue durée, elle fait de même tout en décrochant son portable. D'un appui sur une touche, elle appelle Macmillan.

— Il est à l'aéroport, monsieur.

— *Ne le quittez pas. S'il prend un vol, je vous veux dans l'avion avec lui.*

— Compris, monsieur.

---

[26] Queen Elizabeth Way, autoroute suivant le tracé du lac Ontario de Toronto aux chutes du Niagara.

Elle stationne sa voiture dans une allée en arrière de la place désormais occupée par Baltac et attend. Rien ne se passe pendant un long moment. Elle risque l'ouverture de sa fenêtre pour mieux observer la BMW. Elle distingue le profil de sa cible, penché sur le siège passager, apparemment affairé avec ses récents achats. Lucy referme sa vitre et attend patiemment. Au bout d'environ une heure, Baltac descend de sa voiture, actionne la fermeture centralisée, puis se dirige vers la sortie en direction du hall des départs.

Lucy abandonne son arme sous le siège conducteur et s'engage à son tour sur la longue passerelle de verre qui enjambe les différentes voies réservées aux véhicules des visiteurs, aux taxis et aux bus. Une centaine de mètres derrière Baltac, elle embarque sur le long tapis roulant qui les mène tous les deux à l'étage du terminal 1.

L'aéroport international Pearson de Toronto est immense, particulièrement le hall de ce terminal. Si bien qu'on peut y circuler sans difficulté. Moderne, tout de métal et de verre, une impression étrange de clarté et de calme exulte de la haute voute. Une atmosphère assez incongrue en comparaison de certains aéroports européens surpeuplés comme Charles de Gaulle à Paris ou Heathrow à Londres. Pour Lucy c'est une aubaine, sa filature de Baltac s'en retrouve facilitée.

Au sortir de la passerelle, il tourne à gauche sans hésiter et grimpe sur un escalier roulant qui conduit au tout dernier palier. En y débouchant à son tour, Lucy découvre une large esplanade avec un alignement de comptoirs d'enregistrement tous identiques. Le seul moyen de les identifier est le logo des compagnies aériennes qui s'affichent sur la batterie d'écrans qui surplombe les guichets. De toute évidence, Baltac a déjà organisé son vol, car il s'aligne dans la courte file d'attente du comptoir d'enregistrement d'Air France.

Lucy attend qu'il soit bien engagé avant de se diriger, elle, vers un autre comptoir, celui de la vente de billets. Elle négocie l'une des dernières places disponibles pour le vol sur lequel Baltac s'enregistre. La préposée, une femme brune d'une trentaine d'années, parle anglais avec un fort accent français. De toute évidence, elle débute et elle demande de l'aide à l'un de ses collègues pour l'impression finale du billet. Lucy s'impatiente quelque peu. Elle n'aime pas rester hors de vue de sa cible trop longtemps. Quand elle empoche enfin son billet, elle se précipite vers le comptoir d'enregistrement, juste à temps pour apercevoir Baltac en sortir. À son tour, elle doit se mettre dans la file. Elle sait qu'elle le perdra de vue encore quelques minutes, mais n'a aucun doute désormais de pouvoir le rejoindre aisément dans la salle d'embarquement.

Quand son tour arrive, Lucy invente un mensonge crédible d'urgence familiale pour justifier son absence de bagages sur un tel vol transatlantique.

Moins de trente minutes plus tard, elle arrive aux postes de sécurité et après avoir passé sans difficulté le portail de détection des métaux, elle se dirige vers la porte d'embarquement de son vol. Là, une mauvaise surprise l'attend… Baltac brille par son absence. Les rangées de sièges sont aux trois quarts occupées, mais nulle part elle ne peut apercevoir le Français. Anxieuse, elle se dirige vers un pilier central pour disposer d'une vue d'ensemble de l'aire d'attente sans pour autant attirer trop l'attention sur elle.

Sur sa droite, une famille pakistanaise discute en anglais, essayant d'occuper leurs deux enfants tant bien que mal sans que ceux-ci courent dans tous les sens. À sa gauche, un couple très bon chic bon genre papote en français. Lucy se concentre pour ne pas être perturbée par les différents bruits et scrute chaque siège un à un avec minutie. Aucun doute, Baltac reste introuvable.

Elle commence à se demander si toute cette histoire d'aéroport ne cache pas juste une stratégie pour lui faire perdre sa trace. Elle se ressaisit. Le départ n'a pas lieu avant une heure. Nombreuses sont les raisons pour que Baltac n'ait pas encore rejoint la porte d'embarquement. Peut-être a-t-il décidé de rester dans la zone de transit pour faire quelques achats ? Peut-être est-il tout naturellement aux toilettes ou dans l'un des cafés alentour. Elle avise une chef d'escale qui prépare le guichet d'embarquement et s'avance vers elle.

— Excusez-moi…

— Bonjour madame, répond l'employée de la compagnie. Que puis-je faire pour vous ?

— Je cherche mon compagnon, monsieur Jérémy Baltac. Je voulais m'assurer qu'il était bien enregistré.

— Un moment…

Elle tapote sur le clavier de son ordinateur.

— Baltac ?

— Oui, c'est cela.

— Oui, madame, il est enregistré. Ha…

Lucy se raidit.

— Je vois qu'il voyage en classe affaires, madame. Il est dans le salon des premières classes.

Elle indique du menton une nacelle vitrée suspendue à plus de cinq mètres au-dessus du hall principal. Lucy suit son mouvement de la tête. Elle découvre une vaste zone confortable et isolée des bruits de l'aéroport dans laquelle des silhouettes se profilent. Dans le coin opposé au bar privé, elle reconnaît Baltac, le regard dans le vague, tourné vers les pistes.

— Voulez-vous le rejoindre, madame ? Il a droit à un invité dans le salon.

— Non, je vous remercie, je l'attendrai ici, je voulais juste m'assurer qu'il n'était pas en retard.

— Pas de problème madame, je vous souhaite un excellent vol.

Lucy, rassurée, va s'asseoir dans un siège avec une vue privilégiée sur le salon des premières classes.

Peu de temps avant que l'appel de l'embarquement ne résonne dans le hall, elle voit le salon se vider. Une douzaine de passagers, parmi lesquels Baltac, descendent un petit escalier qui les amène derrière le guichet où un steward procède courtoisement aux contrôles d'usage avant de les laisser s'engager sur la passerelle.

Quelques minutes plus tard, une fois les clients prioritaires confortablement installés, on commence à faire embarquer les autres voyageurs. Lucy se met en ligne, juste après les familles avec jeunes enfants. Elle tend son passeport et son billet à la même employée qui l'a renseignée plus tôt, elles échangent un bref sourire, puis Lucy disparaît dans la pénombre du couloir.

En traversant la cabine des premières classes, située à l'avant, elle jette un rapide coup d'œil à Baltac. Dans son large fauteuil de cuir individuel, il semble bouder la coupe de champagne qui trône sur sa tablette et regarde la piste par son hublot. Lucy trottine jusqu'à la section située derrière les ailes et s'installe dans son siège, coincé au milieu d'une rangée de trois. Avant que ses compagnons de voyage n'arrivent, elle empoigne son portable pour un dernier compte-rendu.

— Nous sommes dans l'avion, monsieur, prochain rapport dans huit heures à notre arrivée.

Lucy raccroche et éteint son portable comme la règle l'exige. Pour les huit prochaines heures, rien n'est plus sous son contrôle. Autant se détendre et se reposer, car elle le sait, la filature reprendra à l'arrivée. Elle inspecte l'univers miniature qui va être le sien pour les heures à venir. Elle vérifie sa tablette, le contenu de la pochette qui regorge de brochures, puis reporte son attention sur le tracé du trajet affiché sur l'écran incrusté dans le siège devant elle.

Chapitre 34
Londres, Grande-Bretagne

Le petit écran fixé sur le montant de la porte d'entrée reste désespérément noir. Jay actionne le bouton du vidéophone pour la troisième fois.

— Doc, c'est moi, Jay, ouvre…

Cette fois un faible grésillement se fait entendre, le petit écran reste éteint, mais une voix nasillarde sort du haut-parleur intégré.

— No, no… Jay is dead, they got him…

Jay réajuste ses lunettes. C'est pire qu'il ne l'avait imaginé.

— Doc, c'est moi, je te dis. Ouvre ta vidéo, tu verras bien. Je ne suis pas mort et personne ne m'a « eu ». Doc ?

Cette fois, aucune réponse ne se fait entendre. Jérémy connaît l'ampleur qu'une crise de paranoïa peut prendre pour le Docteur. Il l'en a sorti plus d'une fois auparavant. Mais jamais le Britannique ne l'a encore refoulé à la porte. Chaque fois il l'a attendu avec impatience. Il l'a reçu à bras ouverts pour qu'il lui vienne en aide et lui permette de surpasser ses frayeurs. Cette fois, ses peurs irrationnelles ont atteint un tout autre niveau. Doc est parti loin dans ses délires, si loin que même sa confiance en Jérémy s'est évaporée. Il va devoir jouer serré pour le sortir de cet état. Il appuie une dernière fois sur le bouton.

— Doc ? Je sais que tu m'entends Doc… Je vais passer par la sortie de secours, OK ? On pourra discuter plus tranquillement.

Toujours pas de réponse, mais à ce point Jérémy n'en attend plus vraiment une. Il s'éloigne du porche, passe la petite grille et bifurque à gauche sur Portobello road. Presque un quart de siècle plus tôt, Jérémy avait fugué de chez lui — au grand courroux de ses parents — pour venir aider le Docteur à s'installer ici. Il avait participé à l'aménagement de l'ancien abri anti-bombe. Au cours des années, il avait suivi de près les modifications et améliorations apportées par son ami. Il sait que l'abri dispose d'une seconde issue, permettant d'entrer et de sortir sans passer par aucune des deux maisons bâties au-dessus.

Fort heureusement, il fait nuit et cette portion résidentielle de Notting Hill est déserte. Jérémy lance un coup d'œil circulaire, puis traverse la rue. De l'autre côté, le long du trottoir, il avise une plaque d'égout. Sans outillage, il a quelques peines à soulever le lourd panneau en fonte, mais il finit par le placer de guingois sur le bord de l'insert en métal, d'où il peut aisément la pousser pour libérer l'ouverture. Il descend alors dans la bouche béante, s'accrochant aux barreaux d'acier qui disparaissent dans la pénombre. Lorsqu'il a été entièrement avalé sous la rue, il stabilise sa position et ramène la plaque en place au-dessus de lui.

Jay est désormais plongé dans le noir le plus total. Il termine sa descente à tâtons, barreau après barreau. Lorsqu'il touche du pied un sol plat et ferme, il fouille dans sa poche pour en extirper le portable de Sarah. Il l'allume et s'oriente à la faible lueur de l'écran. Il ne peut que discerner les lieux, mais il est déjà descendu ici et sait à quoi ressemble cette conduite principale. Il stationne dans une petite niche qui borde un large couloir. Au milieu s'écoule une eau glauque aux émanations peu réjouissantes, mais néanmoins supportables. Le courant est faible et le liquide circule dans un bruissement à peine audible. De part et d'autre de l'étroit canal, à un mètre cinquante de distance environ, de fines corniches surplombent la surface des flots. Jérémy progresse à tâtons sur l'une d'elles. Courbant un peu la tête pour ne pas se cogner, il couvre en sens inverse la distance parcourue précédemment dans la rue. Il arrive bientôt en face d'une autre niche assez semblable à celle qu'il vient de quitter, mais qui au lieu d'abriter une échelle pour remonter à la surface, héberge une porte métallique blindée aux boulons apparents. Le haut en est arrondi, ce qui lui donne toutes les allures d'un sas de sous-marin. Impression complétée par le volant de verrouillage qui occupe le centre du panneau d'acier.

Jérémy se positionne comme il faut dans l'axe, puis saute le petit canal pour atterrir lestement au centre de la niche. Par acquit de conscience il essaye la manette d'ouverture, mais bien sûr le mécanisme est verrouillé de l'intérieur. Jay frappe trois coups sur la paroi de métal, puis se tourne vers un autre vidéophone, fixé sur le mur de la niche.

— Doc, c'est moi... tu vois bien que c'est moi... qui d'autre connaît cette entrée ?

Un grésillement trahit l'usage de l'interphone, mais aucune réponse ne se fait entendre.

— Doc ?

— *Go away, impostor!*

Jérémy décide d'un plan d'action. Le Docteur a besoin de se concentrer pour sortir de sa crise.

— Doc, en français s'il te plaît. Tu sais bien que toi et moi, c'est toujours en français. Tu te souviens de notre pacte, non ?

Pas de réponse.

— Tu te souviens ? Quand nous étions juste correspondants ?

Cette fois le Docteur répond.

— Alors en français : va-t'en, imposteur !

— Doc, Doc, allons, comment peux-tu croire que ce n'est pas moi ? Réfléchis… Je connais ton issue secrète, notre pacte qui a presque trente ans, qu'est-ce qu'il te faut de plus ?

— Ils ont été dans la tête de Jay. Avec… avec des machines dans son cerveau. Ils ont pu récupérer tous ses souvenirs.

— Doc ? Allume la caméra, tu verras bien que c'est moi.

Cette fois le petit écran s'illumine, ce qui jette une pâle clarté dans la niche. Jérémy éteint le portable et se positionne bien en face du vidéophone pour que la lumière éclaire son visage. Sur l'écran, il voit son ami, décoiffé, amaigri, hagard.

— Tu vois, Doc, c'est moi…

De l'autre côté, le paranoïaque penche la tête, pour mieux discerner. Il plisse les yeux en se mordillant les lèvres.

— C'est un truc, harangue-t-il… Ils manipulent la vidéo, c'est ça ?

— Doc… C'est *ton* système… je suis sûr que tu dois avoir un moyen de contrôler le flux vidéo pour vérifier s'il est altéré.

Une étincelle semble s'allumer dans le regard du Docteur.

— Ha ! Ha ! Je peux faire ça, parfaitement.

C'est tout ce que Jérémy veut. Focaliser l'attention de Doc sur une tâche, accaparer suffisamment son esprit pour qu'il puisse en appeler à son côté rationnel.

Le visage de Doc a disparu, mais la communication demeure active. Jérémy peut entendre le Docteur pianoter avec frénésie sur l'un de ses claviers. Au bout de quelques minutes, il réapparaît dans le petit écran, indécis.

— Jay ? lance-t-il d'un ton timide.

— Qui veux-tu que ce soit d'autre ?

— Ils veulent ma peau, tu sais ?

— Hum…

Jérémy ne sait pas trop s'il doit apaiser son ami ou au contraire lui confirmer que la menace est cette fois bien réelle. Il commence tout juste à percer la carapace de la paranoïa et sa prochaine phrase sera cruciale. Il réfléchit un moment et juge que passer pour un menteur serait le meilleur moyen de se discréditer. Il décide donc de jouer cartes sur table.

— Doc ? Cette fois c'est vrai Doc…

Le Docteur se prend la tête dans les mains.

— Je le savais ! Je le savais !

Les deux paumes sur le front, il pointe vers la caméra, ses index formant deux cornes saugrenues.

— Et ils t'ont envoyé toi… Ils te contrôlent avec leurs machines dans ton cerveau et ils…

La paranoïa sourde de nouveau, une mesure drastique s'impose. Jérémy interrompt son ami et ordonne d'une voix sévère :

— William ! William Worthington ! Tu vas m'ouvrir cette porte tout de suite, maintenant ça suffit !

Il voit le regard du Doc changer. Ce nom, ni l'un ni l'autre ne l'ont plus utilisé depuis l'incendie du domaine Worthington — plus de vingt ans auparavant — qui avait coûté la vie à toute la famille de Doc. Cette nuit-là, William, déjà psychologiquement instable, renfermé et passionné d'informatique, travaillait au sous-sol dans sa salle technique, ce qui lui avait valu d'être le seul survivant du sinistre. Mais le traumatisme l'avait brisé, il était entré dans un état catatonique pendant des semaines et avait été placé en hôpital psychiatrique. Seul Jérémy avait pu transpercer sa cuirasse et le faire revenir à la réalité. La santé mentale de son ami s'en était à tout jamais retrouvée marquée. Il était rentré dans cet hôpital en tant que William Worthington, unique héritier de la fortune familiale. Mais il en était ressorti « Le Docteur », seul nom auquel il acceptât dès lors de répondre, sans doute en hommage à son héros, le personnage de la mythique série anglaise « Doctor Who ».

Le souffle court, Doc reste pantois à l'écran, en proie à une bataille intérieure qui fait rage aux confins de son conscient et de son subconscient. Jérémy continue :

— Même toi tu ne peux pas réellement donner crédit à une telle idée… des hommes télécommandés ? Et puis quoi encore ? Ce n'est pas un épisode de Doctor Who, William !

La bouche du Doc s'est entrouverte, comme s'il voulait dire quelque chose, mais son regard hagard dément cette volonté.

Jérémy se radoucit et continue.

— Oui, Phoenix utilise des nanobots, oui il est capable de les faire exploser ou je ne sais quoi, dans le cerveau de ses victimes. Mais ça s'arrête là, tu comprends ?

— Phoenix ? balbutie Doc.

— Oui, Phoenix… c'est lui qui est derrière tout ça.

Doc s'est redressé. Il parle maintenant de manière plus cohérente, exposant ses idées à haute voix.

— Il a tué tous les membres de RotP ?

Jérémy déglutit avec peine, la gorge nouée par le chagrin. *Pas seulement ses membres.*

— Oui, Doc…

Son timbre a sonné moins fort, plus rocailleux.

— Pour me retrouver pas vrai ? continue Doc.

Jay ne répond pas, il refoule un sanglot avec difficulté. Mais le Docteur semble bien parti dans sa lancée et renchérit de lui-même.

— Je ne suis pas cinglé, Jay. Phoenix ne peut, peut-être pas, télécommander des gens, mais son job pour la CIA était de produire des nanobots capables de s'attacher au nerf optique et auditif pour relayer de l'information. L'espion parfait, tu imagines ? Plus besoin d'infiltrer l'ennemi avec de longues opérations, juste à injecter des nanobots à l'un de ses proches…

— Doc, ouvre, c'est de cela que nous devons parler. Ce que tu as découvert sur Phoenix, ce que je sais… à nous deux on doit pouvoir l'arrêter.

Le Docteur jette un regard suspicieux à la caméra, se demandant sans doute si Jay n'a pas pu être soumis à des nanobots-espions à son insu.

— Doc, murmure Jérémy dans un souffle. Cette fois, c'est moi qui ai besoin de toi…

Le Docteur conserve son regard soupçonneux.

— Phoenix… Il…

Jérémy prend une grande inspiration, ses yeux s'embuent de larmes quand il déballe :

— *He killed Sarah, Doc… that son of a bitch killed her…*[27]

Dans son antre, Doc sursaute, comme réveillé brusquement d'un long rêve. Est-ce les derniers mots de son ami ? Ou est-ce le fait qu'il les ait prononcés en anglais, comme si leur poids dans sa langue natale avait été trop lourd, trop réel ?

Un bruit de frottement métal contre métal indique que le mécanisme est actionné. L'épaisse porte étanche s'ouvre vers l'intérieur. Doc ne sort pas. Il attrape le bras de Jay et le tire dans l'abri. Il referme hermétiquement derrière eux et se tourne vers le Français.

— Jay ? Mon ami à moi ?

Il a la tête de côté et l'air penaud d'un enfant qui prend conscience de sa sottise.

— À ton avis ? répond Jay en ôtant ses lunettes.

Il passe une manche sur ses yeux pour en chasser les larmes qui menacent de traverser le barrage de ses cils.

Doc se jette dans les bras de son ami.

— Je suis désolé, dit-il avec simplicité.

Sur ses joues coulent les torrents que le Français n'a pas pu ou voulu, exprimer.

---

[27] Il a tué Sarah, Doc… cet enfoiré l'a tuée.

Chapitre 35
Roissy, France

— Tiens mon chéri, sèche tes larmes. Voilà, c'est fini, là…

L'enfant a été très impressionné par l'atterrissage et a pleuré pendant toute l'approche finale. Lucy ignore la petite scène familiale qui se joue sous ses yeux. Elle s'est déjà levée pour se mettre en position dans le couloir et sortir rapidement. D'où elle se trouve, elle ne peut pas discerner avec détails les personnes installées en première classe, mais elle compte bien rejoindre Baltac au plus vite dès la descente de l'avion.

Déjà, les premières têtes avancent. Lucy joue des coudes pour gagner quelques places, ce qui lui vaut des commentaires offusqués dont elle ne se soucie guère. Elle arrive à son tour dans la zone des premières. Tous les occupants sont déjà sortis. Elle continue et prend pied sur la passerelle de débarquement sans répondre aux salutations courtoises de l'équipage de vol.

Elle presse le pas et remonte le flot des passagers à la recherche de Baltac. Elle sait qu'avec son passeport français, il pourra traverser plus vite qu'elle aux postes de sécurité. Elle veut par conséquent s'assurer de passer avant lui pour avoir une chance de le retrouver dans la zone nationale de l'aéroport. Devant elle la cohorte s'amenuise, elle a rattrapé les voyageurs de la première classe. Nulle part elle ne voit Baltac. Le couloir dans lequel elle se trouve fusionne avec un second qui déverse d'autres passagers. Elle fend la foule, persuadée d'être désormais la première de son propre vol Toronto-Paris. Pourtant, elle n'a pas relevé la trace du Français. Un nœud commence à se former au creux de son estomac. Elle est frappée d'un mauvais pressentiment. Elle s'arrête net, fait demi-tour et fend la foule à contre sens sous les regards étonnés et parfois réprobateurs de ses anciens compagnons de cabine.

Elle arrive à l'avion dont tous les passagers ont maintenant débarqué. Une hôtesse la voit pénétrer dans la cabine.

— Vous avez oublié quelque chose, madame ? demande-t-elle avec un sourire.

Lucy entre sans répondre, s'avance un peu dans la cabine et pointe vers le siège où elle a vu Baltac avant le décollage.

— L'homme qui était ici, vous l'avez vu sortir ?

L'hôtesse la regarde, surprise.

— Sortir ?... Je ne peux pas vous affirmer l'avoir *vu* sortir, par contre je peux vous dire que tout le monde a débarqué, le décompte passager est formel.

Une seconde hôtesse apparaît, en provenance de l'arrière de l'appareil.

— Il y a un souci ?

— Madame voulait savoir si le monsieur du 2B était sorti, lui répondit sa collègue.

— 2B ? Ce n'est pas le passager qui a débarqué juste avant le décollage ?

Blême, Lucy interroge d'une voix étranglée :

— Débarqué ?

— Oui, renchérit l'hôtesse. Il avait une urgence et comme il n'avait pas de bagage enregistré, nous l'avons laissé partir.

Elle se retourne avec un geste agacé et ressort de l'avion, abandonnant les deux hôtesses assez pantoises devant son sans-gêne.

Lucy se saisit de son portable et appelle son supérieur.

— Monsieur ?

Elle crispe la mâchoire et lève les yeux au ciel avant de lâcher :

— Il est parti, monsieur. Débarqué de l'avion avant le décollage.

Silence.

— *Quoi !*

— Il était en première, je n'avais pas...

— *Épargnez-moi vos excuses idiotes où est-il maintenant ?*

— Heu... peut-être toujours à Toronto ? propose-t-elle.

Comment veut-il que j'aie la moindre idée de sa localisation ? Je viens de passer huit heures dans une boîte de conserve...

— *Ça va, je m'en occupe... restez sur Paris en attendant vos prochaines instructions.*

— Bien monsieur.

Ils raccrochent ensemble et Lucy reprend le chemin vers la sortie, cette fois-ci avec beaucoup moins d'entrain.

Chapitre 36
Londres, Grande-Bretagne

Le Docteur est monté sur ressorts. Il a tout retrouvé de son génie intellectuel et œuvre sur ses systèmes comme un virtuose. Jérémy a insisté pour qu'il s'abreuve et se nourrisse — prenne une douche aussi. Il aurait voulu le voir dormir un peu pour récupérer des privations des derniers jours. Mais Doc a refusé, prétextant qu'une bonne douche et un change s'avéreraient suffisants. Il n'a cependant pas réinitialisé son protocole d'urgence et les deux hommes opèrent toujours depuis le bunker en mode autarcique.

Jérémy a succinctement résumé les événements des derniers jours depuis son arrivée à Toronto : sa rencontre avec Kinkaid, son enquête sur Phoenix, la trahison de Vaughan, les équipes envoyées en Espagne et à Moscou. Mais ce récit seul ne suffit pas encore pour brosser un tableau clair de la situation. Les deux hommes ont cruellement besoin de mettre leurs idées en commun.

Doc a tiré une table vitrée dans un coin de son antre. Il effleure un panneau de commande sur l'un des côtés et la table s'éclaire.

— Est-ce que c'est…

— …Une table tactile ? interrompt Doc. Oui, version développeur bien sûr, j'y ai déjà ajouté quelques fonctions de mon cru.

— Parfait, dit Jérémy, on devrait pouvoir reconstruire les événements plus facilement.

Le Docteur a déjà ouvert plusieurs applications. Dans une liste, il place les résultats de ses propres recherches.

— Phoenix travaillait sur son fameux projet « d'espion universel » pour la CIA. Ce qui se fait de mieux en matière de nanotechnologie.

— Correct, approuve Jérémy, l'équipe de Kinkaid a confirmé la présence de nanobots dans le cerveau de Mosquito.

— Sauf que l'on sait maintenant que Phoenix n'utilise pas de passifs observateurs. D'après ce que j'ai trouvé, ajoute Doc, il n'a jamais résolu les problèmes d'interfaçage avec le système nerveux.

— Non, par contre il a trouvé un moyen d'en faire des engins de torture mortels.

Doc continue de prendre des notes. Tandis que Jérémy poursuit l'évocation des découvertes faites au cours des jours précédents.

— On sait qu'il est passé d'un vecteur de transmission par injection directe, à l'ingestion de ses nanites à travers des produits alimentaires. Probablement grâce au fameux composé dérobé à New York. Il a aussi fait évoluer son mode de commande. Au début il devait être très proche, sans doute dans la même pièce, avec une sorte de boîtier télécommandé. Mais depuis Brian et Mosquito... il est clair qu'il opère à une plus grande distance.

Doc s'arrête et réfléchit un instant.

— Ce n'est pas possible, lance-t-il.

— Il y a des témoignages oculaires Doc, Mosquito était seul à la terrasse d'un café... Sarah...

Il doit reprendre son souffle avant de continuer.

— … il n'y avait personne dans la maison à part moi et les hommes de Kinkaid.

— Je comprends, acquiesce Doc. Mais ce n'est pas possible… La nature même des nanites ne permet pas la transmission sur de longues distances. La taille du récepteur et l'énergie nécessaire pour de telles communications seraient pour le moment impossibles à miniaturiser de la sorte. Je suis désolé, mais le transmetteur doit être relativement proche pour que toute communication soit possible.

Les deux hommes réfléchissent un moment.

— Ou alors, commence Jérémy…

— Un relais ! s'exclament les deux amis en même temps.

— Il utilise un relais. Il a sûrement des hommes de main qui implantent un appareil sur ses victimes, argumente Jérémy. Vaughan… un employé de la banque dans le cas de Brian… Un passant dans les rues d'El Formigal…

— N'importe quel pickpocket pourrait aisément glisser un petit relais dans la poche des victimes, approuve Doc. Le relais en lui-même pourrait être à peine plus gros qu'une pochette d'allumettes.

Jérémy a une moue peu convaincue.

— On n'a rien trouvé de semblable sur les victimes…

— Phoenix fait peut-être ramasser son relais par ses hommes une fois la besogne terminée ?

— Possible… Dans ce cas, il nous faut confirmer ce qui a été trouvé sur Sarah…

Sa gorge se serre à nouveau. Il marque un court silence, puis reprend :

— Kinkaid était sur place, personne en dehors de l'équipe de secours n'a approché Sarah. Si elle avait un relais sur elle, on peut être certain que l'équipe du major aura mis la main dessus, Phoenix n'aurait pas eu l'occasion de le récupérer.

— Et si l'un des agents était de mèche avec Phoenix ? soupçonne Doc.

— On ne peut bien sûr écarter aucune hypothèse, mais ça vaut toujours la peine de demander.

— Pas certain que tu es parti en bons termes avec lui d'après ce que tu m'as dit. Tu crois qu'il va continuer à partager ses informations avec toi ?

Jérémy a un sourire narquois.

— Oh, ça ne devrait pas être un problème, pas besoin de lui demander sa permission... nous avons accès à son ordinateur.

— Es-tu en train de me dire que tu as piraté l'ordinateur du chef d'une cellule si secrète que même moi je n'en avais jamais entendu parler ?

Jérémy acquiesce en ouvrant un navigateur Internet dans l'interface de la table.

Doc laisse échapper un sifflement admirateur.

— Alors là... respect. Et comment t'y es-tu pris ? J'imagine que les machines de cette organisation doivent être plutôt bien protégées.

— Le plus simplement du monde en fait. Je me suis arrangé pour avoir un accès physique à son ordi et installer ce que je voulais.

Dans le navigateur, Jérémy entre l'adresse de l'un de ses serveurs. Il clique sur quelques liens de son interface.

— Il t'a prêté son ordinateur, comme ça ?

— Non bien sûr, je lui ai fait le coup de la clé USB illisible.

— Non ?

— Que veux-tu… Quand il y a quelque chose qui ne marche pas et qu'il y a un informaticien dans la pièce, qui appelle-t-on ?

Dans la fenêtre du navigateur, une adresse machine vient de s'inscrire.

— Tiens, sa dernière adresse IP, si son poste est en ligne, on peut voir s'il y a eu du nouveau.

Le Docteur ouvre une simple fenêtre de commande texte. Il commence à y entrer plusieurs instructions de connexion et de recherche. Au bout de quelques minutes, il détient le rapport préliminaire concernant Sarah, incluant la liste de ses possessions à son arrivée à la morgue, qui se révèle bien maigre.

Il s'interpose volontairement entre Jérémy et le document, de manière à ce que ce dernier ne puisse pas lire le compte-rendu d'autopsie.

En dehors de ses vêtements, sa montre et son alliance, un simple élastique à cheveux a été retrouvé dans une de ses poches.

— Pas vraiment de quoi cacher un relais de transmission, dit-il. À part peut-être dans sa montre ?

— Non… Elle avait cette montre au poignet tout le temps où j'étais là. Si Phoenix y avait fait dissimuler un relais, il aurait dû s'y prendre bien à l'avance… Il est machiavélique, mais je ne pense pas qu'il ait préparé les choses à ce point. Par contre… Vaughan aurait pu tout simplement cacher un relais dans la maison.

— C'est possible, mais Jay… les nanobots doivent être vraiment proches du relais pour recevoir les commandes. S'il n'est pas sur la personne elle-même, le moindre déplacement romprait la liaison.

— Brian a été retrouvé au milieu de la rue, Sarah est montée jusqu'au grenier...

— Ça ne colle pas, termine Doc. Un relais dans le bureau de la banque ou au rez-de-chaussée de la résidence se serait rapidement retrouvé hors de portée pour que les nanobots reçoivent un signal.

— Mais Sarah n'avait rien d'autre sur elle, comment...

Jérémy se tait soudain. Il est devenu pâle. Doc craint que les évocations successives de Sarah n'aient eu raison de ses nerfs, il demande :

— Ça va ?

— Non ! Non ! C'est pas possible, ça peut pas être ça !

Jérémy se lève brutalement. Il commence à tourner en rond.

— Jay ? s'inquiète Doc.

Le Français attrape sa chaise et la jette violemment contre la porte en acier en lançant un cri rageur.

Déstabilisé, Doc s'écarte de la table et se lève à son tour.

— Jay ? Qu'est-ce qu'il y a ?

Jérémy s'acharne à grands coups de pieds sur la chaise renversée.

— Putain !

Doc s'approche de son ami et le saisit par l'épaule. Jay se retourne, la main levée, prêt à frapper.

— C'est moi, Doc, arrête !

La main reste suspendue en l'air.

— Doc ?

— Arrête Jay, tu me fais peur... Qu'est-ce qu'il y a ?

Le bras retombe lentement. Jay s'affaisse. Doc le retient de justesse.

— Tu ne comprends pas... murmure le Français.

Il se redresse en secouant la tête.

— C'est pas possible…

— Quoi Jay ? Explique-moi.

Jérémy ne répond pas. Il se précipite sur sa veste, abandonnée sur le dossier d'une chaise et en extirpe le mobile de Sarah.

— Son téléphone Doc… elle était au téléphone avec Phoenix, annonce-t-il d'un ton désespéré.

Il serre l'appareil dans sa main et s'effondre sur la chaise.

— Il aurait suffi qu'elle s'en écarte…

— Tu penses que Phoenix a fait placer des relais dans les téléphones de ses victimes ?

Jay continue :

— C'est moi qui ai récupéré les affaires personnelles de Brian à la morgue. Il avait son mobile avec lui… Et la patronne du café où Mosquito est mort… Elle l'a vu utiliser son téléphone juste avant sa prétendue crise… Je n'ai pas fait le rapprochement… C'est ma faute…

Doc s'avance.

— Tu ne pouvais pas savoir.

Jay reste silencieux. Doc l'observe sans rien ajouter. Il récupère la chaise malmenée et la remet en place devant la table tactile.

Lentement, le Français se ressaisit. Doc argumente à voix haute :

— Des relais dans les mobiles ? Ça paraît difficile, il faudrait un accès physique aux appareils et un certain temps pour les modifier.

Résigné, Jay retourne près de son ami, qui soliloque toujours :

— Tout cela sans que les propriétaires s'en rendent compte… Difficile… mais possible.

Soudain le Docteur sursaute en se frappant le front.

— Oh ! Jay, je sais, je sais… ils peuvent faire ça, tu sais ?

Il est presque en transe, se trémousse sur place et agite ses mains en l'air. Cette effervescence sort Jérémy de sa torpeur.

Il observe Doc un instant. Il ne s'inquiète pas. Il connaît son ami, il a été témoin de ce type d'agitation bien des fois par le passé. Le Docteur flaire une piste, il a une illumination et son esprit va bien trop vite pour que sa parole ou ses gestes arrivent à suivre. Il a juste besoin d'être canalisé un peu.

— Qui ça « ils » ? participe enfin le Français.

— Echelon ! Tu m'as bien dit que Phoenix avait travaillé pour Echelon ?

— Environ cinq ans oui, mais je ne vois pas le rapport.

— Oh ! Jay, j'ai écrit un article là-dessus il y a deux ou trois mois…

Les yeux du Docteur s'élargissent.

— C'est pour ça qu'il est après moi Jay ! Il a lu mon article, il sait que je peux l'arrêter !

Jérémy peut voir que son ami a sans doute compris bien des choses. Il aimerait, lui aussi, pouvoir être mis dans la confidence, il tempère donc un peu les ardeurs de l'Anglais.

— Doc ?… Explications, s'il te plaît…

— Yeah, yeah…

Il se passe les mains dans les cheveux et se gratte le menton, se demandant comment tout présenter.

— OK… tu connais Echelon ? Le grand réseau d'écoute mondial qui filtre tous les appels de téléphones fixes, mobiles, radios, etcétéra. Soi-disant pour « lutter contre le terrorisme », mais personnellement, je pense plutôt que…

— Doc ? Focus…

— Oui, OK, heu… Echelon… Tu sais, ils ont la main mise sur Internet et…

— Doc !

— En tout cas… Il y a deux ou trois mois, j'ai écrit un article pour sensibiliser l'opinion publique sur le fait que le réseau Echelon pouvait très facilement passer d'un mode d'écoute passif à un mode actif de transmission. Vraiment, c'est juste quelques changements dans le cœur de la programmation. Et là… Echelon pourrait envoyer des données sur les unités, comme, dans notre cas, les téléphones mobiles. Ils pourraient véhiculer des messages, du code, exécuter des applications, récupérer les carnets d'adresses locaux, vraiment… ce qu'ils veulent…

— Doc, les fournisseurs de service mobile bloquent ce genre de transmissions entrantes, tu le sais bien. Seules les transmissions légitimes comme les appels vocaux ou les textos sont autorisées sur leurs réseaux.

— C'est ce que je disais dans mon article. Je mettais en garde contre les consortiums énormes qui se créent à force de rachats de compagnies, ce qui diminue le nombre d'entités à « convaincre » pour changer justement les mesures en place pour le moment.

— Doc, Phoenix n'a pas le pouvoir financier pour se lancer dans ce genre de rachats et changer de tels processus à un niveau global.

— Mais non bien sûr, mais… — et je ne peux pas croire que ce soit moi qui dise ça —… sans parler de complot mondial, si Phoenix avait trouvé un moyen de compromettre les fournisseurs de services à leur insu ?

Cette fois, Jérémy est happé par l'hypothèse de l'Anglais. Il veut en savoir plus.

— Tu crois que c'est possible ?

— Non seulement c'est possible, mais ce n'est même pas vraiment compliqué. Un simple transpondeur bien placé, qui fusionnerait les codes envoyés par Echelon avec de simples appels classiques et Phoenix pourrait commander ses nanites avec une sous-porteuse masquée dans un bête SMS. Tu comprends, la transmission de la voix demande beaucoup plus de bande passante pour transiter, difficile de dissimuler du code sans altérer la qualité de la conversation. Mais des messages instantanés ? Oh boy, il reste plein de place pour faire passer autre chose…

Les deux hommes marquent un moment de silence pour mesurer la portée de leurs conclusions. Jay entérine par une évidence :

— Et pas besoin de placer un relais de transmission pirate dans les mobiles… Ce sont déjà des transmetteurs si Phoenix peut leur adresser du code en direct de la sorte…

— Pour peu que Phoenix ait la main mise sur le réseau d'un fournisseur, chaque téléphone mobile de ce réseau devient un candidat potentiel pour piloter les nanites à distance. Jay… Le pire avec les conglomérats de téléphonie actuels, c'est qu'en compromettant très peu de centres, cela suffirait à couvrir une vaste majorité des propriétaires de téléphones mobiles. Dans mon article j'avais pris l'exemple des États-Unis. Par partenariats interposés, les réseaux AT&T et Verizon couvrent quatre-vingts pour cent des abonnés nord-américains. En Europe, les centres d'Orange en France, T-Mobile en Allemagne, Telia en Suède et Vodafone ici en Angleterre suffiraient à couvrir une large portion des souscripteurs pour toute l'Europe de l'Ouest.

— On parle de millions… de centaines de millions d'abonnés, complète Jérémy d'un ton songeur.

— Avec seulement cinq ou six centres compromis…

Jérémy pose le téléphone de Sarah sur la table tactile, qui le détecte aussitôt et commence le transfert du contenu de la mémoire de l'appareil.

— Doc, est-ce que tu pourrais confirmer notre théorie en épluchant les fichiers de communications ?

— Pas avec l'application par défaut, mais attends, j'ai juste ce qu'il faut…

Doc pianote quelques nouvelles commandes. Ouvre les fichiers stockés au cœur de l'appareil mobile et commence à les inspecter.

— Je ne suis pas le premier à pénétrer la zone protégée de la carte SIM, remarque-t-il.

— C'est moi, confirme Jérémy. J'ai retracé l'appel de Phoenix pour lui envoyer un message.

— Je vois…

— Doc, tu pourrais localiser son numéro ?

— Tu veux une adresse ? Autant me demander si je peux te réciter par cœur le contenu du deuxième tiroir du bas dans mon bureau…

Jérémy a une moue d'incompréhension devant la métaphore utilisée.

— Hello, fait Doc en se pointant lui-même du doigt. OCD[28] ? Bien sûr que je peux…

---

[28] Obsessive Compulssive Desorder = TOC (Trouble Obsessif Compulsif), désordre de la personnalité en rapport avec l'obsession de la perfection, des règles et de l'organisation.

Il transfère les données du téléphone sur son système central et se lève pour rejoindre sa console, suivi de près par Jérémy.

Il analyse les fichiers et lance simultanément plusieurs applications. L'une d'entre elles affiche bientôt la localisation des dernières tours cellulaires qui ont servi à l'envoi du message de Jay. Pendant ce temps, il scrute le contenu des informations de transmission de l'appel précédent.

— Jay ? Regarde !

Il indique plusieurs lignes de code sur son écran.

— Définitivement une sous porteuse intégrée dans une série de textos… Avec un peu de temps, je devrais pouvoir en décortiquer le contenu et analyser le code utilisé par Phoenix pour commander ses nanobots.

L'autre fenêtre fait apparaître une carte géographique avec une petite zone mise en évidence.

— Philadelphie, commente le Doc.

Jérémy inspecte la carte, réfléchit un instant et dit :

— Envoie ces coordonnées à Kinkaid. Nous, nous avons d'autres choses à vérifier…

Doc se tourne vers son ami avec un regard interrogateur. Que peuvent-ils bien avoir encore à rechercher ? Ils viennent de percer le moyen de transmission de Phoenix *et* de localiser son quartier général…

Chapitre 37
Philadelphie, États-Unis

Le quartier général de Phoenix s'affiche. Sitôt l'information relayée par Baltac, le major a dépêché une unité de réponse d'urgence de la police d'État de Pennsylvanie. Tous les hommes de l'équipe d'intervention sont équipés non seulement d'émetteurs-récepteurs pour communiquer entre eux, mais aussi d'une petite caméra montée sur leur casque en kevlar noir, qui permet à Kinkaid de suivre l'action à distance.

Les yeux rivés sur l'écran de son ordinateur, à quelque sept cent cinquante kilomètres de là, le major surveille l'approche de la brigade en temps réel grâce à une liaison satellite qui lui renvoie l'audio et la vidéo. Pour le moment, deux groupes se sont formés. Le premier s'avance vers l'entrée principale, le long de la vitrine masquée de journaux. Le second se dirige vers une petite allée de service qui file vers l'arrière du bâtiment et au fond de laquelle s'ouvre une sortie de secours.

— *Bravo 1 à bravo 2, en position.*

— *Bravo 2, bien reçu. En position également.*

— *Ici leader bravo, engagez, je répète, engagez.*

L'action relayée par les douze minicaméras, Kinkaid assiste simultanément à l'entrée des deux groupes dans le bâtiment.

Côté rue, un coup porté avec la crosse d'un fusil d'assaut réduit vite la porte vitrée en miettes. À l'arrière, un coup de pied expert vient à bout de la serrure et ouvre le battant en grand. Se couvrant les uns les autres, les hommes en noir s'introduisent dans la bâtisse. Le premier groupe débouche dans le magasin vide. Un bruit de sirène déchire le silence ambiant. L'un des policiers inspecte le pourtour de la vitrine, repère le câble du système d'alarme et le suit jusqu'à la boîte de jonction principale. Il se saisit d'une paire de pinces pour forcer la petite armoire et sectionne quelques fils. Aussitôt l'alarme se tait et le restant des hommes sécurisent rapidement le grand espace vide. Le second groupe remonte un court corridor, ouvre une porte et débouche dans l'aire de vente, rejoignant ainsi leurs compagnons.

D'un ton professionnel, les deux chefs d'équipe reportent que les lieux sont vides. Puis l'un d'entre eux désigne un policier pour aller vérifier la seule issue encore close au fond du magasin. Ses collègues en position derrière lui, l'homme s'approche, lâche son fusil qui retombe en bandoulière contre son flanc et place sa dextre sur la poignée. Avec son autre main, il décompte en l'air en repliant ses doigts tendus, de quatre à zéro et ouvre brutalement la porte en se plaquant lui-même contre le mur. Les canons des fusils d'assaut balayent le grand rectangle sombre qui donne dans la remise. Celui qui a ouvert la porte arrache une fusée éclairante de sa ceinture et la fait rouler à l'intérieur. Aussitôt l'intense lumière blanche qui émane de la combustion jette ses feux dans le local. Tout semble vide. Le chef du premier groupe fait signe à son homme déjà avancé de rentrer.

Kinkaid se concentre sur la caméra de celui qui pénètre dans le cagibi. Il opère un rapide tour d'horizon et annonce que la pièce est vide. Le major ne peut réprimer un mouvement de frustration. Baltac se serait-il trompé ?

Sur la petite fenêtre qui affiche l'image de l'éclaireur, Kinkaid voit celui-ci pointer un doigt vers le sol. En même temps son commentaire parvient au major.

— *Il y a des traces. Cette armoire a été déplacée récemment.*

Son chef ordonne une vérification de routine avant toute chose et un second homme le rejoint, équipé d'un appareil de mesure qui ressemble à une batterie de voiture munie d'un court tuyau d'aspirateur. Il en passe l'extrémité sur le pourtour du meuble de rangement tout en regardant un petit écran placé sur le haut du détecteur.

— *Négatif pour explosifs.*

Le premier homme agrippe le bord de l'armoire à deux mains et la fait pivoter.

Kinkaid voit apparaître une porte blindée avec un petit panneau pour empreintes digitales sur le côté droit. Cette fois il sourit de satisfaction. C'est le bon endroit.

Le spécialiste en électronique du groupe entre à son tour dans la remise, qui du coup paraît soudain encore plus exiguë. Les deux autres hommes quittent les lieux pour laisser leur collègue travailler. La fusée éclairante s'étant passablement consumée, une faible lumière jaunâtre a remplacé l'éblouissante clarté de tantôt. Le technicien shoote dans la fusée pour l'expédier hors de la pièce et actionne une lampe frontale qui réside juste sous sa caméra. À la lumière du faisceau, il déballe ses outils et entreprend d'ouvrir le petit panneau qui héberge le lecteur d'empreintes digitales.

Kinkaid suit religieusement les moindres faits et gestes du spécialiste. Quelques minutes plus tard, ce dernier accède aux entrailles du lecteur et contourne le système de vérification. Bientôt, la porte blindée tourne sur ses gonds.

Deux nouveaux éclaireurs viennent remplacer le technicien. Kinkaid s'attendait à plus de résistance de la part de Phoenix, mais celui-ci se trouve peut-être seul, terré dans son antre. Les deux hommes descendent quelques marches et débouchent dans une pièce plus grande. Le major ne peut réprimer un soupir de déception. Au premier coup d'œil, il est évident que l'endroit a été abandonné dans l'urgence. Des papiers jonchent le sol, sur la console centrale des câbles n'alimentent plus rien. Par contre, certains appareils orphelins occupent le comptoir qui habille le pourtour de la pièce. Phoenix a eu le temps de fuir. Désormais, tout ce que Kinkaid peut espérer, c'est que dans son départ précipité, il a laissé quelques indices derrière lui.

Le major jette un dernier regard aux différentes images qui lui parviennent de Philadelphie, puis coupe sa connexion satellite.

Chapitre 38
Londres, Grande-Bretagne

Sur le grand écran, les vignettes des différentes caméras disparaissent. Doc et Jay se regardent, déçus. Phoenix a pris le large.

— Tu comprends maintenant pourquoi il faut continuer à chercher ? soupire Jérémy. Phoenix est une véritable anguille. La majorité de son opération est mobile, il doit avoir plusieurs repaires prêts à l'accueillir à la moindre suspicion que Kinkaid se rapproche de lui.

Doc contrôle quelques fenêtres de recherche qui jusque-là tournaient en tâche de fond sur son système.

— Encore un autre… annonce-t-il. Joseph Stern, quarante-trois ans, technicien télécom senior pour Verizon… accrédité pour travailler sur le site de Seatac… accident de la route, rupture d'un essieu, pas banal…

— Ça fait deux morts suspicieuses en très peu de temps parmi le personnel habilité à accéder aux quelques datacenters que tu as identifiés.

— Sans compter les démissions de personne fraîchement en poste… Ça sent l'infiltration à plein nez !

— Malheureusement, cela confirme notre théorie. Phoenix peut potentiellement rejoindre des centaines de millions d'abonnés.

Doc se détourne de son écran.

— Ça lui fait un beau carnet d'adresses. Aucun doute qu'il puisse trouver quelques richissimes célébrités ou personnes du monde de la finance ou de la politique.

— Tu penses chantage ? interroge Jay.

— Quoi d'autre ? Il identifie quelques membres des hautes sphères, infiltre ses nanobots dans leur régime alimentaire… deux migraines et une demande de rançon plus tard… jackpot !

Doc accompagne ses paroles d'un geste caractéristique du joueur qui abaisse le bras d'une machine à sous.

— C'est possible, dit Jérémy d'une voix pensive. Et si Phoenix n'était intéressé que par l'argent, c'est sans doute ce qu'il ferait.

— Mais tu penses qu'il y a autre chose ?

— Il aurait pu poursuivre ses agissements et s'enrichir tranquillement en continuant à détourner l'usage d'Echelon à son profit. Je pense que toute cette opération a été fomentée non seulement dans le but de frapper un grand coup, réclamer une énorme rançon, mais aussi de ridiculiser la CIA et Echelon… Il veut prouver qu'il est le plus fort, que son invention est viable.

— Il peut certainement sortir une liste de dignitaires qui seraient à sa merci et demander une rançon directement à la CIA, j'imagine…

— C'est toi le spécialiste des complots et des théories de menaces planétaires, non ? Pense plus large…

Doc se renfrogne.

— Plus large ? Il faudrait envisager la dispersion massive de ses nanobots dans la distribution alimentaire et…

Il s'interrompt brutalement avant de reprendre sur un ton inquiet.

— Jay ? Il y a quelque chose que tu as oublié de me dire ?

Jérémy semble sortir de sa rêverie.

— Un truc qui me tracasse depuis un moment, explique-t-il.

Doc est maintenant suspendu aux paroles de son ami.

— Vaughan a été retrouvé en France. Il était employé là-bas. Comment un Américain sans visa de travail et parlant très moyennement la langue a-t-il pu trouver un job aussi aisément ? Je suis certain que Phoenix avait organisé cet emploi à l'avance.

— Vaughan était spécialiste des télécommunications, il l'a sans doute utilisé pour compromettre un datacenter en France.

— Ça aurait été logique, oui, et je n'ai aucun doute que Vaughan est à l'origine du design du fameux transpondeur nécessaire pour masquer les signaux d'Echelon. Mais infiltrer un datacenter prend du temps, Vaughan n'aurait pas eu la patience de jouer les bons petits employés. Non, je pense que Phoenix l'a envoyé en France pour toute autre chose.

— Et quoi donc ?

Jérémy ne répond pas directement à la question de Doc, il continue à dérouler le fil de sa pensée.

— Il l'a envoyé à Vergèze…

— Et c'est où ça ?

— Quelque part dans le sud de la France, du côté de Nîmes. Loin de tous les grands datacenters, je pense, répond Jay. Vérifions…

Il ouvre un navigateur Internet et lance une recherche sur le nom de la ville. Le site officiel trône en tête de liste. Après quelques liens, il s'arrête, perplexe.

— Et merde ! C'est bien ce que je craignais… Vergèze héberge l'un des plus grands centres de mise en bouteilles d'eau d'Europe.

— Oh, je l'ai toujours dit Jay ! Nestlé, Danone, Kraft, Pepsico… Le monopole de la bouffe, les quatre cavaliers de l'apocalypse, la production de masse, la baisse des contrôles…

— Doc ?

— Quoi ? Je ne te l'ai pas toujours dit que ces quatre-là seraient la source d'une catastrophe mondiale ?

— Ce n'est pas la question Doc… Est-ce que tu peux l'arrêter ?

Le Docteur prend un air blessé.

— Phoenix ? demande-t-il. Bien sûr que je peux l'arrêter, pourquoi crois-tu qu'il me recherche ?

Jérémy prend un air grave avant de répondre.

— Fais-le.

Le Docteur pousse un soupir réprobateur.

— Tu sais que si je le bloque, on ne le retrouvera pas ?

Jérémy serre les mâchoires sans rien ajouter.

— Je veux dire… continue Doc. Il s'est déjà fait passer pour mort deux fois, a disparu de la circulation, est resté introuvable avec toute une équipe d'experts sur ses traces… il y a peu de chance qu'on lui mette la main dessus…

— Je sais, lâche Jérémy. Mais des millions de vies pourraient être en jeu… Je ne peux pas…

— Écoute Jay, interrompt Doc sur un ton sérieux. Je sais que tu veux le retrouver. Et pour ma part, je ne suis pas près de dormir en sachant qu'il rôde, là, quelque part. Regarde le plan qu'il a mis au point… et tout ça pourquoi ? Pour se venger d'avoir perdu son job ! Tu imagines ce qu'il va nous faire à nous si on le tient en échec ?

— Doc, l'enjeu est trop grand. On ne peut pas le laisser mettre un tel chantage à exécution. Kinkaid et son équipe finiront bien par le retrouver.

Doc acquiesce.

— OK… Pas de problème. Ce n'est pas comme si c'était ma première incursion dans le réseau Echelon.

Jay hausse un sourcil.

— Comment crois-tu que je garde *nos* communications secrètes ? enchaîne son ami.

— Je vois, appuie Jérémy sur un ton faussement réprobateur.

Doc se racle la gorge pour attirer l'attention de Jérémy.

— Cependant… Si je patche Echelon, Phoenix ne manquera pas de s'en rendre compte. Qu'est-ce qui l'empêchera alors de poursuivre son chantage à plus petite échelle ?

— Comment ça ? s'inquiète Jay.

— Il a la technologie, le savoir-faire et si on assume que ses nanobots ont déjà atteint la grande distribution alimentaire… Sans l'usage global d'Echelon pour relayer ses ordres, il lui suffit de compromettre quelques tours de transmission cellulaire, disons dans une métropole comme Londres, Paris ou New York.

— Mais cela lui donnerait encore le potentiel de tuer des centaines de milliers de personnes ! objecte Jérémy.

Doc saute sur l'occasion.

— Exactement ! Et on ne serait toujours pas plus proche de lui mettre la main dessus et moi d'avoir une bonne nuit de sommeil en le sachant hors d'état de nuire.

Jérémy sourit.

— OK et maintenant que tu as amené la conversation exactement là où tu le voulais, j'imagine que tu as une proposition ?

Doc se frotte les mains et sourit à son tour.

— On laisse Echelon tranquille, Phoenix ne se doute de rien, pendant ce temps-là je m'arrange pour bloquer ses signaux *directement* au niveau des fournisseurs de services mobiles. Il n'a aucune visibilité sur ça, contrairement à Echelon qu'il connaît sans doute comme les cinq doigts de sa main. On le laisse faire son chantage et quand il touche sa rançon on piste l'argent et… surprise !

Doc accompagne sa phrase d'un petit bon ponctué par une position de danseur de cabaret agitant les mains en guise de strass. Jérémy hoche la tête, dubitatif, comme un membre du public peu convaincu par la performance de l'artiste.

— C'est bien joli en théorie, réplique-t-il. Mais il y a quatre raisons pour lesquelles c'est impossible. Premièrement : comment comptes-tu bloquer le signal Echelon au niveau des fournisseurs de services ? Il y a en pour des jours juste à pénétrer leurs systèmes. Sans parler de…

Jay s'interrompt en voyant la mine déconfite de petit garçon déçu qu'exprime Doc.

— Quoi, demande-t-il ?

— Tu me blesses Jay… Vraiment… dit le Docteur.

— Quoi, qu'est-ce que j'ai dit ?

Doc hoche la tête d'un air réprobateur, les lèvres pincées.

— Plus de vingt-cinq ans qu'on se connaît. Un quart de siècle ! Tu le sais que je ne dors que quatre heures par jour — quand je dors — ? Qu'est-ce que tu crois que je fais les vingt autres heures de la journée ?

Doc se tourne pour inspecter son antre. Les bras écartés, il invite Jay à regarder autour de lui. Effectivement, du sol au plafond, tout n'est que matériel informatique, de réseaux, d'électronique, de télécommunication.

— Tu crois que je fais quoi de mon temps ? « Des jours » pour pénétrer les systèmes des opérateurs mobiles ? Jay, sérieusement… Je rentre sur la base interne de Vodafone pour confirmer l'orthographe d'un nom, c'est plus rapide pour moi que d'utiliser les pages blanches…

Jay lève les mains en signe de reddition.

— OK !… T'es un type dangereux, tu sais ça ?

Doc sourit en lui donnant une claque amicale sur l'épaule.

— Je pourrais… mais j'ai un ami qui me garde sur le droit chemin.

Jérémy redevient sérieux.

— T'es sûr de ton coup ?

Doc feint de ne pas avoir entendu et jette un œil derrière lui comme si un bruit quelconque avait plus attiré son attention que la question de Jay.

— Doc… Sérieusement ?

Le Docteur se retourne vers Jay.

— Deux heures pour créer la routine principale du programme…

Il esquisse une moue de réflexion.

— … dix à quinze minutes par opérateur…

Jay ne peut réprimer un petit mouvement des lèvres en signe d'admiration.

— … et un autre trois heures pour programmer la console de supervision, termine Doc. Pour du blocage pur et simple, bien sûr. Avec un peu plus de temps, je pourrais faire plus subtil et détourner ses signaux. Phoenix n'aurait aucune idée que ses ordres arrivent à moi et non à ses nanites...

Jérémy évalue la véracité de cette estimation. Ils se connaissent effectivement depuis plus de vingt-cinq ans et il sait que Doc n'est nullement poussé par son orgueil. Il décide de lui faire confiance.

— OK... Admettons. Ça nous amène au second point. Il faut que la rançon soit versée à Phoenix pour que l'on puisse traquer l'argent et remonter jusqu'à lui. Quelque chose me dit que l'addition risque d'être salée. Je ne suis pas certain que quelqu'un prendra la responsabilité de réunir et payer la somme.

— Il me semble à moi que Phoenix a déjà prouvé l'efficacité de sa technologie, y compris avec des agents comme témoins, je doute qu'il ait besoin d'une autre démonstration. Et puis aussi bien Echelon que la CIA ont fortement intérêt à garder un profil bas. Si Phoenix est malin, il restera autour d'une somme que ces deux-là peuvent gérer. Cela ne lui servirait à rien de racketter tous les gouvernements, il n'aurait aucune chance de tranquillité s'il faisait ça. Ton major Kinkaid, là, il ne pourrait pas faciliter le versement de la rançon ?

Jérémy pèse les arguments de son ami un petit moment. Puis se décide à répondre :

— Je m'en occupe, je contacterai Kinkaid, de toute façon on aura besoin de lui et de ses ressources si on va de l'avant.

— Ha ? Parce que maintenant on va de l'avant ?

— Doc, je sais que tu penses dix fois plus vite que moi, nous n'aurions pas cette conversation si tu n'avais pas déjà résolu les deux autres raisons qui sont *censées* nous empêcher de mettre ton plan à exécution.

— Oui, mais tu vas ruiner ma surprise…

À ce moment, Jay ne peut se retenir de rigoler. Et dans son for intérieur, Doc comprend qu'il a réussi. En cet instant, son ami ne pense plus à Sarah. Ça ne durera pas bien sûr, mais pour le moment il sera totalement concentré à retrouver Phoenix et il apprécie de voir son compagnon rire.

— D'accord, reprend Jérémy. Je continue comme si de rien n'était alors… Troisième raison : Pour pouvoir tracer l'argent à travers les méandres de comptes anonymes que Phoenix a fait créer par Brian, le seul moyen serait de repérer l'usage de son protocole de chiffrement lorsque celui-ci sera utilisé. Or, ce protocole — supposément mis au point par KryptBoy — nous est inconnu. J'ai bien passé une nuit à développer l'interface nécessaire pour décrypter les informations de KryptBoy, mais sans ses deux clés d'encodage, impossible d'y avoir accès.

Doc a un sourire triomphant.

— Et si je te dis que justement, il se trouve que j'ai ces deux clés ?

Jérémy fronce les sourcils en signe d'incompréhension.

— Comment ?

— Surprise ! tonitrue Doc. Elles sont arrivées sur notre BBS il y a deux semaines.

— « Notre BBS » ? Tu as gardé le système de RotP actif ?

— Hey ! Nostalgie, nostalgie, fais-moi un procès… Il n'y en a plus beaucoup des bons vieux BBS qui tournent sur modem. En tout cas… Il y a deux semaines un message est arrivé, avec deux suites de chiffres. Sur le moment j'ai pensé que quelqu'un avait fait un mauvais numéro et que le modem en décrochant avait envoyé un paquet de données erronées, créant ainsi une entrée. Évidemment, depuis que tu m'as expliqué pour la clé USB encryptée, ce message prend un tout autre sens...

Jérémy se frappe le front.

— KryptBoy! Tu te souviens qu'il nous avait raconté comment il avait construit son propre modem à partir du poste radio de son père ?

— Oui, je me souviens, il n'avait pas les moyens de s'en payer un. Il n'y avait qu'un Russe pour arriver à bricoler un truc pareil.

— Il a dû trouver une vieille ligne analogique encore en fonction dans le hangar où il était prisonnier. Sans combiné, sans micro, il a juste dû pouvoir se bricoler un modem de fortune.

— C'est moche, si proche de pouvoir demander de l'aide.

— Il devait forcément être sous surveillance aussi, avec un circuit de caméra ou autre. Il a vraiment fallu qu'il cache bien son jeu.

— Un modem de base, une station sans fonctions multimédias... Il en était réduit à utiliser uniquement du texte.

— Une chance qu'il y est encore de vieux nostalgiques du BBS.

Jérémy se redresse et se dirige vers sa veste.

— Tu vas où ?

— Tu ne crois pas que tu vas tout faire tout seul ? Il faut bien que quelqu'un s'occupe de la quatrième et dernière raison qui puisse bloquer ton plan... Pour pouvoir tracer le protocole de cryptage et les mouvements monétaires, tu dois avoir accès à un terminal de banque principal et ça... même toi tu ne peux pas le faire d'ici. Heureusement, j'ai un très bon client à Paris qui a justement une station de la sorte dans son sous-sol… Je crois qu'une petite visite de routine s'impose.

Chapitre 39
Paris, France

— Organiser une visite de routine, ce n'est pas le problème, explique Alexandre d'un ton soucieux. Et oui, ton accréditation est toujours valable et te permettra d'accéder au sous-sol. Mais tout ceci est de la folie !

Jérémy a rejoint Alexandre à son appartement. Se sachant très probablement recherché, surtout après son petit jeu de cache-cache à l'aéroport de Toronto, il n'a pas voulu prendre le risque de se rendre au bureau ni même chez lui.

Le salon de son bras droit, tout comme le reste de son appartement, est d'un style classique. Boiseries sombres, larges moulures aux murs, papier peint à rayures lie-de-vin et crème surlignées de fins liserés dorés. Sans être ancien, le mobilier est massif, avec des formes courbées et des ornements qui rappellent un style Louis XV. Au-dessus de la grande table en acajou ciré, un immense lustre à plusieurs niveaux supporte plus d'une douzaine d'ampoules en forme de flammes de bougies dont la lumière se reflète dans les décorations de cristal suspendues à ses branches. Alexandre est installé en bout de table, dos à une longue fenêtre montant presque jusqu'au plafond haut de plus de trois mètres. Jay est assis le long de la table, face à un buffet dont les portes vitrées centrales gardent jalousement un set de couverts en argent.

Les deux hommes ont discuté un long moment. Jérémy a non seulement résumé la situation avec Phoenix, mais il a aussi, sous le sceau de la confidence, révélé l'existence du Docteur à Alexandre.

— C'est de la folie, répète Alexandre. Toi et ton… Doc… contre un sociopathe et son armée de mercenaires. Ça n'a aucun sens.

— C'est pour cela que j'ai besoin de toi Alex. S'il m'arrive quoi que ce soit, je te charge de prendre soin de Doc.

— Comment veux-tu qu'il ne t'arrive pas quelque chose ! s'emporte Alexandre. Tu es informaticien Jérémy, ingénieur en sécurité, pas garde du corps ni cascadeur ni agent secret. Ce n'est pas pour toi tout ça.

Jay le fixe longuement.

— C'est quelque chose que je dois faire, tu comprends ?

— Je comprends ce que tu peux ressentir, mais je t'en conjure, laisse les autorités s'en charger.

— Kinkaid est au courant, comme je te l'ai expliqué. On aura tout son soutien pour donner le change. Mais il faut agir vite et pour le moment, il n'y a que le Doc qui puisse faire quelque chose.

Alexandre se recule dans son siège et laisse tomber ses mains sur le bord de la table.

— Quand ai-je jamais pu t'empêcher de suivre tes idées ? Tête de mule que tu es.

— Jamais, mais tu as toujours réussi à les tourner en centre de profit… ironise Jérémy.

Alexandre soupire.

— Ce n'est pas pareil et tu le sais bien… conspirer, comploter… ce n'est pas toi…

— Qu'y a-t-il de si différent avec la lutte contre un hacker qui tente de pénétrer un système ?

— Pour commencer, ton hacker n'a pas un revolver à la main ou des sbires à sa botte. Ce n'est pas du virtuel ce coup-ci, Jérémy.

— L'est-ce réellement jamais ?

Alexandre lève les bras au ciel.

— Ce n'est pas le moment pour la philosophie de boulevard, Jay. Si cela tourne mal, c'est ta vie qui est en jeu !

— Et si je ne fais rien, combien de vies sont en jeu ?

— Jay, épargne-moi le discours du héros, s'il te plaît. Toi et moi savons très bien que ta motivation principale n'est sûrement pas de sauver des vies.

Jérémy prend un air offusqué. Mais son ami l'ignore et poursuit :

— Oh ! Oui, bien sûr, c'est un bon bonus, mais ça reste du collatéral. Si tout marche comme prévu, quand tu auras la localisation de Phoenix, tu comptes la partager avec ton major ?

— Absolument, répond Jérémy avec conviction.

Alexandre hoche la tête.

— Avant ou après que tu lui aies rendu une visite personnelle ?

Jay demeure silencieux.

— Écoute, reprend Alexandre. Tu sais bien que tu peux compter sur moi. Mais c'est aussi mon rôle de remettre en question tes décisions, non ?

Jérémy sourit.

— C'est pour cela que tu es là, oui.

— Bon, maintenant que j'ai rendu mon office... Si les choses tournent mal, c'est promis, je m'occuperai de ton ami. Discrètement, il ne se doutera de rien. Et je m'efforcerai d'aider ton major Kinkaid à arrêter cette folie.

— Merci Alex.

— De rien… J'appellerai le directeur de l'informatique demain matin à la première heure, pour le laisser savoir que tu passeras faire une petite maintenance. En attendant, on va t'installer dans le bureau, le sofa se déplie. Tu devrais essayer de te reposer un peu. Demain sera une dure journée.

Chapitre 40
New York, États-Unis

— Tout est en place pour demain, affirme Phoenix en fixant Macmillan.

Il n'a pas posé une question, mais bel et bien énoncé un état de fait. Le mercenaire juge cependant bon de répondre.

— Oui monsieur. Fisher arrivera à Londres dans la soirée, mes contacts sur place lui fourniront le matériel nécessaire. Quant à Lucy, elle confirme avoir retrouvé la trace de Baltac à Paris.

Les deux hommes se trouvent dans le sous-sol d'une maison de ville à Brooklyn. De l'autre côté de la baie, ce quartier fait face au district financier de Wall Street. La maison à deux étages jouxte une demeure similaire sur la gauche. Mais sur la droite, un terrain inoccupé de huit mètres de façade sépare le nouveau repère de Phoenix de la prochaine bâtisse. Macmillan a recommandé l'endroit, car il offre de multiples scénarii d'évacuation en cas de problème. Le demi-sous-sol dispose de plusieurs sorties. Soit par la maison, soit par une porte de derrière qui donne sur un chapelet de marches menant au jardin, soit par les larges vasistas s'ouvrant sur la rue, soit encore par la brèche dérobée pratiquée par l'équipe et qui conduit sur le terrain vague adjacent.

La demeure achetée quelques semaines plus tôt n'est meublée que des quelques restes des anciens propriétaires. Une moquette gris souris élimée tapisse le sous-sol, salie par les nombreuses allées et venues du commando. Entre deux piliers carrés, des cartons de même hauteur supportent une porte posée à l'horizontale. En guise de siège, une chaise de jardin en plastique vert, délavée par les intempéries et vieillie prématurément par son exposition au soleil, passe tout juste sous le bureau de fortune. L'installation transpire le provisoire. Après la débâcle du premier quartier général, une bonne partie du matériel qui n'était plus nécessaire a été abandonné sur place à Philadelphie et le présent repaire ne brille certes pas par la quantité de mobiliers ou d'instruments de haute technologie.

Phoenix s'est installé au sous-sol avec son ordinateur portable et sa connexion Internet. Il en a de toute façon terminé avec ses recherches et la production de nanites. Son appareillage lui est désormais inutile. Seuls ses programmes et sa console de contrôle revêtent un intérêt pour mener à bien la dernière phase de son plan.

Il a dû changer son numéro de mobile afin de ne pas risquer d'être de nouveau repéré par Baltac. Il peut maintenant agir depuis n'importe quel endroit avec une réception cellulaire et une connexion Internet convenable. Brooklyn ou ailleurs, pour lui peu importe. La priorité est d'en finir avec Baltac et son Docteur avant qu'ils ne puissent devenir vraiment nuisibles.

Macmillan, lui, a installé son centre de communication dans la cuisine, à l'étage au-dessus. Il maintient le contact avec son équipe et coordonne les dernières actions requises par son employeur. Il devine la fin de sa mission proche et s'en réjouit. Une fois leur argent versé, les mercenaires se sépareront. Lui retournerait dans sa propriété du côté de Jagersrust en Afrique du Sud au-dessus du barrage de Kilburn où il a un authentique Hummer de l'opération « tempête du désert » à rafistoler.

Phoenix le sort de sa rêverie.

— Ne le laissez pas filer cette fois.

Macmillan doit se concentrer quelques secondes avant de comprendre que son employeur parle du Français.

— Aucune inquiétude, monsieur, cette fois Lucy n'est pas seule sur place.

Phoenix se saisit de la chaise, s'assied et se penche vers son ordinateur. Il prend instantanément un air concentré sur ce qui s'affiche à l'écran, ignorant totalement Macmillan. Le mercenaire reconnaît dans ce geste une invitation à quitter les lieux. Il tourne les talons, se dirige vers l'escalier qui rejoint le rez-de-chaussée et sort.

Chapitre 41
Paris, France

Jérémy sort de l'immeuble en dévalant les quelques marches qui mènent du perron au trottoir. L'impasse respire la tranquillité. Alexandre a choisi cet endroit précisément pour le calme qui peut y régner malgré sa situation en plein cœur du quartier Caumartin. Il se dirige vers la place Charles Garnier. Le bâtiment de l'opéra du même nom, avec son dôme en cuivre vert-de-gris, s'offre à lui dès qu'il passe sous les arcades menant sur l'esplanade. Il bifurque à gauche, traverse la rue Auber et remonte le trottoir en suivant un double bus à accordéon, seul à pouvoir emprunter la chaussée dans ce sens grâce à son couloir dédié.

Le bus s'arrête cent mètres plus loin, le long d'un immeuble moderne au ravalement blanc et lisse où se multiplient des fenêtres réfléchissantes. Le tout détonne un peu dans ce quartier à l'architecture haussmannienne par excellence. Le bâtiment semble froid, coincé entre deux majestueux édifices aux façades de calcaire imbriqué, aux baies à croisées protégées par d'étroites corniches sculptées, aux balcons en ferronnerie et surmontés de lucarnes en chien-assis au niveau des toits. Cet immeuble de bureau, dont les deux premiers niveaux sont ouverts sur la rue en un large préau, abrite l'accès à la station du RER A « Auber ». Jay s'y engouffre au moment où le double bus repart vers sa prochaine destination. Bien qu'ayant les moyens de se déplacer en taxi, pragmatique, il a toujours privilégié les transports en commun.

Il valide son passe de voyageur à une borne et s'engage dans le hall vouté de la station avant de débarquer sur le quai, large, habitué à échanger de nombreux passagers sur sa plateforme. Ceux qui sortent des rames viennent visiter — ou vont travailler sur – les grands boulevards. Ceux qui y pénètrent se rendent à la Défense et ses multiples bureaux. Il n'est pas encore 9 h, les dessertes sont très rapprochées. Jay ne doit pas attendre plus de deux minutes avant qu'un train arrive en gare et déverse son flot de passagers. Il entre à son tour. Toutes les places assises sont bien entendu prises à cette heure-ci et il reste debout devant les portes qui se referment. Ça se bouscule un peu, mais rien d'extraordinaire. Bien que pleine, la rame n'en est pas encore bondée au point de faire ressembler ses passagers à des asperges en bocaux. Seulement deux stations le séparent de la Défense. Dix minutes d'oisiveté qui suffisent à l'esprit de Jérémy pour raviver douloureusement le souvenir de Sarah. C'est la première fois depuis sa mort qu'il revient dans la ville de leur rencontre.

Le mouvement des passagers quittant en masse le wagon sort Jérémy de ses pensées. Il doit se concentrer maintenant. Doc attend après lui. L'accès à l'un des terminaux centraux d'une grande banque représente désormais leur Graal. Il ne leur manque plus que ce sésame pour achever leur plan. En pénétrant un tel système, l'Anglais pourra tracer les mouvements monétaires de Phoenix aussi facilement qu'un GPS traque la position géographique de son propriétaire. Une fois ce dernier maillon attaché, il n'y aura plus qu'à attendre que Phoenix passe à l'acte pour tirer sur la chaine et ramener ce chien à la niche. Le seul point noir maintenant, reste le versement de la rançon que Phoenix ne manquera pas de demander. Jay n'a pas encore eu confirmation de Kinkaid concernant l'argent. Ce dernier n'a pas semblé très enthousiasmé par son plan, y opposant des méthodes plus classiques de recherche. De préférence des méthodes ne nécessitant pas l'implication d'un civil et l'usage intensif de piratage informatique…

Mais Jérémy reste persuadé que Kinkaid fera son possible pour débloquer les fonds le moment venu. Quel autre choix se présente à lui ? Le raid sur le quartier général de Philadelphie n'avait rien donné. Et même si l'équipe du major essaye de remonter des pistes en enquêtant sur l'équipement retrouvé et les quelques empreintes digitales relevées, le temps est désormais compté. Si Phoenix ne détecte aucune activité de Doc sur Echelon, il ira sans doute de l'avant rapidement.

Jérémy débarque sur l'esplanade. Il est en avance. Alexandre a annoncé sa visite pour 9 h 30. Il considère un instant ses options. Se présenter plus tôt ne lui apportera rien, le protocole de sécurité est très strict et il sait que son accès au sous-sol ne sera permis que pour la période demandée. Il ne se sent pas vraiment d'humeur à flâner sur l'esplanade pour profiter du soleil qui sort timidement de la couverture nuageuse, son esprit est bien trop préoccupé. Et il est déjà assez nerveux sans en rajouter en allant faire les cent pas devant l'entrée de l'immeuble du consortium de banques. Il avise une enseigne Starbuck dans un coin de l'esplanade et résout d'y prendre un chocolat chaud. Alexandre étant un dangereux accroc au café, Jay n'a pas déjeuné avant de quitter son appartement.

Il commande, s'installe sur un haut tabouret et sirote sa boisson chaude en repassant dans son esprit les suites d'instructions qu'il va bientôt devoir entrer subrepticement dans les systèmes de son client.

À 9 h 25 il quitte le café et traverse l'esplanade. Il débouche à deux cents mètres à peine du grand immeuble noir de son client. Il a refoulé son anxiété. Concentré et prêt à en finir avec cette partie cruciale du plan pour retrouver Phoenix, il quitte la zone plus peuplée de l'esplanade et s'engage dans la contre-allée qui mène à la tour. Cent mètres à peine le séparent de l'entrée lorsqu'il entend la sonnerie d'un téléphone. Il ralentit son allure, la sonnerie, insistante, semble venir de sa personne… Mais il n'a pas son mobile avec lui, il le sait bogué et ne l'a pas rallumé depuis presque deux semaines. Il s'arrête, tâte ses poches et sent un combiné dans sa veste. Il extirpe avec surprise un portable bas de gamme de sa poche et le regarde comme un objet étrange. Ce téléphone n'est pas le sien, certes, mais il n'est certainement pas arrivé là par hasard. Quelqu'un l'y a glissé, que ce soit dans la rue ou dans la rame de RER, les occasions n'ont pas manqué.

Kinkaid ? Phoenix ? L'un d'entre eux a dû le retrouver et Kinkaid n'a pas besoin d'un tel subterfuge pour s'adresser à lui. La sonnerie s'arrête et bientôt un message s'affiche sur l'écran :

« Décroche »

Jérémy grimace de douleur. Il repense au chocolat chaud qu'il vient de boire, se demande quand et qui a pu y verser des nanites. À moins qu'il n'ait été infecté à son insu depuis quelque temps déjà… Mais grâce au Docteur, il sait comment les nanobots fonctionnent. Il lève le bras pour lancer le téléphone le plus loin possible, hors de portée de transmission. Une poigne de fer l'en empêche. L'homme qui lui tord le poignet le force à s'agenouiller. Jay a la présence d'esprit d'ouvrir la main et le combiné tombe. Mais l'inconnu le rattrape au vol et le place délicatement sur le sol en actionnant la fonction mains libres.

— C'est pour vous, vous devriez répondre, dit-il d'un ton sarcastique.

Continuant de lui broyer le bras, la brute l'empêche de s'éloigner, tandis que la voix de Phoenix sort du haut-parleur de l'appareil.

— *SdS ?*

Jérémy serre les mâchoires en se débattant. Il essaye de fuir, de se relever, de foncer vers l'entrée de l'immeuble où les vigiles le protégeront, mais son agresseur le tient dans un étau. Le visage contorsionné, il secoue vainement son bras toujours prisonnier.

— *C'est fini SdS, continue Phoenix.*

Jay fixe ses yeux sur les portes vitrées. Quelqu'un va sûrement sortir, ou rentrer dans les locaux, passer par cette allée, voir la scène…

— *Tu as perdu.*

Jérémy pousse un gémissement plaintif.

— *Ton précieux Docteur aussi. Il est mort.*

Le Français sursaute et se débat de plus belle.

— *Merci de m'avoir mené à lui.*

Jay respire bruyamment.

— Impossible ! arrive-t-il à articuler

— *Perplexe ? Ce sont toujours les petites erreurs…*

Jérémy trouve la force de se redresser, mais un violent coup de pied entre les omoplates le ramène au sol. Cette fois il est couché de tout son long, l'autre lui a libéré le bras. La prise est désormais inutile, Jay n'est pas en état de s'éloigner.

— *Le téléphone de miss Wessler,* lâche Phoenix…

Phoenix dit vrai… Autant les moyens de communication du Doc, incluant le mobile de Jay, avaient été protégés par ses soins, encryptant les données et interdisant les relevés GPS, autant celui de Sarah, dans le court instant où Jay et Doc l'avaient allumé, avait irrémédiablement signalé sa position aux tours cellulaires les plus proches. Phoenix et son équipe de mercenaires avaient dû être en surveillance sur le mobile et triangulé sa localisation...

Jérémy se recroqueville, la tête entre les mains.

— *Je gagne sur toute la ligne. Adieu SdS.*

Jay entre en convulsion. Sa queue-de-cheval bat l'air quelque temps, il voit ses membres passer devant lui de manière désordonnée, ses yeux se révulsent lentement et c'est la fin.

Une employée entre dans l'allée et embrasse la scène.

— Hé ! Qu'est-ce qui se passe ?

Sans se démonter, l'homme qui a attaqué Jérémy se tourne vers elle.

— Il a fait un malaise, explique-t-il.

La jeune femme se précipite et s'agenouille auprès de Jérémy.

— Appelez les pompiers, vite.

L'agresseur ramasse le téléphone toujours par terre, se redresse en l'empochant et disparaît rapidement en direction de l'esplanade.

Surprise, l'employée tend un bras vers lui avec une main poissée de sang.

— Monsieur ! Monsieur !

Puis comprenant qu'il ne reviendra pas, elle fouille dans son sac à la recherche de son propre mobile.

Elle reste jusqu'à l'arrivée des secours : les urgentistes déclarent le décès de Jérémy sur les lieux.

Dans le petit attroupement qui s'est formé à l'entrée de l'allée, une brunette s'éloigne de la foule. Satisfaite, Lucy compose le numéro de Macmillan pour lui confirmer la mort de Baltac.

Chapitre 42
New York, États-Unis

— SdS ?

À cet instant, Phoenix voudrait voir la tête de son ancien compagnon. Mais il doit se contenter de ses gémissements de douleur.

— C'est fini SdS.

Il observe l'indicateur de courant électrique diffusé par les nanobots et est tenté de lui faire passer la barre des cinquante pour cent. Il s'en abstient. Il veut s'assurer que Baltac puisse entendre ce qu'il a à dire.

— Tu as perdu…

Il interroge du regard Macmillan qui vient lui-même de raccrocher son téléphone, presse la fonction qui désactive son microphone et lui demande :

— Alors ?

— C'est confirmé, affirme le mercenaire. Fisher a fait exploser le repaire de votre fameux « Docteur ».

Phoenix arbore un sourire triomphant et réactive son micro.

— … ton précieux Docteur aussi… Il est mort.

Pour enfoncer encore le clou, il ajoute :

— Merci de m'avoir mené à lui.

Il peut entendre la respiration hachée de Baltac à l'autre bout. Malgré la douleur, il doit sans doute essayer de comprendre comment le Docteur a été découvert.

— *Impossible !*

— Perplexe ? Ce sont toujours les petites erreurs… indique Phoenix avec malice.

Il sourit pour lui-même. Il prend un malin plaisir à tout ceci. Un bruit étouffé s'étiole dans son oreille. SdS doit se débattre. Phoenix pose le curseur de sa souris sur la commande des nanites, prêt à en finir.

— Le téléphone de miss Wessler, lâche-t-il en guise d'explication.

Il veut vraiment que Baltac comprenne, qu'il sache, sans l'ombre d'un doute, qu'il a complètement échoué. Aussi attend-il quelques secondes avant de terminer.

— Je gagne sur toute la ligne… Adieu SdS…

Le curseur fait progressivement monter la jauge dans le rouge, puis dans le noir. Bientôt l'indicateur d'activité des nanobots s'éteint et Phoenix ne peut réprimer un soupir de soulagement. Maintenant la voie est libre.

Chapitre 43
Paris, France

La ligne est occupée. Alexandre raccroche. Il est dans son bureau. Le sofa où a dormi Jay est toujours ouvert. D'un air grave, il reporte son attention sur l'écran de son ordinateur où s'affiche un article en filet sur un portail d'information britannique. Il le relit pour la troisième fois.

« Explosion à Londres,

Une détonation en début de matinée au nord de Notting Hill a secoué le voisinage de Portobello road. Deux maisons entièrement détruites et de nombreux dégâts matériels causés par le souffle sont à déplorer. Le bilan des victimes est d'un blessé, un passant se rendant à son lieu de travail et malheureusement d'un mort, Douglas Smith, propriétaire de l'une des maisons détruites. Son corps a été retrouvé dans les décombres par les pompiers.

Les autorités ont réfuté la thèse de l'attentat. Une fuite de gaz serait à l'origine de cette tragédie. »

Alexandre sait que Douglas Smith est l'alias civil utilisé par le Docteur. Pas d'erreur possible, Phoenix avait retrouvé la trace de Jay et de son ami. Il avait procédé à leur élimination.

Quand il a reçu l'appel de la police en milieu de matinée pour l'avertir de la mort de son associé, Alexandre a d'abord eu du mal à y croire. La veille encore il essayait de dissuader Jérémy de mettre son plan à exécution. Il aurait dû se montrer plus ferme, ne pas le laisser quitter l'appartement, refuser d'organiser sa visite à la Défense. Si son patron et ami n'est plus, c'est en partie de sa faute. Il ne peut pas s'empêcher de culpabiliser. Et maintenant que le Docteur est également décédé, il a doublement échoué dans ses obligations.

Alexandre a toujours été un homme consciencieux, droit et moral, mais en cet instant, ce qu'il veut plus que tout, c'est la mort de Phoenix. Pas une seule seconde il ne pense que lui-même pourrait se trouver en danger. Il repousse l'idée, rassemble ses esprits. En homme d'affaires rompu aux décisions difficiles et aux négociations stressantes, il choisit le chemin à prendre. Dès qu'il a su que le Docteur avait aussi été éliminé, il a tenté de joindre le major Kinkaid, sans succès jusqu'à présent.

À nouveau, il se saisit de son combiné et entre le numéro que Jérémy lui a fourni. Cette fois, une sonnerie retentit, puis une seconde.

— *Kinkaid !* répond une voix bourrue.

Alexandre compose son attitude, compartimente sa souffrance et son deuil. Il commence sur un ton de businessman.

— Alexandre Kelber à l'appareil. Vous savez qui je suis j'imagine ?

— *L'associé de Jérémy Baltac ?*

— Exactement. Nous avons des choses à nous dire.

Le major hésite un instant à exprimer ses condoléances. Il n'est pas certain que son interlocuteur soit au fait des derniers événements.

— Monsieur Kinkaid ? demande Alexandre devant le silence qui se prolonge.

— *Monsieur Kelber, avez-vous eu des nouvelles de votre associé ?*

— C'est lui qui voulait que je vous contacte au cas où il se passerait quelque chose.

— *Ha... je comprends. Je suis sincèrement désolé pour...*

— Monsieur ! Il me semble que nous avons plus urgent à faire que débiter les banalités d'usage. Jérémy n'a pas pu finaliser son plan pour retrouver ce fameux « Phoenix », mais j'ai peut-être des informations qui peuvent vous y aider.

— *Pas au téléphone, monsieur Kelber. Vous êtes chez vous ?*

— Oui.

— *J'arrive.*

La communication est coupée. *Ainsi, Kinkaid se trouve en France*, pense Alexandre. Il n'a pas à ressasser cette idée bien longtemps, un quart d'heure plus tard, son interphone sonne.

Le major apparaît tel que Jérémy le lui a décrit, jusque dans ses choix vestimentaires onéreux.

— Monsieur Kelber, amorce Kinkaid. Je ne connais pas l'étendue des détails que votre associé vous a donnés, mais nous étions revenus en France pour le contacter. Il avait demandé mon aide pour faciliter certaines transactions, je voulais le convaincre de travailler plus étroitement avec nous. Nous sommes malheureusement arrivés trop tard.

— Il m'a tout raconté, affirme Kelber. Y compris qu'il vous avait déjà fait part de ses théories sur la technologie utilisée par Phoenix et comment il comptait s'en servir.

— Ce ne sont plus de simples théories. Nos analyses ont confirmé que le composé dérobé à New York pouvait effectivement permettre aux nanites de passer la barrière gastrique et atteindre le système sanguin rapidement. Ce qui conforte l'évolution du mode de transmission des nanobots. Et les quelques nanites que nous avons pu étudier ont révélé deux fonctions basiques : se regrouper dans une zone particulière du cortex et induire un courant électrique localisé.

— Et concernant la distribution à grande échelle ?

Kinkaid pousse un soupir.

— Notre seule piste étant le site de Vergèze, nous avons collecté quelques bouteilles des marques qui y font leur production, certaines ont été testées positives pour la présence des nanobots.

— Pas toutes ?

— En vérité il est assez difficile de savoir quels lots ont été contaminés et les stocks en magasin peuvent varier, certains écoulent probablement des lots plus anciens. C'est assez pour craindre le pire cependant. Surtout si d'autres sites ont été compromis.

— Jérémy avait donc raison…

— Sans doute. Nous avons aussi pu reconstituer une intéressante transaction concernant son homologue espagnol. Il semblerait qu'il s'était opposé à un contrat publicitaire rattaché au lancement de son dernier jeu. Mais qu'après sa mort, le document signé est arrivé avec la clause en question dûment approuvée…

— Une clause de quelle nature ?

— Le lancement promotionnel d'une nouvelle boisson énergisante. Des échantillons gratuits proposés dans toutes les grandes chaînes de magasins de jeux vidéo.

— Sans aucun doute un autre vecteur de distribution des nanites.

— Ce qui confirme le plan à grande échelle de Phoenix.

— Vous avez fait le nécessaire pour empêcher la propagation de ces produits, j'espère ? demande Alexandre.

Le major marque un temps d'arrêt avant de reprendre.

— Ce n'est pas si simple monsieur Kelber. L'implication des services sanitaires demande du temps. Pour les échantillons, nous avons pu en bloquer l'exportation avant qu'ils n'atteignent les boutiques, par chance ils étaient tous fabriqués au même endroit. En ce qui concerne les produits mis en bouteille à Vergèze… Nous ne voulons pas non plus déclencher une panique générale. Et puis beaucoup de ces produits ont déjà été vendus. Seuls les stocks soupçonnés et qui étaient encore en entrepôt ont été saisis, pour le reste c'est trop tard…

— Il faudrait prévenir le public.

— Et leur dire quoi ? De ne pas boire d'eau minérale ? De ne plus utiliser leur téléphone mobile ? Dans quels pays ? Jusqu'à quand ? Nous n'avons aucune idée précise du rayon d'action de Phoenix. Et il est probable qu'il ait infiltré bien d'autres sites de production alimentaire de toute façon…

Les deux hommes se taisent un moment avant qu'Alexandre ne reprenne la parole.

— Vous allez procéder au paiement de la rançon ? questionne-t-il d'un ton dubitatif.

— Nous n'avons toujours pas reçu de demande officielle. Mais quand ce sera le cas, je ne crois pas que nous aurons beaucoup le choix… En attendant, on essaye d'avancer sur toutes les pistes possibles dans l'espoir de localiser Phoenix et pouvoir le stopper avant. D'ailleurs… vous aviez mentionné avoir des informations ?

Alexandre hésite à discuter du Docteur malgré sa disparition. Mais il doit se rendre à l'évidence que désormais, protéger l'existence du hacker ne rime plus à rien.

— Jérémy ne travaillait pas seul, lance-t-il.

Kinkaid comprend tout de suite.

— Le Docteur ?

Alexandre ne répond pas et se contente d'inviter le major à le suivre dans son bureau. Il tourne l'écran vers Kinkaid, où l'article anglais s'affiche toujours et pointe sobrement :

— Vous devriez enquêter sur cette soi-disant fuite de gaz.

Le Cajun survole le texte et n'éprouve aucun mal à comprendre ce qu'il veut dire.

Il se tourne vers Alexandre.

— Merci monsieur Kelber, le moindre détail est important, peut-être que nous pourrons retrouver Phoenix à temps. Je vais tout de suite appeler mes contacts à Scotland Yard.

Chapitre 44
Londres, Grande-Bretagne

« NSY », les trois lettres symbolisant « New Scotland Yard » sont frappées en bleu sur la carte de visite tendue à la policière de service.

— Inspecteur Duxley, s'annonce le nouveau venu.

Il est plutôt petit, pas plus d'un mètre soixante-cinq, trapu, le buste plus large que haut. Les cheveux courts — roux — se font rares au sommet de son crâne, mais son immense moustache réussit avec succès à rattraper cette déficience capillaire. Si elle pouvait être décrochée de sa lèvre supérieure et plantée au bout d'un manche, elle constituerait un parfait balai-brosse. Mais pour l'heure, elle jette juste un peu d'ombre sur le col du trench-coat beige qui habille l'inspecteur des épaules aux mollets.

La policière, rondelette, avec des joues roses piquées de taches de son, ne paraît pas du tout impressionnée. Quelque peu engoncée dans son uniforme bleu marine, presque noir, elle relève négligemment l'une de ses courtes boucles auburn, sans même lever les yeux de son comptoir d'accueil plaqué en faux chêne.

— Cela va prendre un peu plus qu'une carte de visite *inspecteur*. Elle a placé l'emphase sur le titre comme si elle le remettait en question.

Le rouquin réprime un mouvement de lèvre impatient qui se perd dans les poils de sa moustache. Il déteste travailler dans la « City ». Le cœur de Londres est sous la protection de la « City of London Police », seul quartier de la ville où Scotland Yard ne possède pas la juridiction. Il plonge une main avec réticence dans le pan entrouvert de son manteau et en extirpe un étui de cuir noir. Il le présente à la réceptionniste avec un mouvement sec du poignet pour que le rabat s'ouvre et laisse apparaître son badge officiel.

Son interlocutrice daigne enfin relever la tête et porte toute son attention sur l'insigne doré où est frappée une étoile à huit branches dont la pointe supérieure est couverte par une représentation de la couronne royale. Deux cercles concentriques au milieu de l'étoile délimitent l'inscription en arc de cercle « Metropolitan Police ». Au centre de cette inscription figurent les initiales de la reine « $E_{II}R$ ». Une plaque rectangulaire où est gravé un numéro de matricule supporte le tout.

Elle saisit le numéro sur le clavier devant elle, vérifie l'authenticité du badge et de son porteur dans la base de données.

— Inspecteur Duxley, confirme-t-elle en plissant les yeux sur son écran. Votre photo date un peu non ? commente-t-elle en s'attardant sur un visage qui arbore une moustache aux proportions plus raisonnables. Pourtant, avec le budget du Yard vous devez avoir les moyens de faire des photos…

Duxley ne relève pas. Il sait que le personnel de la police de Londres en a toujours un peu contre celui de Scotland Yard. De vieilles histoires de territorialité, de malencontreux propos de l'inspecteur général du Yard sur la supériorité de son organisme, quelques iniquités dans l'attribution des budgets… Il préfère laisser couler…

La policière se repositionne dans sa chaise, ramasse un papier qui traîne sur le comptoir, le froisse et le jette nonchalamment dans une corbeille en métal grillagé noir, prompte à oublier — inconsciemment, bien entendu — son « collègue ». Elle inspecte ensuite ses ongles, dépoussière ses épaulettes et décide enfin de reporter son attention sur le visiteur.

— Et que peut faire la police de Londres pour servir notre grande institution du Yard, aujourd'hui ?

Duxley reste professionnel.

— Vous avez arrêté un suspect dans le quartier de Baker street. Un dénommé Henry Doyle ?

— Possible...

— J'ai besoin de le questionner au sujet de l'explosion de Notting Hill.

— La fuite de gaz ? interroge l'agente d'un air surpris.

Comme l'inspecteur ne répond pas, elle continue.

— Je vois... ce n'est pas du ressort de la police de Londres peut-être ?

Cette fois, Duxley ne peut réprimer son envie de répliquer.

— Sans doute pas, non.

Elle se renfrogne aussitôt et se met à l'ignorer totalement.

— Écoutez miss, souffle Duxley en se penchant au-dessus du comptoir pour lui parler comme en confidence. Vous et moi, on devrait laisser la politique aux politiciens, non ? On a chacun un boulot à faire.

— Je ne vous le fais pas dire, répond-elle en faisant mine de saisir quelque chose d'important sur son clavier.

Il se rapproche encore — sur la pointe des pieds pour pouvoir se plier par-dessus le comptoir — à hauteur de ses oreilles.

— Des chefs ont appelé les miens, qui ont à leur tour appelé les vôtres. Tout est arrangé, Doyle m'attend dans l'une de vos salles d'interrogatoires. Votre boulot, pour le moment, c'est juste de m'indiquer laquelle, c'est clair ?

Sa voix n'a jamais franchi le volume du murmure, mais un chuchotis glacial et transperçant. Un véritable serpent à sonnettes avertissant un malotru empiétant sur son territoire qu'il est à deux doigts de le regretter avec amertume. Ses yeux bleus se sont rivés dans les siens. Quelque peu impressionnée, son visage à une dizaine de centimètres à peine de celui de l'inspecteur, elle le regarde néanmoins de haut pour ne rien laisser paraître.

— Et votre boulot à vous, c'est quoi ? rétorque-t-elle d'une voix quelle veut sûre, sans totalement y parvenir.

— Interrogateur, lâche Duxley.

Elle hausse un sourcil méprisant qui lui permet de rompre le contact du regard qui la transperce.

— Interrogateur ? Ça veut dire quoi ça ? Vous êtes une sorte de psychologue ou quelque chose dans le genre ?

— Quelque chose dans le genre… confirme l'inspecteur en vrillant de nouveau son regard sur elle.

Elle déglutit et s'écarte un peu pour se saisir du téléphone.

— Je vérifie.

Il se redresse de son côté du comptoir, sans répondre.

— Allo ? Terry ? A-t-on un dénommé Doyle en salle d'interrogatoire ?

Un silence s'impose tandis que Terry confirme dans le combiné, pour les seules oreilles de l'agente. Elle commente :

— Yard ? Oui… Urgent… d'accord. Je crois qu'il est là justement, je vous l'envoie.

Elle raccroche, se racle la gorge et sans relever les yeux, lâche simplement :

— Le prisonnier vous attend dans la salle I7.

Elle pointe du doigt une porte située sur le côté gauche de l'accueil.

— Premier sous-sol, ajoute-t-elle.

Duxley se met en marche sans la remercier. Il contourne le comptoir et franchit la lourde porte en fer. Elle se referme automatiquement derrière lui, accompagnée d'un écho froid. L'inspecteur s'avance dans un couloir sans fenêtre, éclairé par des néons sagement alignés au plafond à intervalles réguliers comme les bandes blanches pointillées d'une chaussée. À l'autre bout du corridor, il trouve deux portes battantes aux joints de caoutchouc centraux rongés par le temps. Il les pousse dans un grincement plaintif pour accéder à l'escalier.

Le couloir du sous-sol imite en tout point celui qu'il vient de traverser. L'inspecteur le remonte sur une vingtaine de mètres avant de s'arrêter devant une porte grise en acier, percée d'une petite lucarne en verre renforcé et protégée des deux côtés par un robuste grillage. L'inscription « I7 » est peinte en noir au pochoir au-dessus de l'huisserie de la vitre. Il entre sans frapper.

La pièce est petite, douze mètres carrés au maximum. Les murs nus se veulent gris foncé jusqu'à mi-hauteur et gris clair sur la partie supérieure, mais les deux teintes se confondent avec la crasse et les salissures qui tâchent les lieux. Un simple néon, identique à ceux du couloir, éclaire l'endroit, interdisant toute ombre franche. À gauche de l'entrée, dans le coin, une vieille chaise d'école en bois trône sous une petite caméra de surveillance dont le voyant rouge brille juste à côté de son microphone incorporé. Au centre, une simple table de tôle inoxydable rectangulaire est vissée au sol. Derrière la table, face à la porte, un banc du même métal est lui aussi rivé au sol et supporte un grand gringalet. Ses mains sont menottées et reliées par une longue chaîne qui passe dans un anneau soudé de son côté. Il est vêtu d'un jogging de marque et d'une paire de chaussures de sport dernier cri aux lacets largement desserrés. Son crâne blanc, presque chauve tant sa coupe est courte, réverbère l'éclat du néon brillant juste au-dessus de lui.

L'inspecteur referme la porte et entame la conversation sur un ton chaleureux.

— Bonjour Henry. Comment vont les affaires ?

Un cliquetis métallique s'échappe lorsque le prisonnier se trémousse. Sa chaîne racle dans son anneau.

— C'est la crise, harangue Doyle. Je tiens tout juste le coup avec mon petit centre de jeux d'arcade moi. Les jeunes, ils ont tous une console truffée de jeux piratés de nos jours. Ils restent à la maison.

Le sourire de Duxley se perd dans sa moustache.

— Et dans l'arrière-boutique ? Ça ne marche pas mieux ?

L'autre gigote de nouveau sur le banc, avec le même écho métallique.

— Je ne vois pas ce que vous voulez dire…

Duxley se dirige vers la chaise, dépose son trench-coat proprement plié en deux sur le dossier de cette dernière, révélant un pantalon de velours côtelé marron et une chemise blanche aux manches relevées. Ses avant-bras sont un véritable spectacle à eux seuls. Pas simplement à cause de l'abondante pilosité rousse flamboyante, mais parce que leur volume ferait pâlir d'envie une équipe de bûcherons canadiens. Maintenant que le trench-coat n'affine plus sa silhouette, l'inspecteur paraît massif. Les manches retroussées sont tendues à l'extrême, prêtes à craquer, tout comme les boutons de sa chemise.

Il se retourne lentement vers la table et continue sur le même ton de discussion décontractée.

— Le trafic d'armes, ça rapporte plus que les arcades, non ?

Doyle sursaute, l'air surpris.

— Oh ! Hé ! Trafic d'armes ? Aucune idée de ce que vous voulez dire là…

L'inspecteur s'avance d'un pas vers la table, avec des allures d'orang-outan.

— Ha ! Où sont mes manières, dit-il en se penchant vers le détenu. Je ne me suis même pas présenté…

Il tend sa main droite au-dessus de la table. Les muscles de son bras jouent comme des cordes à piano sous sa peau.

— Duxley, inspecteur Duxley, Scotland Yard.

L'autre tend sa main dans un raclement de métal, sans daigner se lever et serre celle de l'inspecteur. Lorsqu'il veut la récupérer, elle se retrouve fermement coincée dans la poigne du rouquin, qui continue comme si de rien n'était malgré les efforts répétés et vains de Doyle pour ébranler la formidable prise de l'inspecteur.

— Écoute Henry. Je vais être honnête avec toi. Ton petit business avec l'IRA ou les fanatiques d'Allah… je m'en balance.

Doyle a arrêté d'essayer de récupérer sa main, il prête désormais toute son attention aux paroles de l'inspecteur en sentant la pression s'accroître autour de ses phalanges.

— Moi, continue Duxley, je suis juste là pour aider un ami. Il a besoin d'un nom, un simple nom…

La pression augmente encore et Williams sent la phalange de son petit doigt passer sous celle de son annulaire. Il réprime un gémissement avec une grimace crispée.

— Vous ne pouvez pas… commence-t-il avant de devoir reprendre son souffle pour lutter contre la douleur.

L'inspecteur le regarde, l'air surpris.

— Pardon ?

— Vous ne pouvez pas faire ça !

Il s'est brutalement relevé, espérant libérer un peu de la pression qui lui broie la main en mettant le bras dans l'axe de son poignet. Il regarde fixement derrière son tortionnaire, les yeux rivés sur la caméra. De fines gouttelettes de sueur commencent à perler sur son crâne.

— Vous n'avez pas le droit ! hurle-t-il encore.

Feignant de comprendre seulement de quoi le prisonnier parle, Duxley porte son regard sur l'étau de sa main en haussant les épaules.

— Probablement pas, approuve-t-il tandis que le sursaut de ses épaules arrache une grimace à Doyle… mais qui le saura ?

L'autre regarde désespérément l'œil de la caméra, implorant que quelqu'un surveille la pièce et vienne mettre fin à son tourment.

Tranquillement, sans desserrer sa prise, l'inspecteur se penche un peu plus vers Doyle pour lui murmurer froidement :

— Tu ne trouves pas qu'il y a quelque chose qui cloche avec cette caméra ?

Et tandis que Duxley se redresse en exerçant encore une pression supplémentaire sur la main qui se trouve dans la sienne, le détenu réalise avec effroi que le petit voyant rouge est éteint.

— À propos de mon ami… reprend l'inspecteur d'une voix calme.

Les perles de sueur se sont transformées en grosses gouttes lourdes qui coulent maintenant sur le front du malfrat. Une odeur âcre commence à envahir la pièce.

— … le nom qu'il cherche… je crois que tu le connais.

Un craquement de bois sec que l'on brise claque dans l'air et Doyle lâche un bref hurlement.

— Vous êtes malade ! vocifère-t-il en essayant une nouvelle fois de récupérer sa main.

Mais la douleur de son doigt cassé l'empêche définitivement de pouvoir l'extirper de l'étau de chair.

Tandis que de longues traînées sinueuses dégoulinent maintenant sur le visage du trafiquant d'armes pour finir en petites taches qui maculent les pans de son jogging, l'inspecteur, calme, continue comme s'il papotait dans un salon de thé.

— Si tu connaissais mon ami, tu verrais que c'est un type bien. Franchement, tu aurais envie de l'aider…

Un second craquement brise le calme ambiant et Doyle sent sa dernière phalange rejoindre la première en laissant échapper un nouveau cri.

— Moi, si je connaissais le nom que recherche mon ami, je lui dirais… seulement voilà, je ne le connais pas…

Les tendons sous les poils roux de l'avant-bras roulent quand l'inspecteur raffermit encore sa poigne. Dans sa main, quatre doigts aux bouts bleuis par la compression forment comme une grappe de raisins bien mûrs. Il serre d'un coup, sans effort apparent et un double craquement perce la pièce, suivi d'un hurlement :

— Fisher, son nom est Fisher !

Chapitre 45
New York, États-Unis

Fisher descend de l'avion en provenance de Londres, occupé à réactiver le signal sur son mobile. Le vol a subi un léger retard et il veut confirmer son arrivée à Macmillan au plus vite. Concentré sur son écran, il ne voit pas les quatre hommes s'approcher à contre-courant du flux humain qui suit le couloir en direction de l'aérogare.

Lorsqu'une main se pose sur son épaule et qu'il s'entend appeler par son nom d'une voix sèche, sa réaction est dictée purement par ses réflexes et des années d'entraînement. D'un mouvement du corps, il se dérobe de l'emprise. Aussitôt il note la présence des trois autres hommes. Tous sont vêtus d'un costume civil, mais leur maintien trahit des gestes de professionnels. Il se courbe et fonce la tête la première dans l'estomac de celui qui venait de l'approcher, et le fait basculer par-dessus son épaule. Déjà, les trois compagnons de l'infortuné agent se jettent sur lui. Mais la foule qui déferle de l'avion joue en la faveur du mercenaire. Il est emporté par la marée humaine, esquivant les bras tendus qui tentent de le saisir.

D'un geste sec il se débarrasse de son petit sac à dos de voyage et le laisse choir derrière lui pour entraver la progression de ses poursuivants. En même temps, il bouscule sans ménagement un couple contre les vitres du corridor. Jouant des coudes et agrippant des passagers pour les jeter à terre, il se précipite au milieu de la confusion pour passer les portillons automatiques qui séparent la zone de débarquement de celle de l'aérogare.

Derrière lui, les agents ralentis par tout son tumulte ont maintenant quelques dizaines de mètres de retard. Fisher creuse encore l'écart en sautant par-dessus la rambarde de l'escalator qui mène sur l'aire de réception des bagages en contrebas. Il se précipite aussitôt vers l'un des tapis de livraison à l'arrêt. Les agents ont juste le temps de le voir disparaître, à quatre pattes, derrière les lamelles de caoutchouc qui masquent l'accès à la zone réservée au personnel des pistes. L'un d'entre eux signale la position du fugitif, tandis que les trois autres dévalent l'escalator quatre à quatre pour grimper à leur tour sur le tapis immobile et se précipiter à travers l'ouverture du carrousel menant vers les pistes.

Fisher a rapidement évalué son milieu. Le vaste hangar est calme, peu de tapis fonctionnent. Un seul et unique tracteur à bagages charriant deux longues remorques pleines de valises est stationné. L'un des deux employés occupés à en décharger le contenu l'a remarqué et l'interpelle. Le mercenaire finit de s'extirper de l'étroite ouverture par laquelle il a surgi et se redresse. D'un pas décidé, il se dirige droit vers le bagagiste et sans même engager la discussion lui assène un violent coup de poing qui laisse l'autre sur le carreau. Le second employé recule aussitôt en indiquant qu'il ne tient pas à en découdre. Sans le quitter du regard, Fisher grimpe sur le siège du tracteur et met les gaz. Dans un soubresaut l'engin s'élance tandis que des bagages se déversent dans un fracas tonitruant.

Débouchant à leur tour un à un dans le hangar, les agents se jettent sur le véhicule. Fisher réceptionne le premier d'un coup de pied dans l'épaule et braque à fond. L'agent tombé au sol doit rouler sur lui-même pour éviter de se faire écraser par les remorques qui suivent le mouvement initié par le conducteur. Les deux autres hommes ont la présence d'esprit de s'agripper sur le côté du dernier wagonnet. Lancé maintenant à plus de vingt kilomètres à l'heure, le convoi se dirige vers l'une des larges portes coulissantes de l'entrepôt restée grande ouverte.

Fisher débouche sur les pistes. Pied au plancher, le véhicule, chargé, ne peut pas dépasser les trente kilomètres à l'heure. Piètre vitesse, mais suffisante pour s'assurer de ne pas être rattrapé par les agents encore à pied. Un coup d'œil en arrière lui apprend que les deux rescapés de la poursuite commencent leur lent cheminement le long de la dernière remorque du convoi, agrippés aux barres de fer qui retiennent les bagages. Fisher vire brutalement sur la droite, puis tout aussi rapidement sur la gauche. Débute alors un ballet surréaliste où les deux hommes tentent de ne pas être désarçonnés par les brusques changements de direction, tout en essayant de continuer leur progression. Ils avancent le long du convoi serpentant à faible vitesse au milieu des monstres d'aciers ailés parqués bien sagement dans leur stationnement respectif.

Fisher sait que les voitures d'intervention de la sécurité de l'aéroport n'auront aucun mal à le rattraper lorsqu'elles se mettront à sa poursuite. Il longe le terminal et cherche des yeux un grillage par-dessus lequel il pourrait passer pour quitter les pistes à pied. Mais JFK[29] est l'un des plus grands aéroports du monde et il n'en voit pas les limites. Il se retourne et examine le système d'arrimage de la première

---

[29] L'aéroport JFK (John Fitzgerald Kennedy) est l'aéroport international de New York.

remorque. Un large goujon raccordé par une chaîne assure le maintien en place d'une grosse poignée de serrage. S'il peut dégager la tige de métal et desserrer le système, le tracteur sera délivré de son lourd fardeau. Il gagnera en vitesse tout en se débarrassant des deux agents récalcitrants.

Reportant les yeux sur les pistes tout en continuant à zigzaguer, Fisher bascule l'assise du siège à côté de lui, révélant un petit coffre qui fait office de rangement d'urgence. Avec des regards furtifs vers le contenu du coffre, il finit par identifier une courte tige métallique qui se termine par un embout à écrou. La clé de desserrage des roues est fixée sur l'un des côtés intérieurs. D'un mouvement sec, le mercenaire la fait sortir des petits clips qui la maintiennent en place. S'en servant alors comme d'un marteau improvisé, il tape sur une extrémité du goujon.

Quand il se tourne de côté pour continuer sa besogne, il peut maintenant voir les deux agents arriver à la séparation entre la première et la seconde remorque. Ses gestes sont devenus machinaux, les deux hommes peuvent désormais anticiper les mouvements et accélérer leur progression.

Fisher donne un violent coup de volant pour les surprendre. L'un d'entre eux manque presque de tomber et se retrouve à pendre à la grille qui retient les bagages en place, accroché par une main. Son collègue doit intervenir pour l'aider à remonter et ne pas passer sous les roues de la remorque. Le mercenaire en profite pour continuer tout droit et finir de faire sauter la tige en trois grands coups de clé. Le goujon file, puis brutalement retenu par sa petite chaîne, vient claquer contre le montant de la remorque pour finalement rester suspendu, inutile, pointant vers l'asphalte qui défile en dessous.

Déjà, le premier agent a passé l'interstice entre les deux remorques et le second s'apprête à faire de même. Fisher reprend sa gigue surréaliste pour les ralentir. Il glisse la clé sous l'anse et tire violemment. Rien ne se passe pendant quelques secondes, puis d'un coup la poignée de serrage lâche, remontant complètement. La clé échappe à Fisher. Elle va rebondir sur la piste avec des bruits de ferraille et quelques étincelles. Une main se tend vers lui. Un agent en équilibre sur le montant essaye de grimper dans le tracteur. Le mercenaire vire deux fois de manière si rapprochée que la dernière remorque chavire dangereusement, deux roues quittant le sol et se délestant de nombreux bagages.

La force exercée est suffisante et le montant du premier wagonnet se désolidarise du tracteur. Aussitôt livrées à elles-mêmes, les remorques se mettent de travers dans une gerbe d'étincelles, faisant voler le deuxième agent comme un pantin désarticulé. L'autre a eu le temps de s'agripper au dossier de Fisher. Il lutte maintenant pour ne pas laisser ses pieds frotter par terre.

Libéré de son excédent de poids, le tracteur prend de la vitesse dans le ronronnement accru de son moteur. Fisher écrase les doigts de l'agent d'un violent coup de coude contre le dossier. Celui-ci lâche prise et part rouler sur la piste. Mais déjà, derrière lui, le mercenaire perçoit les sirènes des voitures de sécurité. Reportant toute son attention sur la conduite, il écrase l'accélérateur. L'engin, poussé dans ses retranchements, atteint avec difficulté les cinquante kilomètres à l'heure, accompagnés par le cliquetis récurrent des soupapes soumises à trop rude épreuve. Les trois voitures qui le suivent, en formation triangulaire, se rapprochent tranquillement.

Fisher se dirige alors vers un avion qui effectue une lente marche arrière. Ignorant les gestes désespérés d'un homme de piste qui lui intime l'ordre de s'arrêter, il s'engage sous l'aile, passe sous le corps du fuselage et se faufile entre les trains d'atterrissage. Derrière, les voitures, trop hautes, doivent faire un large détour.

À terrain découvert, le mercenaire ne peut pas lutter de vitesse avec les véhicules d'intervention plus rapides, mais son tracteur surbaissé, conçu expressément pour se glisser sous les carlingues, lui donne un avantage certain s'il reste à zigzaguer sous les avions. Heureusement, la plupart d'entre eux sont à l'arrêt dans cette zone de parking qui longe l'aérogare. Fisher entame alors un slalom dont les avions représentent les piquets et remonte ainsi une bonne partie des terminaux en conservant son avance.

Devant lui se dessine bientôt une large zone découverte en même temps que les bâtiments sur sa droite disparaissent. Plus d'obstacles pour ralentir la course cette fois, mais si son avance est suffisante, il pourrait atteindre le grillage qu'il discerne quelque sept cents mètres plus loin.

Fisher a pris sa décision. Il va foncer sur la clôture, traverser celle-ci et continuer à fuir à pied. Le haut talus derrière les barbelés empêchera les voitures de le poursuivre. Les mâchoires crispées, se préparant à encaisser le choc avec le grillage, il met le cap et s'élance sur la zone où plus aucun avion ne stationne.

Sitôt suffisamment de place retrouvée, les trois voitures reprennent leur formation et accélèrent. Fisher regarde de temps en temps sur le côté, anxieusement. Il essaye de jauger leur progression et si, oui ou non, il aura le temps d'atteindre le talus salvateur avec suffisamment d'avance pour s'échapper.

Il n'a pas l'occasion d'identifier la masse qui lui barre soudain la route. Il braque et freine instinctivement pour éviter la collision. Le tracteur part en tête à queue tandis que le camion de pompier qui vient de surgir sur une trajectoire perpendiculaire réduit maintenant sa vitesse. Fisher tente de redresser, mais son véhicule surbaissé ne possède pas la même inertie qu'une voiture. Il s'arrête brutalement, se cabre sur deux roues, reste un instant en équilibre, hésitant semble-t-il à se retourner, puis retombe sur ses quatre roues avec un bruit sourd. Agrippé au volant, le mercenaire se redresse pour amortir le choc avec ses jambes. Il sait que pour lui la course est terminée. Le tracteur a calé, les voitures d'intervention l'entourent et le camion de pompier vient de s'arrêter devant la calandre pour lui barrer définitivement la route. D'un geste résigné, il lève les mains en l'air.

Chapitre 46
New York, États-Unis

Phoenix lève une main en signe d'exaspération. Il se rassoit devant son bureau improvisé et fait pivoter légèrement son écran pour le soustraire aux regards de Macmillan.

— Tous les deux ? demande-t-il.

Macmillan raffermit sa position.

— Oui monsieur. Fisher et Lucy. Arrêtés à leur débarquement à JFK. Mais, ajoute-t-il avec un peu trop de précipitation, notre troisième homme qui couvrait Lucy à Paris a réussi à fuir. Il devait prendre le prochain vol, nous avons pu le prévenir à temps. Il a quitté l'Europe pour l'Afrique du Nord par voie maritime.

Phoenix commence à pianoter sur son clavier, insensible aux arguments que son homme de main tente de présenter pour minimiser la gravité de la situation.

Macmillan, connaissant son employeur, a éteint son propre mobile avant de venir lui annoncer la nouvelle de l'arrestation des deux membres clés du petit groupe de mercenaires. Il n'est pas certain de sa réaction et préfère ne pas prendre de risque.

— Macmillan… C'est votre affaire après tout…

Phoenix ramène l'écran en position.

— Vous avez rempli votre contrat, plus rien ne peut s'opposer à mes plans désormais. Voici la somme convenue. Je viens de la verser sur votre compte offshore.

Le mercenaire, soulagé, confirme le montant du paiement affiché à l'écran.

— Ce que vous en faites m'importe peu, continue Phoenix. À vous de voir si vous voulez garder la part de vos collaborateurs sous les verrous.

Macmillan songe un moment à répondre à cette allusion, mais il se retient. Il ne vaut mieux pas prendre son employeur à contre-pied. Phoenix se retourne sur son siège.

— Ce qui m'importe par contre, c'est que vous et le restant de votre équipe ayez quitté les lieux dans une heure.

Macmillan acquiesce.

— Oh ! Encore une chose.

— Monsieur ?

— Je sais que vous avez de l'estime pour vos coéquipiers. Mais laissez-moi vous donner un conseil. Si Kinkaid leur a mis la main dessus… quittez le pays au plus vite.

Macmillan reste impassible.

— Ils finiront par parler, croyez-moi. Et si ce n'est pas eux qui vendent la mèche, ce sera l'une des évidences qu'ils auront laissées traîner. Kinkaid est un limier tenace.

Macmillan quitte le sous-sol de la maison sans plus d'adieux.

Il ordonne à son équipe de remballer tout l'équipement. Le mercenaire n'a pas l'intention de rester une minute de plus que nécessaire. Ses deux meilleurs éléments ont été capturés, pourtant ce n'est pas cela qui l'inquiète le plus. Son client s'est montré étrangement calme en recevant la nouvelle. Certes, Phoenix n'en a peut-être plus rien à faire, maintenant que tout est en place pour mener à bien son plan. Il peut aussi changer soudain d'avis et décider d'éliminer toute trace de sa petite équipe… Macmillan a pour sa part la ferme intention de modifier tous ses moyens de communication mobiles et terrestres une fois rentré chez lui. Il est également bien décidé à garder un œil sur les faits et gestes de son dernier client, au moins jusqu'à ce qu'il soit certain de ne plus être un pion à sacrifier sur l'échiquier de l'énigmatique albinos.

Au sous-sol, Phoenix débranche son ordinateur portable. Il va aller se réfugier ailleurs, une place que même Macmillan ne connaît pas.

Il n'a pas vraiment caressé l'idée de se débarrasser des mercenaires. À quoi bon ? Ils ont rempli leur rôle et ne représentent pas le moindre danger. Bientôt il sera loin et rien ne pourra plus le connecter à ces hommes, même s'ils viennent à se faire arrêter.

Il emballe quelques dossiers, les sauvegardes importantes et quitte la demeure en passant par la petite sortie latérale du sous-sol avant même que les mercenaires ne finissent de vider les lieux. Un SUV de location l'attend deux rues plus loin. Il y embarque ses affaires, grimpe à bord et active son kit mains libres.

Chapitre 47
New York, États-Unis

Le téléphone de Kinkaid sonne.

— Kinkaid à l'appareil...

— *Major ! Quel plaisir de vous parler enfin.*

Kinkaid a un geste circulaire à l'intention de l'un de ses techniciens pour lui signifier d'enregistrer l'appel.

— Phoenix... répond-il laconiquement.

L'équipe du major a pu retracer la piste des deux mercenaires impliqués dans la mort de Baltac et de son ami. Ils ont tous deux été arrêtés à leur retour à New York et Kinkaid a donc investi les bureaux new-yorkais de son organisation pour les interroger lui-même. Jusqu'à maintenant il est resté confiant de pouvoir remonter à Phoenix en démantelant l'équipe de mercenaires qu'il a embauchée. Il vient juste d'obtenir le nom du chef du réseau, un certain Macmillan. Mais l'appel de Phoenix ne présage rien de bon et jette une ombre sur ses espoirs de le retrouver avant qu'il ne soit trop tard.

Les bureaux occupent tout un étage d'un immeuble d'affaires qui donne d'un côté sur la rue, de l'autre sur l'autoroute et les berges de l'East River, à la pointe sud de Manhattan. En face, un héliport s'avance sur les flots de la rivière. Sous le couvert d'une société d'import-export, l'organisation a choisi cette localisation spécifique pour ses accès à la fois au centre-ville, aux grands axes et à l'héliport.

Bien que majoritairement spécialisé dans les vols touristiques, ce dernier peut servir à l'usage d'appareils gouvernementaux et permettre une navette rapide avec l'aéroport international.

Kinkaid a un regard résigné en contrebas, dans la cour où le mémorial des vétérans du Vietnam se dresse. Il sait maintenant que le moment tant attendu de l'entrée en scène de Phoenix est arrivé. Même si les analystes peuvent l'orienter sur la piste de ce « Macmillan » et même si celui-ci peut être retrouvé. Il ne se fait plus d'illusions. Phoenix a probablement rompu tout contact et mis fin aux services de ses hommes de main avant d'appeler. Il se doute également de l'inutilité d'essayer de localiser son adversaire, mais il se doit néanmoins d'utiliser toutes les options à sa portée. Le technicien lui confirme par un pouce levé que les systèmes de détection sont en place. Il dresse ensuite trois doigts pour signifier que la ligne doit rester active trois minutes afin que la localisation soit suffisamment précise.

— *Que d'aventures, n'est-ce pas major ?*

Kinkaid ne répond pas, aux vues du ton enjoué utilisé par Phoenix, il n'aura visiblement pas beaucoup d'efforts à fournir pour le maintenir en ligne afin de le repérer, le maître chanteur semble d'humeur loquace.

— *Je vous félicite. Vous en avez appris plus sur mes intentions que je l'aurais imaginé.*

— Je n'étais pas seul.

— *Ha ! Notre cher SdS... Oui... je pense qu'il a dû grandement contribuer à vous mettre sur la bonne piste. Ce boy-scout et son ami britannique m'ont même quelque peu inquiété l'espace d'un moment, je peux vous l'avouer maintenant. Enfin, qu'il soit heureux dans sa tombe. Grâce à lui je n'aurais sans doute pas besoin de tirer quelques milliers de numéros de mobile au hasard pour prouver les moyens qui sont à ma disposition, vous êtes au courant des détails désormais, non ?*

Sous les dehors anodins de la conversation, Kinkaid sait discerner le poids de chaque phrase de Phoenix. Il vient de lui faire comprendre clairement sa résolution. Il ne s'agit pas de négociations, mais bel et bien d'un ultimatum. Il n'hésitera pas un instant à tuer des milliers de personnes.

— *Et puis,* reprend Phoenix. *Avec notre ami français hors du jeu, cela facilite les choses, non ? Il ne reste plus que vous et moi...*

Kinkaid acquiesce en silence. Phoenix ne compte pas faire participer de tierce partie à leur transaction à venir. C'est une bonne chose, pense le major. Sa demande se doit de rester raisonnable s'il espère pouvoir obtenir quelque chose sans que toutes les nations occidentales ne soient mises au courant de la menace qui plane sur elles.

— Juste vous et moi, confirme Kinkaid.

— *Et nos amis de la CIA bien sûr...*

Kinkaid ne peut réprimer une moue sarcastique. Phoenix insiste pour que la CIA soit impliquée. Il veut leur rouler le nez dans la farine en démontrant le potentiel de ses recherches et accessoirement en profiter pour soutirer plus d'argent sans nul doute.

— Je ne manquerai pas de les avertir et de partager tous les détails de cette crise avec eux.

Un bref rire éclate à l'autre bout des ondes.

— *Toujours aussi perspicace Major... Vous savez, j'ai suivi votre carrière avec intérêt lorsque je travaillais pour Echelon. « Connais ton ennemi », disait Sun Tzu, je me doutais que vous seriez chargé de mon cas. Je dois admettre que je ne suis pas déçu...*

— J'aimerais vous retourner le compliment, mais en ce qui me concerne, vous n'êtes qu'un psychopathe mégalomane.

Un autre rire se fait entendre.

— *Allons major, entre hommes d'une certaine intelligence, ne nous abaissons pas à de viles calomnies. Si j'étais un « psychopathe » comme vous dites, j'aurais déjà mis mes systèmes en marche et je me réjouirais de leurs résultats macabres à l'heure qu'il est. Non, je suis… juste un employé mécontent qui cherche à régler ses différends avec son ancien employeur.*

— Je vois… et quel est le montant de ce « règlement » ?

— *Sept cent cinquante millions.*

Un lourd silence tombe.

— *De dollars, ne craignez rien,* précise Phoenix. *Je reste patriote.*

— Ça reste une belle somme.

— *À bien y réfléchir, il aurait sans doute été plus économique de continuer à financer mes recherches, vous ne pensez pas ?* laisse échapper Phoenix d'un ton sarcastique avant de reprendre :

— *Je suis persuadé qu'entre votre organisation qui va vouloir étouffer cette brèche majeure d'Echelon et la CIA qui ne désire certainement pas se retrouver sous les feux des projecteurs, la motivation devrait être assez forte pour arriver à atteindre ce chiffre. Après tout, la CIA est à l'origine des recherches qui ont rendu tout ceci possible, je doute qu'ils veuillent en faire des gorges chaudes dans tous les quotidiens.*

— Cela va prendre un certain temps pour…

— *Non, pensez-vous major, cela va prendre très peu de temps au contraire, quarante-huit heures… maximum. Deux puissantes organisations comme celles-ci, ne me dites pas qu'elles ne peuvent pas bouger des montagnes si elles travaillent ensemble.*

— Je m'en occupe, comment puis-je vous joindre ?

— *Allons Major... vous baissez dans mon estime... Il n'y aura pas d'autres contacts. Je vous envoie les coordonnées pour le transfert de l'argent, si je n'ai pas reçu la somme requise dans deux jours, je me verrai dans l'obligation de délivrer quelques messages SMS à une première sélection de numéros.*

— Entendu.

— *Tiens, c'est amusant major, l'algorithme de sélection aléatoire que j'ai mis au point pour choisir les numéros doit être bogué... Je viens de m'apercevoir qu'il y a une proportion anormalement élevée d'indicatifs en provenance de Washington et de Bruxelles sur cette première liste... Peut-être que cette information vous aidera à négocier plus rapidement avec vos supérieurs ?*

La communication est brusquement interrompue.

— Je l'ai ! s'écrie le technicien... Il est à New York !

Kinkaid fronce les sourcils. Il imagine bien en effet la présence de Phoenix dans la « Big Apple » en raison des arrestations faites à l'aéroport. Mais il doute fortement que ce dernier ne se laisse tracer aussi facilement. Il ne peut néanmoins pas s'empêcher d'approcher l'écran du technicien avec un certain espoir.

— 44, Water Street...

Son espoir se brise net.

— C'est la pizzeria de l'autre côté de la rue, lâche Kinkaid d'un air sombre. Aucun doute, Phoenix sait exactement où *nous* sommes.

Le major laisse échapper un long souffle. Ses options sont minces désormais. Même si l'agent s'y est préparé et qu'il a déjà posé ses jalons auprès des hautes instances de l'organisation, il doit encore avertir la CIA. Il devra leur expliquer la situation en toute transparence et obtenir leur versement pour couvrir la somme exorbitante réclamée par Phoenix. Tout ceci en quarante-huit heures… ce ne sera pas une partie de plaisir.

Chapitre 48
Île Pamalican, Philippines

Véritable plaisir des sens, Pamalican est l'une des petites îles parmi les sept mille qui couvrent le paradis fiscal des Philippines. Cet archipel figure en tête de la liste noire de l'OCDE[30]. Un ciel pur y rencontre une mer cristalline qui caresse doucement un sable blanc et fin s'écoulant presque comme du liquide entre les doigts. L'ombre dispensée par de hauts palmiers aux larges bras protège la végétation tropicale aux couleurs chamarrées et aux odeurs enivrantes des ardeurs du soleil. Les nuits y sont calmes, silencieuses, à peine bercées par un léger ressac. Les plats y sont préparés avec finesse et relevés avec justesse d'une pointe d'épices locales.

L'île tout entière est une propriété privée sous la gestion d'une compagnie spécialisée dans l'hébergement d'une clientèle fortunée. Un ensemble hôtelier de bungalows individuels luxueux offre toutes les commodités. Pour les plus riches, l'accès à la propriété y est également possible. Une équipe d'architectes est alors mandatée pour construire les villas les plus somptueuses. Le personnel de maison est même fourni pour en assurer le bon fonctionnement.

---

[30] Organisation de Coopération et de Développement Économique, organisme international d'études économiques tourné vers des analyses, prévisions, statistiques et recommandations en matière de réglementation économiques, taxation et endettement.

En attendant la construction de sa propre villa de cinq-cents mètres carrés avec piscine et plage privée, Phoenix profite de la location de l'un des bungalows. Allongé sur un transat bleu incliné, il laisse la douce bise jouer avec les pans légers de sa chemise en coton égyptien flottant sur son torse trop maigre. À l'abri des ardeurs du soleil sous un large parasol et derrière des lunettes noires, il admire la vue imprenable de l'étendue turquoise parsemée par les zones sombres des coraux affleurants. Sur sa droite une desserte en teck supporte un verre évasé rempli d'une boisson fruitée orange. La condensation du verre où tintent des glaçons coule lentement le long de sa courbure harmonieuse. Une goutte s'écrase mollement sur la copie du « Times » que Phoenix n'a pas ouvert, peu soucieux des affaires du monde extérieur. Il s'empare du verre et aspire trois longues succions sur les deux pailles qui en fouillent les profondeurs.

Derrière lui, à une cinquantaine de mètres, s'étend le bâtiment principal du complexe hôtelier. Sur cette distance, une armée de jardiniers en polo blanc immaculé entretient avec ferveur une pelouse anglaise. Des allées de gravier, blanches elles aussi, serpentent avec netteté au milieu de l'étendue verte, menant aux différents points d'intérêts ; la plage, la piscine, le bar en plein air, le golf, l'aérodrome et les bungalows. Parfois, une voiturette électrique passe silencieusement sur une allée, transportant le personnel ou les résidents dans leurs errances.

Phoenix réside dans ce petit paradis depuis deux jours. Les sept cent cinquante millions de dollars ont été virés en temps et en heure. Le programme complexe de rotation de transferts de fonds mis en place par Phoenix les a instantanément siphonnés, diffusés au travers du réseau de comptes fantômes créés par Brian Wessler et rendus impossibles à tracer grâce à l'algorithme de Sergey Kagda. Phoenix maintient l'argent en mouvement perpétuel entre ses milliers de comptes bancaires. Il n'utilise à son bon gré que les dividendes qui arrivent dans un grand établissement de Manille — à moins de quatre cents kilomètres de là. Une banque qui bien entendu n'entretient aucune entente fiscale avec d'autres pays.

Il a réussi. Bientôt, la construction de sa villa personnelle sur cette île paradisiaque serait achevée. Il aurait son propre bateau, pourquoi pas son avion privé aussi ? Pour s'affranchir des horaires de la navette qui rallie Manille et faire venir de galantes compagnies depuis le continent à sa guise ? Il exhale de plaisir. Il a bien dominé tous ces imbéciles en y repensant. Kinkaid et sa clique, toujours un coup en retard. Baltac et son Docteur, finalement neutralisés. Même Macmillan et sa bande, qui seront désormais les seuls à payer pendant que lui profitera de son coin de paradis.

Quand il avait intercepté l'appel du bras droit de Baltac au major, après la mise à mort du Docteur, il aurait sans doute pu avertir Macmillan du resserrement de l'enquête. Mais tout bien réfléchi, la justice voudrait toujours des coupables et démanteler l'équipe de mercenaires devrait suffire à l'apaiser. Lui est désormais intouchable.

Son mobile, posé sur le journal, laisse échapper un lourd vrombissement de bourdon. L'albinos s'en empare et lit un message en provenance de la banque de Manille qui le déroute : la totalité de ses fonds, censés toujours voyager d'institution en institution, vient d'être versée en intégralité sur son compte principal. Il fronce les sourcils et se connecte sur le site Internet de la banque. Une erreur a dû s'immiscer dans son programme de rotation des transferts.

Il confirme d'un coup d'œil les virements qui proviennent de milliers de comptes internationaux. Son relevé en temps réel indique un total de 700 000 000,00 $.

690 000 000,00 $...

680 000 000,00 $...

670 000 000,00 $...

Phoenix se redresse pour s'asseoir sur le bord du transat, le compteur continue sa progression. Tout l'argent est ponctionné par incrément de dix millions. Incréments de plus en plus rapides. Il arrache ses lunettes de soleil d'un geste rageur et les laisse choir dans le sable. Il tape frénétiquement sur le clavier miniature de son téléphone pour essayer d'enrayer la fuite de ses capitaux. Mais le décompte s'accélère brusquement et bientôt le chiffre fatidique s'affiche : 0,00 $.

— *No ! It's impossible!*[31]

Il s'est levé d'un bloc, sa taille le met à la hauteur de la corolle du parasol, le coiffant d'un couvre-chef ridicule.

Un SMS écrit en français remplace l'affichage du site de la banque sur son écran : « perdu quelque chose ? »

L'Américain regarde maintenant autour de lui avec un air suspicieux. Juste devant le bâtiment, sous la protection d'un belvédère entouré de bougainvilliers pourpres, un homme l'observe. Phoenix ne peut pas distinguer son visage, caché dans l'ombre de la construction et par les bords d'un chapeau de brousse australien. L'étranger peut fort bien admirer la plage. Mais il lui semble qu'il darde un téléphone dans sa direction, comme s'il filmait la scène avec sa caméra intégrée.

---

[31] Non ! C'est impossible !

Là-bas, l'homme soulève un verre qui reposait jusque-là sur la rambarde du belvédère et le tend en signe de toast vers Phoenix.

« À la tienne ! » s'affiche sur son téléphone.

L'albinos jette un regard anxieux sur son propre verre à moitié vide.

L'inconnu sirote une gorgée et repousse légèrement son chapeau en s'avançant dans la lumière crue du soleil qui révèle aussitôt son visage.

— Impossible, balbutie Phoenix…

Un dernier message s'affiche en guise de signature : « le Samouraï du Soleil & The Doctor ». Un long frisson parcourt Phoenix de tout son long malgré la température ambiante élevée. Il lâche son mobile qui s'enfouit à moitié dans le sable. Trop tard, il sent déjà la douleur monter le long de ses tempes.

Ce n'est pas possible, pense-t-il… *Ces deux-là sont morts… SdS dans un lieu public, devant témoins… Le corps du docteur a été extirpé des ruines de sa demeure… les médias en ont même parlé. Non, ils ne peuvent pas…*

Avant que la douleur n'enflamme complètement son cerveau, une dernière pensée fulgurante s'impose à lui, une révélation : Kinkaid ! Lui et Baltac ont tout organisé ! Kinkaid a fourni les témoins, l'employée providentielle dans l'allée, le corps dans les décombres, la couverture médiatique et même mis en scène sa rencontre avec le bras droit de Baltac pour renforcer cette fiction. Et SdS, protégé par le savoir-faire du Docteur, a simplement joué la comédie dans cette contre-allée de la Défense. Le Phoenix a été pris à son propre jeu. Ces derniers jours n'ont été qu'une gigantesque mascarade. Baltac et le Docteur se sont fait passer pour morts afin de pouvoir agir à leur guise, pendant que lui procédait avec son plan d'origine sans méfiance.

Le corps projeté en arrière par un violent soubresaut, Phoenix s'étale en travers du transat en renversant la desserte. Le verre s'envole et son contenu dessine une arabesque orangée dans les airs. Ses membres secoués par les convulsions s'agitent vainement pendant quelques secondes, puis il s'affaisse définitivement.

Deux hommes en costume — tenue parfaitement incongrue en cet endroit — courent le long de la plage. Kinkaid arrive le premier, suivi de près par Waterson qui commente :

— Merde, qu'est-ce qui s'est passé ici ?

Le major jette un regard circulaire, s'arrêtant sur le verre vide couché sur le sable et le mobile à moitié enterré.

— On dirait que nous sommes arrivés trop tard…

Waterson a tiré son téléphone de sa veste pour appeler les secours.

— Pas la peine… le coupe Kinkaid. Cette fois Phoenix est bien mort.

— Il faut tout de même vérifier avec un médecin.

Kinkaid observe au loin la silhouette d'un homme qui leur tourne le dos et quitte sereinement le couvert d'un belvédère pour se diriger vers le bâtiment principal. Les yeux fixés sur la queue-de-cheval qui dépasse sous les bords du chapeau australien, le major déclame :

— Quelque chose me dit que la mort de celui-ci a déjà été confirmée par un Docteur.

Épilogue
Londres, Grande-Bretagne (cinq jours plus tôt)

Tandis que Jay se prépare à quitter le bunker, il réajuste ses lunettes et lance :

— Il reste un dernier détail, Doc…

Son ami laisse échapper un triste et profond soupir.

— Oui… Je sais…

— On doit être morts et enterrés aux yeux de Phoenix, si on veut que notre plan fonctionne.

Le Britannique inspecte son antre d'un regard circulaire.

— Mince… je l'aimais bien mon petit coin…

Jay lui lance une bourrade dans le dos.

— On t'en bâtira un encore mieux, promis !

— Ouais, ça peut être sympa, tu sais que j'avais pour idée d'intégrer des composantes d'intelligence artificielle dans la modélisation de…

— Doc !… Plus tard…

FIN

À propos de l'auteur

Vous pouvez retrouver l'auteur, son univers, et ses autres publications sur : www.francklabat.com

www.ingramcontent.com/pod-product-compliance
Lightning Source LLC
LaVergne TN
LVHW010051170826
845678LV00012B/2108

9782959431227